以海为田　向海而生

向海而生

陈小平　著

作家出版社

图书在版编目（CIP）数据

向海而生／陈小平著．－－北京：作家出版社，
2017.6

ISBN 978-7-5063-9543-4

Ⅰ．①向… Ⅱ．①陈… Ⅲ．①报告文学－中国－
当代 Ⅳ．① I25

中国版本图书馆 CIP 数据核字 (2017) 第 160877 号

向海而生

作　　者：陈小平
责任编辑：丁文梅
装帧设计：意匠文化·丁奔亮
出版发行：作家出版社
社　　址：北京农展馆南里 10 号　　邮　　编：100125
电话传真：86-10-65930756（出版发行部）
　　　　　86-10-65004079（总编室）
　　　　　86-10-65015116（邮购部）
E-mail:zuojia@zuojia.net.cn
http://www.haozuojia.com（作家在线）
印　　刷：中煤（北京）印务有限公司
成品尺寸：152×230
字　　数：170 千字
印　　张：20
版　　次：2017 年 11 月第 1 版
印　　次：2017 年 11 月第 1 次印刷
ISBN 978-7-5063-9543-4
定　　价：42.00 元

目录
CONTENTS

上部 难忘 福建 首桶油

下部

万里
海疆
第一湾

难忘

福建

首桶油

上部

第一章

湄洲湾春潮涌动

东南闽地，背山面海。海中有一个形似仕女眉黛的小渔岛，叫湄洲岛。岛屿与海岸之间，一湾海水碧蓝澄澈，即为湄洲湾。湄洲湾三面环山，北靠莆田，南向泉州，西接仙游枫亭。湾口朝东南方向敞开，面临台湾海峡，隔海相望的就是宝岛台湾……

湄洲湾港肖厝港区

一

1980 年冬天的一个上午，北京，中南海。

项南赶到怀仁堂时，发现胡耀邦、习仲勋、宋任穷、万里等同志都在，还有中组部陈野萍副部长。他预感到这次中央召见非同寻常，但很快就平静下来，毕竟是扛过枪，见过大世面的。

万里先开口："福建南下干部很多，他们做了大量的工作。但是有一个问题……"他顿了一下，接着说："就是福建省是一个侨乡，有几百万华侨在海外，但是现在福建省的省委书记、福建省的省长，没有一个是福建人，华侨感到很遗憾。根据目前的实际情况，所以中央考虑呢，要找一个福建籍的同志，会讲福建话的、了解福建情况的人，到福建去主持工作……"

项南一听，心想："大概是在打我的主意了。"

接着，宋任穷同志说："项南同志啊，中央想叫你到福建去工作，怎么样？"

项南心里有准备，委婉地推辞："我到哪里工作都没有意见，问题是万里同志讲的那几条啊，跟我都沾不上边。我是福建人这一点倒是不错，算是福建籍的同志。但是，我很小就离开家乡了，解放后也没有在福建工作过，不会讲福建话，对福建情况也缺乏了解……"

在座的几个人一听都愣了，项南同志怎么这样一根筋呢？顿时，大家都没有话说了，安静得能听到心跳。

过了一会儿，胡耀邦突然拍起沙发扶手，猛地从沙发上站起来，笑道："好，那更好，更超脱！"

几个人一听，都愉悦地大笑起来。

屋外，雪花飞舞。屋内，笑声朗朗。

项南也不好再推辞，欣然接受了中央的决定，时年六十二岁。

项南动身南下之前,胡耀邦、邓颖超、李先念、廖承志等分别约见了他,谈了对福建工作的看法和意见。

胡耀邦殷切嘱托:"为官一方,要认清省情,抓住特点和优势才能做文章。多年累积的问题要想短期内理清,必须得有个突破口才行……"

邓颖超主要与项南谈了对台工作:"对台工作是八十年代的三件大事之一。福建与台湾隔海相望,具有地理位置的独特优势,加上血缘相亲、语言相同、习俗相近,在发展两岸关系中具有不可替代的优越性。对台工作中央已有既定政策,工作主要靠你们福建去做。这方面福建可以做许多工作,福建应该成为祖国统一的基地……"

项南深感肩上沉甸甸的担子,担子的一头是改革发展,一头是和平统一。

1981 年 1 月 12 日下午,北京火车站。刚刚被中央任命为福建省委常务书记的项南,谢绝了福建省委盛大的欢迎仪式,静悄悄地登上了前往福州的列车。第 45 次特快列车缓缓驶出车站。内燃机发出低低的轰鸣声,划过旷野,久久地回荡。车轮飞转,白底黑字的车标"北京—福州"一掠而过。

此一去,有分教,从此难做平凡人。

1981 年 1 月 14 日早晨 7 时 30 分,第 45 次特快列车经过四十余小时的奔波,抵达福州车站。

从这一天起,项南的名字便和福建的改革开放事业紧密地联系在一起。然而,改革难,走在改革前列更难。初来乍到的项南压力山大。

1981 年 1 月 20 日,是项南到福建的第七天。这一天,福建省委召开党代会。会上,福建省委常务书记项南第一次公开亮相,做了题为《谈解放思想》的讲话。

1981 年 1 月 23 日上午,项南征得福建省委常委会同意,开始了上任后的第一次调研。他从福州向闽南进发,途经福清、莆田、泉州、厦门,再到龙海、漳浦、东山……

项南在全省走了一圈，对福建省情有了更深入的了解，特别是天然良港湄洲湾给他留下了深刻的印象。

二

东南闽地，背山面海。海中有一个形似仕女眉黛的小渔岛，叫湄洲岛。岛屿与海岸之间，一湾海水碧蓝澄澈，即为湄洲湾。湄洲湾三面环山，北靠莆田，南向泉州，西接仙游枫亭。湾口朝东南方向敞开，面临台湾海峡，隔海相望的就是宝岛台湾……

1981年春，一位长者伫立在湄洲湾畔。他头戴鸭舌帽，身穿旧式棉袄，脚蹬黑布鞋。这位睿智的长者就是项南。

湄洲湾地处福州、厦门的中点，北岸属莆田市，南岸属泉州市，距环球航线仅15海里，距上海港和广州港在500海里左右，距台中港仅72海里，距台湾基隆港178海里，距高雄港194海里，是大陆与台湾直线距离最近的港口。湄洲湾既是闽东南陆路南北交通的重要通道，又是东南海上航线的一个辐射中心。早在1919年，孙中山先生就在《建国方略》中提出开发建设湄洲湾的宏伟构想。1936年，萧碧川在湄洲湾南岸创建碧霞洲国际商港，为先行者描绘的宏伟愿景画上了壮丽的第一笔。1970年，周恩来总理在对外商贸交往中，提出把湄洲湾作为商业大港开发利用。改革开放后，两位英国港口专家来湄洲湾肖厝港考察，感叹道："像肖厝这样的天然良港，到现在还呈现自然状态，世界少有……"

福建省大陆海岸线总长3752公里、海岛海岸线总长807公里，共有9118里。在海峡西岸的万里海疆中，湄洲湾不但自然环境得天独厚，而且人文环境十分独特。这里是海上和平女神——妈祖的故乡。妈祖生前是湄洲岛上的一位渔家女子，专以行善济世为己任。妈祖逝世后，乡人感其生前治病救人的恩德，建庙祀之。台湾民众自古有信仰妈祖的习俗。改革开放之初，海峡两岸尚未"三通"。台湾渔民就利用躲避台风的机会偷偷来到湄洲岛，朝拜妈祖……

项南久久地凝望着宝岛台湾的方向，谁也不知道他在想着什么。从此，他对这个天然良港有了牵挂。

只是如何开发建设湄洲湾，项南还没有具体的思路……

事有凑巧——不久，一份关于筹建福建炼油厂的报告，摆在项南的案头。这份报告阐述了福建省此前两次筹建炼油厂而未成功的艰辛历程……

1958年初，福建省拟筹建年产25万吨炼油厂，选沙县城关一带为厂址。1960年，由于国家压缩基本建设战线而停止了筹备工作。

1975年，国家计委主任顾明到福建考察，向福建省政府提出："过去，福建因为地处国防前线，国家没有在福建进行大的投资；现在，海峡两岸气氛缓和了，形势好了，国家准备在福建投资建设一座炼油厂，年炼油能力250万吨，原油由国家平价供应，预算投资3.5亿元人民币，工人3000人；这个炼油厂建成后，就可把福建的工业带动起来，把福建工业推上一个新的发展阶段。"他建议福建抓住时机，选好厂址。

当年，投资3.5亿元对于福建来说是一件大事。顾明到福建考察后，福建炼油厂筹建处随即成立。

在沿海建设炼油厂必须具备三个条件：一是要有一个可以停靠5万吨以上油轮的深水泊位；二是要有一个可供厂房建设的陆域用地；三是要有可靠的淡水资源供给。

1976年4月至8月，福建省再次进行炼油厂选址工作，从宁德三都澳至厦门港沿海各个海湾，勘探了44处候选厂址。

1976年12月下旬，燃化部规划设计院一行五人到福建，对44个候选厂址进行踏勘。国防部门提出，原油不能过马祖岛。后来，燃化部规划设计院的专家建议：5 万吨级码头选择在宁德罗源湾，厂址从罗源湾的大官坂、文山及福州的快安、魁岐等地筛选。

1977 年 4 月，燃化部专家一行十一人到福建选择厂址，因大官坂地质差、文山场地不够，初定福州魁岐为厂址。石油码头拟建在连江，距厂址约 60 公里。这年 8 月，福建省革委会向国家计委及有关部门报送福建炼油厂的计划任务书，年加工原油 250 万吨。

魁岐厂址在闽江入海口处，是一个江滩围垦，大约 3000 亩。石油部门对魁岐厂址不满意，压了一年多没有批。福建省政府坚持原定方案。最后，石油部门尊重地方意见，给予批复，但不承担设计任务，由福建自己解决。

1978 年 8 月，福建炼油厂筹建处成立。两个月后，福建省邀请全国 28 个单位的专家在福州梅峰宾馆召开福建炼油厂设计论证会。这次会议开了近一个月。

众专家认为：魁岐厂址是江滩围垦，淤泥深厚 10 米，要把 3000 亩面积的淤泥全部挖除掉，再回填 600 万立方米沙子作为沙基，这样的基础投资大得不得了；再说 3000 亩的建设用地太小，没有发展的余地。

福建省军区也投了反对票："炼油厂的厂址正好在空军起飞线上，炼油厂建成后有根百米高的火炬日夜燃烧。这会影响飞机的起飞和降落。如果炼油厂要放在这里，那么飞机场就要搬家，请省里向中央军委写报告，请军委批准飞机场搬家！"

军方的发言威力大，像放了一门大炮，彻底把魁岐厂址否定了。

这事怎么能惊动中央军委呢？福建省军区投反对票的第二天，福建省革委会就宣布结束论证会，改选厂址。

从 1978 年 12 月至 1979 年 5 月，福建炼油厂筹建处对马尾的君竹一带围垦地进行钻探及评价，同时踏勘了厦门的上头亭、翁厝及漳州的角美、港尾等候选厂址。

后来，因为国家进行经济调整，没有给福建安排原油供应，福建炼油厂只得缓建。1980 年 1 月 1 日，福建省政府撤销了福建炼油厂筹建处。

这份报告写得很翔实，引起项南的兴趣。改革开放之初，福建严重缺油，一年用的油料还不如江苏南通一个地区多，迫切需要建设一个炼油厂。他时而在报告上圈圈画画，时而停笔想一想……

"石油是工业发展和经济建设的血液，随着经济的发展，福建省必将遇到能源短缺瓶颈，建设福建炼油厂符合现实利益，也符合长远利益。"审阅完报告，项南站起身来，背着手，在办公室里踱着方步。突然，他停下脚步，伏案疾书："开发湄洲湾，建设福建炼油厂。"

三

1981 年 5 月，项南把第三次筹建福建炼油厂摆上重要的议事日程。

然而，第三次筹建福建炼油厂一开始就遭到质疑："在福建搞炼油厂？金门一炮打过来，什么坛坛罐罐都打烂了。"

由于海峡两岸的长年对峙，福建一直被定位为"海防前线"。既是前线，好像就不好搞建设了。省城福州有一座七层的楼房，叫华侨大厦，算是当年最高的一个建筑。福建的各项经济指标一直居于下游。原为战备而抢修起来的两条出省铁路——鹰厦线和外福线就像两条营养不良的瘦腿，运力有限。全省海岸线长，优良港口多，照理说航海业应该很发达，但长期以来福建没有像样的码头，与外国、外地没有航线，也没有自己的远洋船队。工业基础更是薄弱得可怜，三明钢铁厂、永安水泥厂、青州造纸厂便是福建工业的骨干了，三明深山里的一个火柴厂也算是比较像样的工厂……

"福建是前线，台湾就不是前线吗？他们前线可以搞建设，为什么福建就不能搞建设？真是奇怪的逻辑。这个观念不改变，就谈不上改革开放。"项南很不理解地诘问，"为什么我们要怕金门，究竟是金门怕我们，还是我们怕金门？为什么中央要求广东、福建两省先走一步，把经济尽快搞上去？这是两个地理位置最特殊的省，一个（广东）面对着香港、澳门，一个（福建）面对着台湾……"

福建和广东因特殊的地理位置，而被中央赋予特殊的政策。1979年7月，中央印发著名的"50号文件"，决定对广东、福建两省实行"特殊政策、灵活措施"，要求两省先走一步，把经济尽快搞上去。中央的决策就是要福建变海防前线为改革前沿！然而，思想的解放和政策的落实都不是一蹴而就的。

接着，项南语重心长地说："1965年，台湾跟大陆人均收入是一样的，都是150美元。现在，台湾人均收入已经是两万美元左右，我们还停留在490美元的水平，差得很远呢。我们的思想束缚太大、太久了……"

潮涌湄洲湾，一场前所未有的大潮，正席卷而来……

四

"开发湄洲湾，建设福建炼油厂"的理想很美好，但现实很具体：一缺资金，二缺人才，真是举步维艰。

如果说没钱可以借，那么人才却难求。有人才，才能干事业，才能成就事业。毕竟建设港口、建设炼油厂是大工程，既要有大量管理人才，也要有大批的专业技术人才。

可是，改革开放之初，地处沿海的福建太缺乏人才了！福建省委请求中央各部委人才集中的地方支持福建，允许福建去中央各部委招聘人才和从国外引进人才，请求中央多分配硕士研究生、大学毕业生给福建，并增加部属大学在福建的招生名额。

报告是打上去了，可是程序太冗长。1981年6月，求贤若渴的项南等不及了，亲自进京，到中央部委"游说"。他不为别的，就为"挖"人才。

项南先到外交部，希望把陈荣春调回福建工作。陈荣春是福建惠安县人。项南任一机部副部长的时候，就与他相识了。有一次，项南要去东南亚访问，到外交部汇报。当时，陈荣春正好在外交部亚洲司工作，主管新加坡事务。事隔多年，陈荣春的才干仍给项南留下深刻的印象。可是，项南到了外交部才知道，陈荣春已派驻泰国大使馆，任研究室副主任兼大使翻译。

带着遗憾的心情，项南去石化部。在查阅简历时，石化部北京设计院自动控制组王文泰组长进入了他的视线。王文泰是泉州晋江人，毕业于西安石油学院，是新中国成立后首批进入石油工业学院深造的福建人，参加齐鲁、燕山、武汉等十一个大型石化企业设计、建设。

不久，福建省委组织部的领导找王文泰谈话："福建要建设一个炼油厂，你来福建就是要筹建这个项目。"

这是王文泰所期盼的——老母亲年事已高，他早就想调回老家工作。于是，他没有多少考虑就答应了。

一个月后，王文泰就调入晋江地区科委，任计量所党支部书记。他上任后就着手湄洲湾南岸肖厝港的规划工作，但巧妇难为无米之炊，毕竟初来乍到，情况不熟，难以下手。

后来，王文泰想起了在晋江建委工作的戴群。在石化部北京设计院工作的时候，他曾多次随王玉翌等专家到泉州考察福建炼油厂的厂址，与戴群见过几次面。

戴群是解放初随军南下干部，从1976年就开始参与开发湄洲湾的前期工作，老马识途。

这天上午，王文泰兴冲冲地去找戴群，却没找着。

下午，戴群回到办公室。同事告诉他："有位同志来找你，叫王文泰，说是从北京回来的，想和你一起去肖厝，在市科委工作……"

戴群听了，很高兴，估计是王文泰。

第二天，戴群去科委，果不出所料。

寒暄过后，王文泰迫不及待地直奔主题，诚恳地说："不知道肖厝规划现在还有没有继续搞？"

戴群说："现在肖厝的事，基本上是我一个人跑，主要是应付一些来肖厝参观考察的人，实质性的工作做得不多。"

王文泰说："如果需要的话，我可以参加一些工作。"

"你来了，我们可以一起来搞，你可要多出些主意！"戴群说。

王文泰说："之前，许多专家到肖厝港考察，认为肖厝建港条件优越，最大的疑虑是供水问题。如果没有充足的淡水供应，肖厝不可能进行大规模的开发建设。当务之急是要形成一个可行性研究报告，消除专家对开发建设肖厝的疑虑。"

戴群说："供水问题不大。这个最为关键的难题已经破解了。国家经委的一位老总看了《福建省肖厝工业区供水可行性研究报告》，十分满意，认为肖厝供水水源及其供水量是充足、安全、可靠的，其措施只是工程建设的问题，是可行的。"

"真的？"王文泰惊讶喜地问，"报告是谁作的？"

这事还得从头说起，戴群娓娓而谈——

那是1980年2月的一天，戴群正在办公室看资料，忽然有人撞上门来。戴群问他有什么事？他自我介绍："我是贵阳铝镁设计研究院的工程师，姓朱。我们现在有一批人在厦门做城市规划。泉州距厦门很近，想来泉州看看，有什么工程需要我们帮助做的，这样可以调剂我们在厦门人员的使用问题。"

贵阳铝镁设计研究院是冶金部下属的国家一级设计院，原在东北沈阳，后迁到贵阳，更名为贵阳铝镁设计研究院，主要业务是工业项目的规划工作。

戴群听说是贵阳铝镁设计研究院的工程师，高兴地说："我们地区有个准备开发的工业区，需要做供水可行性研究和工业区总体布局规划。如果你们有力量，我们非常欢迎你们来协助我们搞这两个项目。"

朱工说："我先回厦门和老总商量商量，再派人来和你们研究这个项目如何搞法。"

过了一个多星期，朱工带来了四五位专家。总工程师姓张，山东人，和戴群是老乡。他们花了一个星期的时间，查看实地，搜集资料，然后回厦门去了。当时做规划设计是不收费的，张总一行的住宿费和伙食费都是到自己单位报销。

半个月后，张总又带来了十多个人，分成两组，一组专门做水规划，一组做肖厝工业区总体规划。他们前后忙了三个多月，所有的一切费用都是自己负责。

《肖厝供水可行性研究》和《肖厝工业区总体布局方案》初步方案（意见）形成后，戴群想请几位领导来听听张总的汇报，一起吃顿便饭，以表谢意。可是，没有一个领导来，只有计委来了一个干部。那时候，很多人还觉得肖厝开发是"后代人的事"。汇报会没有开成，饭也没有吃成。第二天，张总带着工程师们回厦门了。

大概过了一个月，张总派人送来《福建省肖厝工业区供水可行性研究报告》正式文本。报告结论：无论是从泗洲、菱溪、陈田水库，还是从晋江干流引水抵达肖厝，都完全能满足供应炼油厂的生活和生产用水。这是肖厝开发建设的第一个调研报告，弥足珍贵。戴群感到不能叫人空手回去，就和建委管钱的同志商量，买了十二个电子小座钟，每个八十元左右，送给设计院的同志，略表谢意。

"这就好办了！"王文泰听完贵阳铝镁设计研究院无私援助的故事，兴奋地说，"肖厝的事，老戴你带头干，我支持你。我给你拿皮包，跟着你搞。"

戴群是山东汉子，个性豪爽，笑道："好，我们一起干。现在你给我拿皮包，以后我给你拿皮包。你比我强！"这话似有预见性，几年后，王文泰任泉州市政府副市长，分管肖厝工作，戴群仍是肖厝开发办主任。

"一言为定！"两只大手有力地握在了一起。

五

北京来了个王文泰，湄洲湾肖厝港的规划工作才真正动了起来。

那时候，戴群去肖厝出差每天可补贴三元钱。王文泰却没有这种待遇。科委不给他报销，因为他干的不是科委的事；建委不能报，因他不是建委的干部。后来，戴群只好找政府办的财务商量。他们同意王文泰去肖厝的出差补贴由政府办报销，但需戴群签字。

后来，他们又和惠安县计委、科委联系，都得到支持。惠安县科委副主任曾仁昌与厦门大学海洋系领导李教授很熟悉，带着戴群和王文泰一起到厦门大学找李教授，请求帮助做一些海况方面的工作。

当时，厦门大学海洋系有十几个毕业生，正为实习基地发愁。双方一拍即合。厦门大学海洋系开来一艘海况调查船。几位教授带着这批实习生，在肖厝港进行海况调查作业，前后忙了二十多天，得到了许多第一手资料，包括湄洲湾的波浪、潮流、周期、风速、流沙、淤积等图文资料。这对码头设计和航道规划都有重要的价值。调查期间的所有费用都是厦门大学负责。

不久，交通部水运规划院来福建普查港口。这次普查，收获很大，发现湄洲湾岸线总长达300多公里，可建万吨级以上深水泊位的海岸线有20多公里。湄洲湾不冻不淤的神秘面纱也终于被揭开了：湄洲湾沿岸没有大的江河，也就没有大量的泥沙汇入湾内；更重要的是湾内底部潮流的流速大于表层流速，从而冲刷出一条天然的海底深槽。

湄洲湾外有湄洲岛、盘屿和横屿三重屏障，可抵御大风。在一般天气状况下，湾内风平浪静，偶有海豚游荡。有专家提出设想："湄洲湾可开辟为国家大型的航海训练基地。"

在考察中，吴幼筠工程师竖起大拇指赞叹："湄洲湾是中国不多、世界少有的天然良港！"

同行的专家都赞同她的说法。

"中国不多、世界少有"的美誉从此传扬开去……

就是这样一个天然良港，差点在"大跃进"时代毁了。那个年代，倡导"人定胜天"，提出"向海要田"的发展战略。当时，惠安、仙游、莆田三县联合成立围海造田指挥部，调动大量人力、物力、财力，并进驻现场，计划从湄洲湾南岸的肖厝港至北岸的秀屿港修筑一道拦海大坝，将内澳填筑造田。后来，这项"宏伟计划"因故中途停顿。良港幸存。

近在咫尺的泉州湾就没有这么幸运了。泉州湾的后渚港是古代东方大港，与埃及的亚历山大港齐名。然而，在"向海要田"的一片声浪中，这个可与湄洲湾相媲美的良港分成五一围垦、七一围垦、城东围垦、洛阳桥闸等。

相比之下，交通部水运规划院的专家惋惜地说："泉州湾是被人为破坏的，现在后渚港已无法恢复到昔日世界大港的地位了。泉州的希望在湄洲湾，在肖厝港！"

随后，戴群把肖厝港的海况资料整理成文件，专程送到交通部水运规划院。接待他的是一位姓李的工程师，仙游县人。李工程师看了材料后，十分感叹："没想到我们家乡有这么好的天然良港，我负责写成材料交院里审定！"

李工程师妙笔生花，写就《湄洲湾肖厝港情况介绍》一文，编入《福建港口汇编》。这是新中国成立后，第一份关于肖厝港的港口文件。

从此，交通部水运规划院与肖厝港结下了不解之缘。随着肖厝港的开发，他们对鲤鱼尾、霞屿至白石礁等深水岸线，做了详细的规划。福建炼油厂上马后，他们还承担了白石礁万吨级杂货码头、鲤鱼尾10万吨级原油码头的设计和施工建设任务。

六

1982年2月，中央任命项南为福建省委第一书记兼省军区第一政委。一个月后，项南当选为福建省第五届人大常委会主任。

此时，改革开放的春风已席卷八闽大地。尽管工作千头万绪，项南始终关心着"开发湄洲湾，建设福建炼油厂"的进展情况。

然而，"开发福建湄洲湾，建设福建炼油厂"是件大事，国家考虑也比较慎重，报告迟迟没有批复。

那个时候，人们干工作不会太计较利益和得失。王文泰和戴群认为，肖厝不论是海域还是陆域，都有得天独厚的条件，即使将来不在这里建设炼油厂，其他的工业项目也会在这里建设，他们决心把前期工作继续下去。

有一天，王文泰对戴群说："省化工设计院有一个炼油规划小组，过去选址时，他们都参加过工作。炼油规划小组的负责人叫潘维谋，是我的同学，还有省化工设计院副院长陈明，我们都很熟悉，以后可以请他们下来，帮助我们规划。"

戴群很赞同王文泰的意见，请他与省里联系。

1982年4月，王文泰与福建省化工院沟通，恳请安排炼油小组的技术人员来泉州，协同编制肖厝炼油厂的总体规划。

不久，福建省化工设计院来了六七位炼油、规划方面的专家。陈明带队。临时办公室设在惠安华侨旅行社招待所。县里请县计委、科委等单位参加，加上戴群和王文泰，共有十多人。

大家对肖厝的情况都很熟悉，思想集中，工作进展得很顺利。大约连续工作了十几天，他们就编写出一份规划初稿。经过多次讨论修改补充，最后定稿，形成一个比较完整的《福建炼油厂总体规划》文本。这是福建省第一个有关石油化工的总体规划文本。

只有短短的十几天，就能够拿出一份像样的文本来。大家都感到很高兴，对肖厝的开发前景更有信心。

不久，戴群获得提拔，看似偶然。

那是 1982 年 7 月的一天，国务院副总理谷牧来湄洲湾肖厝港考察。领导安排戴群陪同汇报。

上午 11 点左右，他们到达肖厝。这天风比较大。路上，戴群遇到一位村干部，问："今天的风有几级？"

村干部说："今天的风大概有七级，外海会更大一些。"

肖厝村北边靠海的地方有一个小山头，刚好是陆地突出部的一个拐角处，站在山头上眺望，湄洲湾海况尽收眼底。

戴群在地上摊开一张海形图，因为有风，用小石子压住四角。他一边指点介绍海域情况，一边在地图上指出岸线具体位置。

谷牧正低头看图，突然刮起一阵大风，把地图吹翻。他猛地抬头，问："今天有几级风。"

戴群答："今天是七级风。"

谷牧又问："这样的风，一年有几天。"

戴群对答如流："有 63 天。"

晋江地区领导站在后面较远的地方，听着谷牧与戴群一问一答，都没有插话。

谷牧沉默不语，再低下头来详细看图。过了一会儿，他才慢慢地对戴群说："你讲的情况都很对，我在北京看过这个资料，现在看了实地，更清楚了。"

戴群提着的心一下子放了下来，好像经过了一场考试。

这时，谷牧的秘书突然走到戴群跟前，问："你叫什么名字？什么职务？"

戴群说："我叫戴群，没有职务，是建委的干事。"

有个领导忙走过来补充说："他是建委工程科的负责人。"

乘车回县城的路上，戴群向谷牧介绍了福建炼油厂的厂址——练马埔。

这片土地属于南埔乡外厝村，广阔平坦。清代，南埔沙格村王忠孝率部在此练兵练马，因而得名"练马埔"。后来，王忠孝率部追随郑成功，辅助收复台湾。解放前，这里成了乌白旗械斗地方。新中国成立后，群众在这里开垦，种些花生和地瓜等抗旱强的粮食作物。小山坡上还种些马尾松，地太瘦，都不高。

谷牧离开四五天后，晋江地委组织部正式任命戴群为建委的工程科科长。此时，他已年过半百。

有一次，晋江行署副专员张其载和晋江外经委主任吕字謇闲谈时说："老戴调到地区工作七年来没有职务，但整天还是乐呵呵的，不争不闹，叫干什么，就干什么，就一定干好，是个好同志啊！"

七

1982年8月，福建省邀请国务院有关部委和科研单位共70名专家到湄洲湾考察。

湄洲湾岸线长、航道宽、风浪小。这些专家考察后认为，湄洲湾常年不冻不淤、风平浪静，确是"中国不多、世界少有"的天然良港，完全可以建设停靠5万至10万吨级油轮的深水港口，并且拥有广阔平坦的陆域腹地，水源供给可靠，是建设石油能源基地的理想区域。专家组建议，应争取中央及有关部门支持，尽早开发建设。

1982 年 10 月，福建省委书记项南亲自带着专家和工程技术人员到湄洲湾实地踏勘。

著名经济学家童大林喻称：福州、厦门为"两条小龙"，湄洲湾为"一颗明珠"，构成一幅"双龙戏珠图"。

著名科学家钱伟长断言："建设好湄洲湾，不但福建受益，祖国半壁河山都能受益！"

秋高气爽，寥廓蓝天、滔滔碧浪。

伫立在湄洲湾畔，项南豪情满怀地说："福建要把湄洲湾建成我国南方大型、综合性、多功能的深水港……"

建设"大型、综合性、多功能的深水港"的宏伟蓝图，需要一个大的项目来支撑，建设炼油厂正好可以推动开发建设湄洲湾。

为了使福建人民的愿望变成国家的决策，项南授意卢世钤、潘仲鱼、刘银等五六位全国人大代表实地考察湄洲湾。

考察后，这几位全国人大代表联合二十几位福建的全国人大代表，向 1983 年 4 月召开的五届全国人大五次会议提交了《开发福建湄洲湾，建设湄洲湾港口和福建石油化工基地》的议案。

湄洲湾的发展史应该铭记，在开发建设的初期阶段，贵阳铝镁设计研究院编制了第一份可研报告：《福建省肖厝工业区供水可行性研究报告》；交通部水运规划院编制了第一份港口文件：《湄洲湾肖厝港情况介绍》；福建省化工设计院编制了第一份项目建议书：《福建炼油厂总体规划》。

机遇总是给有准备的人。这三份文件资料，为《开发福建湄洲湾，建设湄洲湾港口和福建石油化工基地》议案提供了充分的依据。

不久，这个议案通过审议！

福建省政府立即向国家计委请求建设福建炼油厂，提出湄洲湾和漳州港尾两地可供选择的厂址方案。

第二章

追梦者
前赴后继

飞机要飞，汽车要跑，轮船要行驶，没有汽油怎么行？建设炼油厂，是八闽儿女梦寐以求的凤愿。而且，随着福建改革开放的不断推进，建设一个炼油厂已经愈显迫切。追梦者前赴后继……

1985 年 1 月 13 日万里、项南考察湄洲湾

一

1983 年 4 月 20 日至 28 日，福州。

福建省人大召开六届一次会议。这次会议选举胡宏为省人大常委会主任，决定胡平为省长。

胡平上任后，请开国上将叶飞出面做林文镜等侨领的工作。林文镜是福清籍华侨，1929 年出生，七岁随母亲到印尼跟随父亲做生意。十七岁那年，父亲去世，林文镜不仅承担起养家的重担，还从跑单帮开始闯入商海，先后开办了二十多家企业。后来，他与印尼首富林绍良合作，成立了著名的林氏财团，创办了世界上最大的面粉厂和水泥厂，拥有自己的矿山和船队，成为名震南洋的一代巨商。

1983 年 6 月，国家计委批准了开发湄洲湾的建设项目，并将开发湄洲湾的前期工作列入国家"六五"计划期间基本建设的重点项目。

项目批下来了。可是，福建省财政困难，没有能力自己建设一个炼油厂，需要招商引资。

印尼侨领林文镜先生获悉后，建议福建省利用国外信贷建设福建炼油厂。

福建省政府支持林文镜先生开展可行性研究。

1983 年 7 月，福建省政府邀请北京燕山石化总厂张万欣厂长一行三人来福建考察。张万欣是留美石化专家。他带队先后勘察了福州、泉州、厦门三个候选厂址，前后约一个星期，后回到福州向福建省领导汇报。

到肖厝实地考察时，张万欣一行没有看到详细的文字材料。因为文字材料在戴群手头，那几天他恰到福建省建委办事。张万欣和陪同的晋江地区领导约定，他从厦门回来再来肖厝看一次。

两天后，张万欣从厦门回来。戴群还没有从福州回来。他又没有拿到材料，交代张其载副专员："明天一定要把肖厝的文字材料送到福州，交到我手中。因为下星期一省领导要听取关于选址的意见。"

第二天上午，戴群正好回来。一到机关，有一位值班的同事叫住他："戴群，赶快去找张专员，张专员有急事等着你。"

戴群赶到地委办公室，听到有一位工作人员正在给福建省建委打电话，要找戴群。他连忙说："我回来了。"

正在打电话的工作人员喜出望外，马上打电话转告张专员："戴群回来了！"放下电话，他对戴群说："你马上去见张专员！"

张其载一见到戴群就说："你真把我急死了！中央来了一位专家，考察炼油厂肖厝厂址。你把肖厝的有关文字材料带上，现在就去福州，到西湖宾馆六号楼去找他。我现在就派车送你去！"

戴群顾不上吃午饭，就乘车赶去福州。

到达福州已是下午四点多钟，戴群径直跑到西湖宾馆六号楼去见张万欣，把带去的材料呈上。

张万欣说："我晚上把材料看一下，明天上午九点左右你再来一下。我们再谈谈，交换些意见。"

第二天上午，戴群准时去见张万欣。

张万欣说："你们的材料我都看了，原先我最担心的是水的问题解决不了，现在看了贵阳铝镁院的供水可行性研究，认为水源供水是有保证的，水的问题解决了，肖厝其他条件就可满足建厂的要求。我认为炼油厂厂址放在肖厝比较适合……"

戴群从张万欣房里出来后，遇上胡平省长。

胡平问："你来干什么？"

戴群说："我给张厂长送肖厝的材料。"

胡平说："你不要回去了，星期一上午九点张厂长要向省里汇报炼油厂选址考察反馈意见，你也参加听汇报，地点就在六号楼的会议室。"

当时，六号楼是专门接待中央领导人的地方。戴群期待着星期一参加听汇报。

星期一上午九点，西湖宾馆六号楼，汇报会准时召开。参加这次会议的有胡平省长、王炎副省长，还有省计委、建委等部门二十多人。胡平主持会议，说明会议目的。接下来是张万欣发言，他首先介绍世界主要国家乙烯发展现状："日本年产量已超过1000万吨，美国达到800万吨，我国还不到300万吨。乙烯产量的多少，代表一个国家石化产业的发展水平。因此，各国都在致力于发展乙烯工业。乙烯是工业之母，有了乙烯，下游加工业就有了原料，就可带动整个化工工业的发展……"

张万欣谈起这次选址的看法："肖厝具有地理位置适中、港口好、陆域开阔、地质条件好、人文经济简单、交通便捷、供水水源充足可靠等七大优势。所以在肖厝可以建设成为我国东南沿海一个大型的、具有国际竞争力的现代化石化基地。建设规模可以从年加工原油250万吨起步，发展到750～1000万吨，乙烯30～60万吨……石化基地成立后加工产品可带动福建沿海各城市工业的发展……"

最后张万欣指出："福建经济走发展石油化工的路子是对的，建议省政府把炼油厂厂址放在肖厝，不要再犹豫了，否则就会再次贻误时机。"

大家听了张万欣的发言后，进行了简短的议论。

胡平说："我同意万欣同志的意见，把炼油厂放在肖厝，以后不再动摇了！"

接着，王炎副省长也表态，同意炼油厂放在肖厝。

各部门也表态同意省长的意见，把炼油厂放在肖厝。

这次会议，福建省政府领导第一次明确表态把炼油厂放在肖厝。这是决定肖厝开发建设前途命运的一次会议。张万欣的意见起到至关重要的作用。

随后，福建省化工厅委托福建省化工设计院炼油组的专家来肖厝考察，编写在肖厝建设福建炼油厂及石油化工基地的专题报告。戴群和王文泰参加，前后一个星期。专题报告以文件形式，上报给福建省政府。这是明确提出在肖厝建设石油化工基地的第一份报告。

然而，计划赶不上变化——湄洲湾北岸设立莆田市，王文泰调任莆田市代市长（同年 12 月被选举为市长）。

若论地理条件，南北岸同在湄洲湾；倘辨历史，湄洲湾北岸也曾经"阔过"。

宋代，海运贸易兴盛，尤其在南宋时期。湄洲湾北岸也不例外，江口码头、宁海港、太平港、白湖港、贤良港等航运港口涌现，海运和内河运输业务逐渐扩大。涵江素来是湄洲湾北岸的商贸重镇，江口码头自宋始就是海船停靠之所，商贸繁荣，其时还设有江口市，置官管理。涵江宁海港多航道，商船云集，商客云来。此时，湄洲湾畔的仙游枫亭古镇的商业也日益繁荣。宋开宝年间（968—975 年），太平港开港通航，商业贸易随之兴盛。宋时，连江里（今枫亭）有太平粮仓和盐仓及市集。北宋元祐五年（1090 年）仙游砂糖成批从枫亭太平港航运到海外销售。白湖港是海船入兴化军城（今莆田城内）的停靠码头，船运发达，也是一个商贸中心。贤良港古称黄螺港，是宋代秀屿地区的大海港，海运贸易兴盛。东吴港（吉了港），古称鸡了港，鸡了城，宋代商贸盛行，海船聚泊城下。

元代，方圆仅一平方公里的秀屿港，成为重要海运贸易基地。秀屿与枫亭在元代的集市贸易规模最大。时人颂："一哄之市，百货骈集，五达之远，四方会通。"特别是引木兰陂水后，湄洲湾北岸的南北两洋互通舟楫，使黄石港市成为湄洲湾南北岸的商业中心。此时，涵江宁海港再度兴起。

明代，湄洲湾北岸渔、盐业发达，并有远航的渔船。秀屿港和鸡了港远近闻名。秀屿港兴起于南朝梁、陈年间，宋代称黎屿，明清谓小屿，后改秀屿。明朝廷在秀屿港设小屿巡检司，秀屿港的海运由莆禧河泊所管理，当时秀屿港的开发已有相当规模，具有"人烟万三，居民约千余家"之称。明洪武二十年（1387年）为防倭在鸡了港设吉了巡检司。莆田民间至今流传一句口头禅：一日行鸡了，三日讲不了。意思是一天去鸡了城回来，所见所闻三天都说不完。可见鸡了城当时的繁华景象。

清初的截界和海禁对商业贸易的破坏巨大。《秀屿志略》载："秀屿在从前富甲莆阳。拥有四百余只海船。商业利润，每年不下二十万两。迁界令下，秀屿化为焦土！"枫亭霞街人郑得来的《连江里篇》说："从前的枫亭驿，荔子万株，绿荫蔽日，商人赚了很多钱，食膏粱，衣文绣。迁界期间，荔枝都砍光了，那班商人，都不晓得往那里去了。"迁界持续了二十多年，加上海禁政策，湄洲湾北岸沿海一带悉数沦为废墟，繁华城镇转瞬成荒芜之地，内地市镇凋零，商业贸易停顿甚至有所退步。复界后，荒地渐次垦复，经济开始恢复和发展。

民国时期，三江口港和秀屿港因其海运畅通而成为湄洲湾北岸的重要商业中心。1928年，涵江商人林伯青在秀屿岛建港，建有钢筋水泥码头1个，仓库3排。1934年，英商万吨级轮船"新亚号"入秀屿港装卸货物。1939年，秀屿港码头设施被日机炸毁，此后数十年都没有恢复元气。抗日战争时期，三江口港是湄洲湾北岸幸存的港口，成为闽南货物吞吐的重要海港之一，商贾云集。

新中国成立后，莆田、仙游长期隶属晋江地区。那个时候，湄洲湾南北两岸同属晋江地区，后来因为行政区域划分，才出现南、北港口分治的情况。

1983年春，福建省人大会议决定撤销莆田地区，北部五县长乐、福清、平潭、永泰、闽清划归福州市，莆田、仙游重划归晋江地区。当时晋江地委认为，莆仙两县人口多，资源少，会增加晋江地区的负担，拒不接收。福州也不同意接收。撤销地区后，莆田、仙游两县的一千二百多名干部安置困难，干部思想波动大，后来设立留守处，办学习班，等候逐步解决，由地委副书记、行署专员王培祥负责。

一天，项南路过莆田。接待中，王培祥把"建立莆田市，开发湄洲湾"的设想，向项南做了汇报。项南沉思了一会儿，点了点头，说："我完全赞成你的意见，我回去就开常委会研究。"

过了几天，王培祥到福建省委开会。项南见到他，第一句话就说："培祥同志，省委常委会接受你的意见，赶紧写报告吧！"

王培祥喜出望外，立即写了《关于建立莆田市的报告》报送省委。可是，他等了一个月还没有回音，急着跑到省里查询。省委主要领导都说报告看了，也批了。可是，报告在哪里查不到啊，怎么办？王培祥只好从发文的收发室查起，从省委常委、副省长的批示件逐个查，才发现耽搁在一位领导的秘书那里了。从秘书抽屉的一大堆文件中找出报告后，王培祥获悉领导中午会回办公室，便一直等。中午12点，这位领导回来，当即签上"同意"二字。王培祥拿上文件在街上随便吃了点东西，下午便赶到福建省民政厅，以福建省政府名义给国务院写了报告，又找省长签批，盖上省政府公章。

第二天，王培祥与福建省民政厅一位领导轻装简行飞往北京。

民政部部长看了报告，同意设莆田市。随后，民政部领导又带他们见总理办公室的一位负责同志。王培祥仔细汇报了成立莆田市的意义和条件。这位负责同志听了汇报，很高兴，认为很符合形势发展，当即向当时的国务院有关领导作汇报，并很快回话："领导同意你们的意见。我们和民政部抓紧落实。"

没几天，民政部就派人到莆田来调研。汇报中，民政部的同志提出，城镇人口和工业产值都不够建市条件。

王培祥急中生智，说："莆田建市目的是在于开发湄洲湾，建起秀屿深水港，这是世界上第二个鹿特丹，年产值在几百亿；城镇人口不足，把涵江镇和秀屿镇划过来，两镇是莆田市重要工业发展园区。"

民政部的同志们听了，说："可以呀！你们科学规划和远见很好，但要很好地付诸实施，王专员的事业心很令我们敬佩，我们回去会很快向国务院汇报。"

1983年9月9日，基于开发湄洲湾的需要及兴化地区自然地理和社会历史的实际，国务院同意设立地级莆田市，辖莆田、仙游二县。这是自宋太平兴国五年（980年）置兴化军以来，莆田地区行政区域第七次划归地级市一级建制。

福建省委安排王文泰到湄洲湾北岸的莆田市任职，应该是有筹建福建炼油厂的考量。可是，湄洲湾南岸的泉州也紧盯着这个项目。到底花落谁家呢？大家都较着一把劲……

二

王文泰到莆田去了，陈荣春回到泉州来了。这两个人都是当年项南到北京挖的人才。

1983年9月18日，陈荣春调回福建工作。

当天，项南在办公室特别会见这个多年不见的老朋友。

项南说："省委组织部发电、发文，要你十三次，才把你调回来啊！"

这事陈荣春之前并不知情。约谈了两个多小时。最后，项南征求陈荣春的意见："你希望到哪里工作？省里、厦门，还是泉州？"

泉州是陈荣春的老家，他选择泉州。

几天后，福建省委组织部任命陈荣春为晋江地区行署副专员。

忽如一夜春风来，千树万树梨花开。短短的几年间，福建省先后从北京、上海、江苏等地成功引进三千多名人才。

1984年1月，福建省人民政府成立了"湄洲湾规划领导小组"。福建省计委顾问张维兹兼任湄洲湾规划领导小组顾问。张维兹曾任厦门市长、市委书记、厦门市革委会主任、福建省计委副主任等职。

这一年三月初，福建省委调整晋江地委领导班子。张明俊调任晋江地委书记。赴任前，张维兹对他说："你到泉州要把肖厝的事抓一抓，把戴群用起来！"

张明俊上任约半个月就通知建委，要听取肖厝工作情况汇报。

会上，戴群汇报了肖厝多年来的工作情况及肖厝今后发展前景。张明俊问："今后工作怎么搞？"

戴群说："当务之急是建立专职办事机构，才能有效开展工作。"

"应当怎么建立？"张明俊问。

戴群说："莆田行动快，成立湄洲湾开发委员会，由一位副市长挂帅，下设办公室，抽调很多干部开展具体工作。"

张明俊说："我们也成立肖厝开发委员会，下设办公室，你戴群就当办公室主任，委员会成员人选由你提名，办公室由你去组建，尽快把机构搭起来，抓紧工作……"

三天后，晋江地区组织部长找戴群商量肖厝开发委员会成员及办公室人员名单。3 月 19 日，晋江地委、行署正式下文，成立湄洲湾肖厝区经济开发委员会。委员会下设办公室，任命戴群为办公室主任。

福建炼油厂到底是落户湄洲湾北岸还是湄洲湾南岸呢？

此时，南北之争已趋白热化。民间甚至传播着各类真真假假的小道消息……当然，这属于"内部矛盾"，我们就一笔带过，单表福建炼油厂的建设历程。

肖厝开发办在肖厝村东湖尾建了一个招待所，专门为考察团、设计人员和港口勘探人员提供生活及工作上的方便。前期工作推进顺畅。

然而，好景不长。1984 年初，厦门以特区名义通过中央特区办向中央提出，希望福建炼油厂建在厦门海沧。原本肖厝很有把握的事，又变得摇摆不定。福建炼油厂到底花落谁家，一时又难定论。不过，福建省政府的态度很明确，炼油厂要建在肖厝。

福建炼油厂的选址问题，摆上了中央有关领导的案头。

后来，中央领导批示，请李人俊同志实地考察，再做决定。李人俊是国家计委顾问、中国石油化工总公司董事长。

1984 年 6 月 4 日，李人俊率领二十多位专家到福建实地考察，先到惠安，住进县华侨旅行社。

第二天一早，李人俊一行乘车到肖厝。连同省、市、县陪同人员共有五六十人，浩浩荡荡。

考察团先看海港，后看陆域。李人俊看得很认真，边看边问。戴群随行其后，不离左右，有问必答。

他们正在练马埔看厂址时，突然下起雨来，现场没有避雨地方。戴群突然想到，练马埔北边后面有座邱厝山，山上有个"青龙洞"，洞内供奉着"神仙"，平日香火缭绕。

戴群就带领大家直奔邱厝山，躲进山洞里避雨。洞里很宽敞，凑合能容纳五六十个人。大家有的坐，有的蹲，有的站。

雨下个不停。为了不让大家感到寂寞，戴群说："我给大家讲个故事。这个故事，你们北京的同志恐怕没有听说过，但我们当地是家喻户晓的。"

戴群给大家讲宋朝名臣蔡襄修建洛阳桥的故事。蔡襄（1012—1067年），字君谟，仙游枫亭（旧属泉州府，今属莆田市）人。北宋天圣九年（1031年）举进士，初授漳州军事判官，后累官至端明殿学士，是北宋中期著名的政治家。至和、嘉祐年间，蔡襄两任泉州知州，他威惠并行，政绩显著，"泉人畏而爱之"。尤其是亲自主持建造我国第一座海港梁式大石桥——洛阳桥，使洛阳江天堑变通途，对泉州社会经济的发展繁荣起了重要的作用。在建桥时，其首创筏型基础和种蛎固基法，为世界桥梁建筑技术的进步做出卓越的贡献。蔡襄博学多才，不仅能文工诗，尤精书法，是王羲之到颜真卿的书法正宗继承者，为宋四大家之首，其所撰书的《万安桥记》（现立于洛阳桥南蔡襄祠内），文、书、刻被誉为"三绝"。

为拖延时间，戴群讲蔡襄造桥的几个民间故事，有《蔡襄母亲渡江发愿》《蔡太守移檄海龙王》《八仙襄助建桥》《蔡襄请九日山海神镇海造桥》等，讲得很生动。大家都很安静，听得很入神。

故事讲完了，雨也停了。

李人俊一行继续考察，直到下午一点多钟才回县里吃午饭。

第三天上午九点左右，考察团在旅行社的会议室开会，北京及省里来的四十多位专家都参加。戴群将肖厝的总体规划图贴在黑板上，介绍肖厝的各项资料，主要是海况资料和陆域规划，再一个就是供水资料，还有气候气象等方面的材料。

大家都对供水问题很关心，看得很详细，对贵阳铝镁设计院做的供水可行性研究很满意。二十多年后，戴群在一篇文章中写道："每当想起这些往事，心里就唤起一股浓烈的感激之情，感谢贵阳铝镁设计研究院的同志。在我们工作最困难的时刻，给予我们大力的帮助与支持。他们付出了辛劳，不计任何报酬，积极主动参与及无私的奉献精神，给后人留下的精神财富是无价的。我们不会忘记他们，泉港人民不会忘记他们！"

会议开了两个多小时才结束。

下午，大家分小组对口进行小范围的座谈。

第四天上午，李人俊一行离开惠安，前往厦门考察。他们在厦门也考察了三天，之后乘火车到三明。

项南在三明接站。

在上火车前，项南请李人俊对这次考察印象表个态。

李人俊说："我对晋江地区的介绍很满意，炼油厂的厂址就放在肖厝吧！"

当时，张维兹在场。听了这个消息，他直接打电话给晋江地委书记张明俊。张明俊把电话记录下来，打电话给戴群，叫他到办公室。

戴群匆匆赶到张明俊的办公室。

张明俊告诉戴群，张维兹从三明打电话来说，李人俊同意炼油厂建在肖厝，并把电话记录拿给戴群看。

折腾了多年，福建炼油厂的厂址之争尘埃落定！

戴群心里的那块石头，也终于落下来了。

三

湾之茫茫，海之汤汤。

东方大港的梦想，在暮色的炊烟和渔家隐约的灯火里，随着潮涨潮落。梦想如歌，悠悠的，如讨海人的苍喉……

1984 年 6 月，福建炼油厂筹建处第三次成立。福建省政府综合研究考虑后向国家计委及中国石化总公司报送建设福建炼油厂的项目建议书，厂址拟定在湄洲湾南岸惠安县肖厝港。

1984 年 10 月，国家计委批准项目建议书，由国家每年提供 250 万吨胜利油田议价原油，建设资金采用中外合资方式，产品除出口换汇还本付息外，结余全部归福建。

尘封的梦想，再一次飞翔——

不久，胡平带来了一位客人。

他们从北岸秀屿乘船来肖厝。地区领导早早地在岸上等候接应。大家都不知道这位客人是什么身份，据说是谷牧副总理请来考察的专家。

上了岸，胡平介绍："这位是香港来的客人，是和合集团的董事长胡应湘先生。"

胡应湘先生看起来有四十几岁，穿 T 恤衫，很随和。

胡平和胡应湘视察海域岸线后，到接待室查阅肖厝港的地图和部分文字资料。

　　戴群汇报的时候，胡应湘先生边很认真地听，边插话提问。他特别注意肖厝港与上海、长江、九江、香港、台湾等大港口之间的航线，又特别询问福建省各条铁路的运输能力等。

　　胡应湘先生的提问，戴群大部分能答出来，也有一些问题答不出来。鹰厦铁路电气后，年最大运输能力有多少？戴群不知道，可胡应湘先生知道。

　　这样边介绍边讨论，不知不觉两个小时过去了。

　　最后，胡应湘先生谈了一个观点："肖厝是一个天然良港，毋庸置疑，可以建设成为世界性大港。但是，后部陆域输送能力不行。"

　　胡应湘先生掐着手指头，算起细账："一个五万吨级的码头，一年要靠泊多少艘五万吨级的船舶？进来的货物，要发送到哪里去？通过何种方式，怎样输送出去？要运出去的货，货源在哪里？又如何能运到码头装船运出去，送到哪里？"

　　这些问题，戴群之前都没想过，觉得眼前这位随和的香港客人不简单。

　　"这个问题不解决，肖厝是不可能建成世界大港的。"胡应湘先生接着说，"肖厝正好处在上海港与广州港之间，距上海港510海里，距广州港530海里。上海港是我国最大的港口。随着长江流域的经济发展，上海港的运输量将急剧增加。因此，上海港的运输压力会与日俱增。如果湄洲湾能分担上海港的运输压力，分流上海港的货物流量，就可能保证湄洲湾港物流的来源。"

　　胡应湘先生讲得有理有据有节："要合理解决肖厝后部的陆域输送能力，光靠铁路是不行的，主要是要靠高速公路。最好的办法就是从肖厝修一条高速公路直达长江边上的九江。这条高速公路长约800公里，正好是集装箱汽车一天的行程。长江九江上游的货物通过九江分流到肖厝，再由肖厝港输送出去。这样，上海港的运输压力就减轻了，肖厝港也就有了货源的保证。这样肖厝港才有发展成亿吨级世界大港的可能。"

听君一席话，胜读十年书。

胡应湘先生的一席话，让人受益匪浅。戴群茅塞顿开，觉得应该把肖厝的发展看得更远、更大，只有把肖厝港与国内大港、世界大港联结起来，把肖厝经济与国内经济、世界经济融为一体，湄洲湾才能真正成为东方大港。

胡应湘先生在胡平省长陪同下，又考察了厦门。

两星期后，戴群收到胡应湘先生从香港寄来的《福建省湄洲湾深水港视察报告书》。

报告开篇就说，他是受谷牧副总理的委托来肖厝考察的。

报告提出，湄洲湾应建高速公路与鄱阳湖、长江流域相联结，拓展湄洲湾肖厝港发展空间。

报告文本列举多种数据阐述肖厝的现状、发展策略，很有说服力。

三十年后，戴群仍记得这件事："让我感到十分惊讶的是，胡应湘先生来福建考察只有几天时间，就能写出这样高质量的报告，实在不容易！他的观点，我一直记着。我十分赞同他的观点！"

四

1984 年 12 月，福建省委、省政府派省委组织部长程序（原名陈振芳）率团赴香港与印尼林氏财团商谈合资建设福建炼油厂事宜，同行的有蔡林宁、肖健等同志。

林绍良、林文镜等福建籍侨领听说程序带队到香港，专门成立了接待小组。许多闽籍同乡特意从东南亚、日本赶来会面。

程序向众华侨介绍福建改革开放政策和现代化建设的宏伟目标，以及福建炼油厂的投资项目。

众华侨倾吐了在有生之年为家乡建设贡献力量的心愿。特别是林绍良，豪爽豁达，表示林氏集团要带头回乡投资。他表态将以自己的影响，动员其他海外乡亲为家乡建设事业出力。

林绍良先生回到新加坡后，没等程序率领考察团从香港回来，他的投资电报就来了，并通知派代理人回来具体洽谈创办炼油厂和创办经济开发区的事情。

这是一次成功的考察。不久，双方签订了合资原则协议书。福建省与林氏财团分别占 75% 和 25% 的股份，所需建设资金全部由西班牙政府提供混合贷款，技术采用美国 UOP 公司的专利。

中外合资建设福建炼油厂的消息传遍神州大地。1985 年 1 月 13 日，万里前来湄洲湾考察，项南陪同。

万里一行先考察湄洲湾北岸的秀屿港，然后乘船渡海到肖厝港。从秀屿港到肖厝港只有两公里的航程，走海路很近。

那天风有点大，万里和项南都戴着帽子，穿着长大衣。站在岸边的一个小土坡上，万里极目远眺，心情格外高兴。

陪同考察的肖厝开发办副主任刘锦嘉是本地人，他对这里的历史人文、海况资料和气象气候都了然于胸。万里听得细，不时还问了一两句。

这是一个神奇的地方。一个在桨声灯影里巡视过英雄的地方，一个可以用渔网捞起太阳的地方。早在宋元时期，肖厝港就有艨艟巨舶穿越滚滚洪涛，通航南洋群岛。清朝光绪年间，仅肖厝一个村就置有百吨以上大木帆船六十九艘，资本万元以上的大行户有大成、鼎成、信成、建成、益成、泉成、东成、锦成、万成、宝成、振成、财源、茂源等十三户，资本万元以下的中产者有七十二行商，资本千元以下的一般商户，数以百计。若按当时每一两银可购百斤大米计，不可不谓巨富矣。

随着清政府逐渐被外国资本主义国家驯化为卖国工具，伟大的中华民族一步一步地滑入历史的深渊。曾经繁盛的湄洲湾也渐渐衰落……

"起海国文明，作东南巨镇"，这副雄心壮志的对联，镌刻在湄洲湾畔的圭峰塔上，铭刻着一个复兴之梦……

然而，风不知吹了多少年，水不知洗了多少年。风不知又吹了多少年，水不知又洗了多少年。蓝蓝的湄洲湾依旧翻卷着让海风凉透的涛声……

万里听了刘锦嘉的介绍，深情地说："开发湄洲湾是功在当代、利在千秋的大业！"

项南也动情了，说："我做梦都在想建炼油厂！"

值得一提的是，2009年夏天，万里的儿子万伯翱应邀到泉港讲学，送给我一本著作《五十春秋》。我们到肖厝港参观，站在万里曾经站过的地方，望着宏伟壮观的港口，万伯翱感慨万千……

五

万里考察后，福建炼油厂的筹建速度跑步前进。

1985年2月，程序带队，赴香港与林氏财团签订可行性研究报告协议。该协议由西班牙TRC公司编制。

1985年4月，福建石油化工股份有限总公司成立，替代福建炼油厂筹建处功能，进行福建炼油厂建设前各项准备工作。王文泰调任福建石油化工股份有限总公司总经理。

1985年7月，任福建省委副书记的程序率团到西班牙访问，同西班牙政府洽谈一笔8亿美元的低息贷款。林文镜先生陪同。

随后，福建省计委主任沈着及福建石油化工股份有限公司总经理王文泰分别带队，赴西班牙参与编写可行性报告，商谈工程总承包、分包、总投资及建设进度安排等问题。编写这份可行性报告前后用了四十多天，凝聚了中西众多专家的心血。

1985年10月至12月，中外合作各方在北京完成了合作协议书的起草工作。同时商谈并签订各生产装置、全厂公用工程总承包、分包及建设进度安排的具体事项，完成了总投资最后文本，预算约 10 亿美元……

1985 年 12 月 6 日，国家计委批准了福建炼油厂与林氏财团合资方案的可行性研究报告，由国家供应 200 万吨胜利油田原油。

1985 年 12 月底的一天，福建省政府与合作商西班牙 TRC 公司拟在北京签订合作协议。签字仪式已确定好，签字文本也都准备好了。双方约定这天晚上正式签字，就等待福建省政府的通知。

沈着和王文泰都在北京。可是，他们迟迟没有接到福建省政府的通知。

福建省政府还在犹豫什么呢？中外合作建设 250 万吨炼油项目投资大，成本高，技术落后，只能生产普通油品；而且外商要价太高，建设这个炼油厂福建要背 6 亿美元的债务。当时，福建财政困难，背不起这么大的债务。省里经过慎重考虑，最后研究否定了这个方案。

双方代表一直等到很晚才接到福建省政府的通知："省政府不同意签字，合作取消！"

在场人员特别是外方人员都大吃一惊。大家都不理解省里为什么做出这样的决定，中方负责谈判的人员，几乎下不了台。福建省计委主任沈着都急得哭了，发誓不再管炼油厂的事。

倾洒多年的心血，又一次付诸东流。谁不心痛呢？项南慷慨立誓："福建不上炼油项目，我死不瞑目！"

那一刻听到的是一腔让人潸然泪下的琢磨，是海风掖着浓烈的咸涩灌进鼻腔的惆怅。

在场的同志听到项南书记这一句铮铮誓言，不禁热泪盈眶……

大家明白，否定这个方案，不是否定建设炼油厂，而是为了寻求更好的合作方案。

中外合资建设福建炼油厂计划破灭，林文镜先生也很不甘心。1985年底，全国人大在厦门召开侨务工作会议。胡平向叶飞和侨委副主任委员梁灵光建议，邀请林文镜先生吃饭，由叶飞出面做做工作，动员他到福清创办工业区。叶飞、梁灵光表示支持胡平的建议，共同做了许多工作。后来，福清的融桥、元洪等工业区及相应设施都搞得相当有规模。

六

1986年元月，泉州市人民政府成立。陈荣春当选为泉州市人民政府市长。

1986年2月中旬，福建省委书记项南、省人大主任胡宏、省长胡平以及甘肃省省长陈光毅四人，奉命前往北京。胡耀邦、胡启立、万里、乔石等和他们见面，开了一个小型座谈会。会议的主题是调整福建省委领导班子。陈光毅接替项南担任福建省委书记。

五年来，为了福建的发展，项南日夜操劳，比五年前到任的时候苍老了许多。按照中共中央关于干部年轻化的规定，省委书记年龄原则不能超过65岁。之前，中共中央已陆续调整了几乎全国各省、自治区、直辖市的书记，只有内蒙古的周惠、新疆的王恩茂、广东的任仲夷、福建的项南，因为镇守边疆海防，情况复杂，需要这些识途老马多留一段时间，作为新旧交替的过渡。现在，四位边疆大员已相继走了三位，东西南北只剩下一个多次申请退下而未获准的项南了。而他，已经67岁了。

项南主持最后一次福建省委常委会，与陈光毅进行了工作交接。会议结束时，项南说："今天的会议结束之后，我就与福建一刀两断！"

项南同志怎么说出如此绝情的话？与会者皆感心惊，大惑不解。

项南说："我这不是绝情，这叫'道是无情却有情'。我说的'一刀两断'，不是说从此就不与福建的同志来往了，更不是不关心福建了，而是要坚决、彻底地做到不再过问福建省委的工作。"

为了让新一届福建省委领导大胆开展工作，项南还郑重表示，五年内不会回福建。

卸下那份荣耀，带上简单的行囊。1986年2月27日，项南偕着夫人和他的老母亲，一同登上46次列车，告别了他倾注五年心血的山山水水，告别了他主政福建时期创造的许多全国第一：第一个引进国外银行资金在福建进行投资，第一个在国外发行债券，第一套万门程控电话设备，第一个中外合资的电视机厂……

项南走了，他要回北京去了。

这位改革急先锋，从1981年1月14日到福建任职，至1986年2月27日离任，在福建主政五年又四十三天。

来的时候坐的是火车，走的时候乘的仍然是火车。悠长的汽笛犹如一声长叹，划过夜空，久久地回荡。第46次列车缓缓驶出车站，白底黑字的车标"福州—北京"慢慢地远去，消失在人们的视野里，却久久地留在人们的心中，化作八闽大地欣欣向荣的改革开放景象……

轻轻地走了，正如他轻轻地来，不带走一片云彩。难道连他发誓要建设的福建炼油厂也不牵挂了吗？

七

1986年4月，福建省停止了以"中外合作建设250万吨炼油项目"为导向的筹建工作，撤销福建石油化工股份有限总公司。

从1958年到1986年的二十八年间，福建炼油厂的筹建走过了"三上三下"的艰辛历程。

一次次的努力，一次次的落空，但追梦的脚步并没有停止。追梦者始终没有放弃这个项目，并在湄洲湾肖厝港筑巢引凤。福建炼油厂的配套工程继续建设，包括万吨杂货码头、供电、供水和道路、邮电通讯等基础设施，为将来福建炼油厂顺利上马创造基础条件。

山重水复，柳暗花明。

1986 年 7 月，国务院副总理李鹏出席中央书记处会议。福建省委汇报了福建的工作，题目是《把福建建设成为对台工作的前沿阵地》。李鹏对此提法不表赞同。

会后，福建省委有关负责人来见李鹏。

李鹏一针见血地指出："你这提法行不通。从指导思想上，福建的同志应把主次倒过来，提出'发展福建经济，为对台工作多做贡献'。"

福建省委有关负责人接受李鹏的指导意见。

李鹏指出，中央对福建工作的总体要求，"发展福建经济"是第一位，其次才是"对台工作"。

中央的决策为福建的发展指明了道路。于是，福建全省上下对大大小小的项目进行一番梳理。福建炼油厂的筹建再次浮出水面。

1986 年 8 月，福建炼油厂筹建处第四次成立，并寻求以国内技术建设炼油厂。这个想法与中国石化总公司一拍即合。福建省委、省政府再次把福建炼油厂提上议事日程。

1987 年 2 月 11 日至 13 日，福建省计划委员会和中国石化总公司计财部在北京联合召开福建炼油厂前期工作讨论会，确定了合资建厂的主要原则。

两个月后，双方在北京召开福建炼油厂设计协调会。不久，各设计单位完成了可行性研究工作的交接。

1987 年 8 月，福建炼油厂可行性评审会在福州召开，并通过了评审。福建炼油厂的建设峰回路转，柳暗花明。

八

飞机要飞，汽车要跑，轮船要行驶，没有汽油怎么行？建设炼油厂，是八闽儿女梦寐以求的夙愿。而且，随着福建改革开放的不断推进，建设一个炼油厂已经愈显迫切。追梦者前赴后继……

1987年12月15日，国家计委批准福建省上报的《福建省人民政府关于筹建250万吨炼油项目设计任务书》。

福建人民多年的期待，终于迎来了新曙光。

1988年3月，中国石化总公司人事资源部的一位副部长专程前来福建，协调解决福建炼油厂领导班子和相关的专业技术人才问题。他谈了几点用人标准，并推荐了五个人。两个厂长候选人分别是大庆总厂和荆门总厂的副厂长，三个副厂长候选人分别是周纯富、龚明铨、路佩恒。

事后，中国石化总公司人事资源部征求两个厂长候选人的意见，他们都婉拒了。最后，分管副省长施性谋请示省长王兆国，并推荐道："三号选手周纯富毕业于西安石油学院机械系，参加过大庆、荆门两座炼油厂建设和运行管理……"

王兆国亲自点将，那就让周纯富上！

就这样，筹建炼油厂的重任就落在周纯富的肩上了。

此时，远在湖北荆门总厂任工会主席的周纯富还不知道他的生命轨迹即将发生改变。

九

1988年4月18日，安徽。

春光明媚，周纯富正带队在安徽安庆炼油厂参观。

忽然，有位工作人员匆匆走到周纯富身边，低声耳语："周主席，总公司来电，要你马上去北京！"

"说了什么事吗？"

"陈锦华总经理要见你！"

事情紧急，周纯富匆匆向同行的人员交代完工作后，火速赶到飞机场，搭上前往北京的飞机。飞机划出了一道美丽的弧线，飞向了蔚蓝色的天空，渐渐消失在漫漫的云际中——坐在飞机上的周纯富有一种预感，这次去北京非同一般。

第二天一早，周纯富走进中国石化总公司党组书记、总经理陈锦华的办公室。

陈锦华对周纯富说："福建省人民政府和中国石化总公司准备合资建设福建炼油厂，厂址选在湄洲湾南岸的惠安肖厝港。总公司研究考虑让你去福建筹备建厂。你看怎么样？"似有征求意见的意思。

"湄洲湾！"周纯富觉得这地方有些耳熟。

"对，湄洲湾！"陈锦华站起身来，指着墙上的地图说，"湄洲湾位于福建省东海岸的中部，台湾海峡西岸。如今，湄洲湾港与大连大窑湾港、宁波北仑港、深圳盐田港被交通部规划为中国四大国际深水中转港。开发湄洲湾、建设福建炼油厂是福建几代人的愿望。这是时代赋予我们的历史使命，艰巨而光荣……"

"坚决接受任务，争取早日建成出油！"周纯富略作思考，欣然受命，时年四十九岁。此时，他的脑海里浮现出湄洲湾波澜壮阔的美丽景象……

最后，陈锦华总经理说："过几天，福建省副省长施性谋和总公司副总经理李毅中要在北京就工程建设进行会晤，你也参加吧！"

1988年4月26日，北京。福建省副省长施性谋与中国石化总公司副总经理李毅中如期会晤，就福建炼油厂工程建设的管理模式交换意见。

李毅中说："长期以来，基建工程形成了一种传统模式，即基建与生产分家，要等基建完工，再由生产班子来接管企业，而原先的基建管理班子人员难以遣散，安置又有难度，企业从一开始就要背上沉重的包袱。要改变老习惯，开创新路子，就要从基建工程开始。"

施性谋说："福建炼油厂工程建设要引入竞争机制，实行招标、投标，保证工程建设进度、资金使用和安装质量。整个工程可按条块、按专业分别由专业性强、资质过硬、管理水平高的工程管理单位进行总承包。总承包单位充分发挥各自优势，代表福建炼油厂行使工程建设的管理职能。福建炼油厂本身不需要组建从设计、基建到质监等功能齐全、队伍庞大的基本建设管理机构，只管筹款和成本控制、监督工程进度、建设质量。"

这次会议达成了"小筹建、大承包"的共识：充分利用建设施工单位的管理资源和成功经验，基建工程由施工单位全权承包。这样做，新生的福建炼油厂就不必背上百人的基建班子，有利于集中精力做好开工生产准备，还可以加快建设速度和提高建设质量。

后来，副省长施性谋形象地说："小筹建、大承包就是筹建单位交钱、交任务，承包单位交工程、交钥匙。"

从北京接受任务回来，周纯富就忙着查阅有关湄洲湾的资料。那时，互联网还没有普及，他查来查去，也没查到多少关于湄洲湾的记载。

"纸上得来终觉浅，绝知此事要躬行。"周纯富决定前往东南沿海的湄洲湾看看。

十

1988 年 6 月 17 日，泉州。

周纯富独自一人从湖北荆门来到福建泉州，住进泉州友谊宾馆。

第二天上午，周纯富在宾馆里匆匆吃了一碗稀饭，揣上一张 1∶2.5 万比例的地图就出发了。从泉州到南埔肖厝港也就五六十公里，却转了几次车。他先从泉州乘车到惠安，再从惠安搭车到山腰乡。

那时，山腰乡还没有公交车，更没有出租车，几辆柴三机来来往往，运载着南来北往的客。这种车当地俗称"蹦蹦车"或"三脚虎"。

谁也没有注意人群中的这位川汉子，更没有人知道他要到这里来筹建福建炼油厂。

周纯富向一个"蹦蹦车"司机询问去南埔乡的路。

司机说："包车五块钱。"

周纯富也没讨价还价，就爬上车。

司机并没有马上出发。

等了许久，又上来几个人。

周纯富不敢说这车是他包的。

终于，车子启动了，沿着坑坑洼洼的乡间小道，迎着咸湿的海风，屁颠屁颠地跑起来，扬起一路尘沙。有几次，颠簸的幅度特别大，几乎要把车内的人甩出来。

大约过了半个小时，"蹦蹦车"停了下来。只听司机粗野地吼道："到了，到了，卸了，卸了。"听起来像是在叫卸货。

其实这车本来就是用来运货的，有时也开到山区村庄载猪仔，人们也叫这种车为"猪仔车"。

八千里路云和月，没有小车接送，没有随从陪同。周纯富独自一人从湖北荆门来到了选定的厂址——福建湄洲湾南岸的惠安县南埔乡（现属泉港区）实地考察。

跳下车，周纯富看到身穿红衣红裤的渔家妇女，成群结队，正在虔诚地插艾烧香，祭神拜祖……

这一天是 6 月 18 日，恰逢端午节。

湄洲湾在这个特殊的日子里，露出自己诱人的风姿，以水的娇柔、火的热情，拥抱这位拓荒者。

周纯富在南埔乡的街上转了一圈，问了几个人："听说你们这里要建一个炼油厂，请问在哪里？"

大家都说不知道。

天空忽然下雨了。周纯富跑到一座旧大厝的屋檐下避雨。旧大厝还住着一户人家。主人是个上了年纪的老渔民，皮肤被海风吹得像海边的礁石一样鳖黑。他看到门口站着一个避雨的陌生人，热情地招呼进屋避雨。

中午，老渔民一家正在吃饭，因为是端午节，饭菜比平日显然丰盛，摆了一桌子。纯朴的老渔民热情地邀请周纯富一起吃饭。虽然肚子早已饿得咕咕叫，但是周纯富还是婉言谢绝了。

下雨天，留客天。老渔民给周纯富倒了一杯热茶。他们攀谈起来。

"听您的口音，不是本地人？"主人问。

"对。我从很远的地方来的。"

"来看赛龙船？那是在沙格码头。我们这里的龙船赛已经有六百多年的历史了。"

每年的端午节，湄洲湾南岸都会举行一场盛大的龙舟赛。龙舟赛始于明永乐年间，已有六百多年历史。各条参加竞渡的龙舟雕饰成龙头形状，酷似蛟龙出水。龙舟装饰的图案有红、白、蓝、黄、青五色，唯黑色不用。竞渡比赛通常在下午一二时开始。竞渡过程中，舟首一人擂鼓或击锣，舟尾一人掌舵，一二十名划舟手分坐两侧，奋力划桨。比赛一般要进行两三日。观者云集，船上鼓锣之声不绝，岸上喝彩之声不断，特别是那些穿着红衫红裤的女子，挥手呐喊，犹如刺桐飞花，场面十分壮观。

穿过端午节的龙舟，注入了狂放、豪迈乃至张扬的血液，脉搏里新生的、跳跃的、勃发的、竞争的精神愈加滋长——

周纯富饶有兴趣地听着主人讲述赛龙船的风俗，忽然冒出一句让主人摸不着头脑的话："听说你们这里要建一个炼油厂，我过来看看。"

"建炼油厂？是榨花生油的吗？"

"炼柴油、汽油的。你们这里港口条件很好，国家要在这里建设一个炼油厂，建设大港口。"

"港口条件是很好。以前这里是很繁荣的，现在落后了。"老渔民叹了一口气，既自豪又伤感地说。

湄洲湾肖厝港自古海运、商业发达。清光绪年间，贸易鼎盛。商号货栈林立，南北商贾云集。1936年，萧碧川创办碧霞洲国际商港，开辟国际航运航线，定南埔柳厝街为商埠，继而又开设"肖益记轮船代理行"，租用上海招商局轮船公司和英国太古轮船公司数艘轮船经营海运。和利、美沅、信通、商业等票局相继设立。然经军阀混战和日寇摧残，南埔柳街昔日的荣光渐渐褪去，只剩下一段让人怀想的故事……

周纯富只能凭想象去勾勒主人口中的美好。

雨很大，如泼，如注，足足下了两个多小时才停下来。

周纯富说："南方的雨，下得真大啊！"

之前，周纯富看了资料，一直担心水库里的库存量不能满足炼油厂的需求。这场大雨让他明白了，南方跟北方不同，南方降雨量大，库存量不够降雨量正好补充。

看看雨收脚了，周纯富起身告别。老渔民拿了一顶斗笠让周纯富戴上，说："你到乡政府问问。"

十一

已是晌午。

周纯富在街上寻找饭店，找了许久，才找到一家小饭店，问店主有什么可吃的。店主却说端午节没有进货。

早上只吃一碗稀饭，现在已饿得前胸贴后背，好不容易找到一家饭店，哪里肯放过？周纯富自己打开冰箱，一看，还剩下一小块肉和一瓶啤酒，就说："就这小块肉，切了，炒一下，配瓶啤酒就行。"

很快一碟炒肉上来了。

看着周纯富狼吞虎咽的样子，店主又拿出一盆糊状的食物，问道："这个……要不要吃？"

"这是什么东西？"周纯富问。

"面线糊，昨天剩下的。"店主是个实在人，不会说假话。

"来一碗。"都说饥不择食，这话不假。

吃饱了，周纯富来到乡政府。乡政府大院里空落落的，几只小鸟在枝头叫着，跳着。在一个值班人员的指引下，周纯富来到一间破仓库门前，看到一个牌子，上面写着"福建炼油厂征地工作小组"几个字。

1988年2月底，福建省石油化学工业公司与福建省土地管理局就炼油厂建设用地征用问题进行了协商，达成了共识。3月初，福建省土地管理局在惠安县召开了福建炼油厂征地工作现场办公会。会后，成立了福建炼油厂征地工作小组，具体负责炼油厂建设用地征用工作。

"有人吗？"周纯富喊了三声，没有人回答，试着把门一推。门推开了，里面有个人午休刚醒过来。后来，周纯富知道他的名字叫陈金密。

一个说普通话的陌生人突然到访，让陈金密实感意外，以为找错人了。

周纯富做了自我介绍。

陈金密眼睛一亮，像看到了什么希望，马上清醒过来。他说："今天是端午节，又是星期六，只有我一个值班。"

周纯富说："能不能带我到现场看看？"

陈金密二话不说，拿出一张红线图，推出一辆破旧摩托车，载着周纯富一起去现场。

摩托车除了喇叭不响什么都响，一路晃晃荡荡，终于在一大片种花生和地瓜的沙地前停了下来。

改革开放十年了，地处湄洲湾南岸的这片处女地，甚至连一条像样的现代公路都没有——眼前是低矮的石头房子和成片的地瓜田，一条羊肠小道弯弯曲曲地穿过……

这一切与现代工业文明形成了强烈的反差。这就是要建设炼油厂的地方吗？周纯富倒吸了一口冷气："没路、没水、没电，怎么建炼油厂？"

"你看，这一大块土地就是要建炼油厂的地方。1985 年就画在红线图上了，至今三年了还没开工。"陈金密指着前面的沙地说。

周纯富顺着陈金密指的方向放眼望去，说："这里人多地少，要在短时间内完成大规模征地任务，难度不小啊！"

"难度是不小，但是上级领导很重视这个项目。"陈金密说，"上月底，我们完成了第一批征地地界定标和土地丈量工作。接着，还要进行第二批、第三批……"

周纯富心存忧虑，对陈金密说："我们到肖厝港看看吧！"

雨后的土路泥泞不堪，实在不好走。摩托车老是打滑，好几次差点摔倒。周纯富坐在后座，心惊肉跳，一直提醒陈金密要慢点再慢点。陈金密却逞能地安慰道："没事、没事，现在条件比以前好多了……"

陈金密介绍，1976 年，省里通知各地市上报福建炼油厂的候选厂址。晋江地区邀请福建省水运勘测队支持勘测湄洲湾。勘测船从泉州后渚港出发，沿海岸线向北进行沿线普查。这次普查发现肖厝港是一个天然良港，引起地区领导的重视。当时，肖厝村还没通公路。晋江地区领导陆自奋、成仞千到肖厝都是从峰尾乘船，经过一个多小时的航行才到达肖厝港，也没有码头上岸，只能转乘小舢板，摆渡到浅滩，再上岸。陆自奋副书记到肖厝考察后，看到还有六公里路未通车，当即答应每公里按一万元补助县里，征地及民工由县里负责组织实施。仅两个月，路就修通了。虽然是简易公路，但从此不要再绕道乘船了。

"这就是肖厝港？"到了肖厝港，周纯富才知道，肖厝港连一个像样的码头都没有，只有一座 1984 年才建设的百吨级轮渡小码头。

周纯富印象深刻的是，肖厝港有一座古大厝，门匾上写着三个大字——碧霞洲。字体笔走龙蛇，显然是出自名家之手。再看旧大厝虽然年代久了，嵌瓷的屋顶和坚固的红泥灰沙墙被雨水冲涮成黑漆色，屋顶也有些漏水，但还是可以看出当年主人的显赫！

1919 年 6 月，孙中山先生在《远东时报》发表《中国的国际发展》，即《实业计划》。在这幅实业救国的宏伟蓝图中，孙中山提出了开发湄洲湾的战略构想。

此时，受北洋政府委派到南洋调查华侨商务习惯的萧碧川捧着《实业计划》，心胸澎湃得像汹涌的浪潮。一幅大港伟业的蓝图，在他心中起伏……

萧碧川的故乡就在湄洲湾南岸。他决心为革命先行者描绘的宏伟蓝图，渲染上壮丽的第一笔。此时，他虽有鸿鹄之志，但羽翼未丰，尚待时日。

1923 年春，萧碧川回国后，赴上海创办建成行、德丰行、闽庄公司、福宁轮船公司等，逐渐成为福建旅沪商界巨擘。在湄洲湾建港之梦，又一次在心中升腾。

虽说湄洲湾肖厝港具有良好的自然条件，但是建设港口码头并不是个人想建就能建的。此前，莆田涵江人林柏青曾筹资五万元在湄洲湾北岸的秀屿建港，引起同行的嫉妒。有人向南京国民政府和福建省政府控告，要求制止林柏青在秀屿建港。虽然政府未加干涉，但形势不利，他只好放弃使用大型轮船的计划，改用小型电船四艘，往返于上海、宁波、温州等港，经营客、货运业务。1929 年，林柏青被杀，年仅 39 岁。建港计划也随之中止，让人叹息。

有此前车之鉴，萧碧川自然十分谨慎。他找人合议。众人都说建港时机已到，天时地利人和，更待何时？

1936 年春，萧碧川在湄洲湾南岸肖厝港建设商港码头。建成后，他前往南京，向国民政府交通部申请注册"碧霞洲"国际商港。承蒙于右任的鼎力相助，交通部批准"碧霞洲"为国际商港，给予注册并正式载入国际航运图。

不久，萧碧川开设福建惠安柳厝萧益记轮船代理行，代理太古、怡隆、泰昌祥各轮船公司轮船的业务。

碧霞洲国际商港的成功运营，开拓了到台湾和大北（大连、烟台）的两条海贸路线。除和台湾与大北有较大宗经营外，同江苏、上海、浙江宁波、温州和福建福州、厦门、泉州及广东汕头的贸易也不少。进来的货物大都销往晋江、南安、惠安、莆田、仙游各地。

诸行群立，海运、商业日渐繁盛。有一天夜里，碧霞洲商港同时停靠三艘大乌艚船（均两百吨以上）和八艘千担以上的电船。劳工日夜搬运不停。碧霞洲国际商港成了远近闻名的"不夜港"。

碧霞洲商港的兴盛，很快就引起了当局的注意，相继在湄洲湾南岸设立"海关"（负责人姓林，山东人）、"直接税"（负责人谢秘书，福州人）、"查缉所"（负责人郑成廉，平潭人）等三个机构。

自此，碧霞洲国际商港驰名中外。萧碧川因此被誉为近代"湄洲湾建港第一人"。

后来，陈金密又带着周纯富来到后龙上西村鲤鱼尾港——这里规划建设 10 万吨级原油专用码头。

海边，有几条小渔船随波漂荡，有个渔夫正从船上搬下长长的海带。渔夫看起来只有三十多岁，皮肤被海风吹得黝黑发亮，像海带一样。

海面吹来了凉爽的风。冥冥之中，似有一种召唤。这位来自大巴山深处的汉子，心里像海浪一样汹涌澎湃——遥想 1919 年孙中山先生的宏伟构想，时间又悄然走过了 69 年；缅怀萧碧川 1936 年在湄洲湾初创碧霞洲国际商港，历史也走过了 52 年。

十二

上北京接受任务，到湄洲湾实地考察，周纯富行色匆匆，像一台满负荷的机器……

晚上六点多，周纯富才回到市区，就在泉州友谊宾馆附近找了一家小饭店吃饭。一天来回奔波，又渴又饿，他喝了一瓶啤酒，吃完一个菜、两碗饭还是觉得不饱，就叫老板再加一碗饭。

结账的时候，周纯富一看钱不够，差了一碗饭的钱，尴尬地说："我就住在附近的宾馆。十分钟我就把钱拿来……"

老板是个厚道人，不让周纯富回去取钱，说："出门在外，谁都有不方便的时候。这碗饭就不要算了。"

值得一提的是——2010 年 11 月 3 日，周纯富在厦门牡丹大酒店和我一起吃饭的时候，还念念不忘二十多年前的这件小事。他感叹地说："那时候，肖厝还是农村，食、住、行都不方便，但泉州还是好人多。我很想感谢那个老板，我欠了他一碗饭的钱。福建炼油厂第一批液化气生产出来后，我想送几瓶液化气给他，到泉州一找，发现饭店不见了，不知道搬到哪里去了。当时泉州许多饭店还在烧煤球呢，根本就没有液化气……"

一碗饭，一段情，温暖了一生。

在这决定命运的关键时刻，谁也不敢张口。一时间，会议室内鸦雀无声。就这样过了五六分钟。忽然，周纯富斩钉截铁般地吼出惊天动地的一嗓子："天上下刀子也要开！他们不来，我们自己开！"一句话，把悬在大家心头的石头都纷纷震落下来。

福建炼油厂原始地貌

一

1988 年 9 月 6 日，福州。

周纯富一行六人赶到福州，参加福建炼油厂初步设计审查会。

会前，副省长施性谋特地来酒店看望他们。

施性谋介绍了福建炼油厂"三下四上"的曲折历程后，动情地说："福建长期以来是海防前线，福建没有大的工业，福建很需要这个项目！福建没有石油工业人才，福建很需要你们这样的人才！"

周纯富深受感动。他明白施性谋的意思，1985 年福建炼油厂筹建的时候，总公司先后征求了大庆和荆门两个副厂长的意见，希望他们到福建筹建炼油厂，但他们都不肯来。

会议期间，周纯富拜访了福建省省长王兆国、省委副书记贾庆林、副省长施性谋，还有泉州市委书记张明俊、市长陈荣春、副市长王文泰等省、市领导。

王兆国在会见周纯富时特别指出，建设福建炼油厂，要突出一个"早"字，早建成、早投产、早见效；体现一个"新"字，新思维、新管理、新格局；贯彻一个"高"字，高速度、高科技、高效益；要做到四个一流：一流的建设速度，一流的工程质量，一流的物质装备，一流的人才素质。

项目设计审查会如期举行。这次会议批复了福建炼油厂初步设计及全厂总概算。初步设计规模为年加工原油能力 250 万吨，共有十套装置：前五套装置是常减压、重油催化裂化、气体脱硫、催化氧化脱硫醇、硫黄回收；后五套装置是延迟焦化、焦化汽油加氢精制、催化重整、气体分馏、甲基叔丁基醚（MTBE）；以及相应的辅助生产和公用配套系统，其中专用油码头一座，设有 10 万吨级原油泊位和 5000 吨、3000 吨、1000 吨级成品油和工作船泊位各一个，年吞吐能力为 621 万吨。全厂占地面积 243 公顷。

整个项目总概算 10.33 亿元，是当时福建省规模最大、投资最多的能源工业项目。

二

1988 年 9 月中旬，福州市郊区东门招待所。

周纯富带着三个助手，告别老厂，走上"拓荒"之路。他们在福州市郊区东门招待所租下一间房子。这是一个村办招待所，条件简陋，四张床铺，四把椅子，睡觉、办公都在这个小房间里。

干起来才知道难。当时，福建炼油厂所需十多亿资金全部得靠贷款，也就是说福建省财政和中国石化总公司都没有投入一分钱，而国家宏观经济恰恰进入调整时期，银根紧缩，到处都在喊手头缺钱，情况很不乐观。

有人劝过周纯富："识时务者为俊杰。现在国家治理整顿，压缩基建规模，好多在建项目都停了，更何况这是个还没有立项的项目，八字还没一撇呢……"

在这个问题上，四个人看法不一致，认识上有分歧。他们不止一次地争论着。有人献出了缓兵之计："先将调来的职工户口落在省城，找一家像样的饭店，租下办公室待着，以引进人才为理由买几栋住房，你不急我也不慌，请上面决策，让上级协调。"

怎么办？是主动出击，还是被动等待？

周纯富分析着一个又一个矛盾，回答了一个又一个问题。终于，他说服了三个助手："从全国来看，一窝蜂上项目，盲目铺摊子的事例太多，大有整顿的必要。但是对福建来说，基础工业薄弱，特别是原材料工业项目少，建炼油厂不属于盲目上项目。有下就有上，从客观上来看，该压的要压，该上的还要上。从某种意义上讲，这是机遇，这个机会不该放。"

有一次，副省长施性谋请张连、周纯富等人一起吃饭。施性谋指着周纯富向张连介绍："这是福建炼油厂周纯富厂长。"

没想到，张连一听，愤然而起："你在北方搞得好好的，为什么要到福建来建炼油厂？建炼油厂会破坏湄洲湾的生态，人民怎么活？你是福建人民的罪人……"

这顿饭吃得相当尴尬。

后来，周纯富才知道，张连是个老革命，新中国成立后，曾任晋江地委副书记、行署专员长达十年，"文化大革命"后任省委对台办主任、省科委副主任（主持工作），1985 年后任中共福建省委顾问委员会常委。

多年后，周纯富谈起这件事，说："张连不但为革命事业做出重要贡献，而且对泉州人民很有感情！张连的意见代表省里的不同政见。他反对在湄洲湾建设炼油厂，但支持后渚港开发，甚至亲自给交通部副部长写信，结果交通部很快就下达了投资计划！后渚港是古代东方第一大港，是泉州人民永恒的情结。但社会历史发展不以人的意志为转移，后渚港因围垦造田而丧失了重建东方大港的可能！"

周纯富明白，筹建炼油厂除了资金压力，阻力还来自省里的不同意见，但是开弓没有回头箭，创业的热情就像燃烧在心里的一把火，无论冷水怎么泼，都浇不灭。

周纯富带着助手早出晚归，与有关部门沟通，求得理解支持；向省委省政府领导汇报，争取关心帮助。他们上下奔波，四处活动。时常，中午就在路边的小店吃一碗面条充饥。只有晚上才有机会改善一下生活，一瓶廉价的白酒分成四份，鸡爪、花生、豆干、榨菜和紫菜汤算是"四菜一汤"了。

终于，福建省委、省政府下了决心。省长王兆国在一次省政府常务（扩大）会议上，做出果断决策："动员全省人民，勒紧腰带，把炼油厂拼上去！"

三

1988 年 10 月 20 日，福州。

四十七名技术骨干包机从湖北荆门飞抵福州。他们怀着创业决心和激情。同行的有一个叫杨天明，据他回忆，本来是四十八位，临行时有一个不来了。

杨天明自己也差点来不了。那年，他担任荆门总厂建筑安装公司副经理、公司党委委员。杨天明报名要来福建。荆门炼油厂领导却不让走。因为时值厂里装置停工大检修，杨天明是大检修指挥部成员、技术骨干。老厂领导坚决不放人，周纯富几经协商。荆门炼油厂领导看到杨天明执意要走，只好松了口："检修完了你再走！"

杨天明指挥着大检修的主力军——建安公司本部人马没日没夜地加班抢修，终于提前完成任务。当他冲进荆门炼油厂第二招待所七楼会议室的时候，其他的四十六人已经聚集在开会，商量着如何出发的事情啦。

杨天明为什么放着副经理、公司党委委员的职务不当，要到福建来拓荒呢？除了献身能源工业的理想，更重要的是他已经追随周纯富多年。

1970 年，杨天明从北京石油学院毕业分配到荆门时就是周纯富手下的一名员工。有一次，杨天明突患肾病综合征。住院期间，水肿得厉害，肚皮胀得像一张鼓，脑袋涨成了大西瓜。医院下了三次病危通知书，说药量已经加到上限，不能再用药了。

周纯富经过再三考虑后，对医生说："我是他的领导，你们把药量加一倍，出了事故我负责！"

医生听他这么一说，吃了定心丸，加大了药量。

奇迹出现了，杨天明很快脱离了生命危险。

为什么周纯富敢冒这个险？因为他知道杨天明的身体素质比一般人好得多，曾获四川省青年铅球比赛第一名。

杨天明出院后，周纯富叫来两个工人，对他们说："你们两个不用上班了，脱产钓鱼给杨天明补身子。"

在周纯富和工友们的关照下，杨天明很快又生龙活虎起来了。

杨天明一直把周纯富看作救命恩人，所以决心追随周纯富到湄洲湾来筹建炼油厂。

四

1988 年 9 月 22 日，惠安。

周纯富率领四十七名技术骨干与福建炼油厂筹建处的人员一起，组成了福建炼油厂初期的建设队伍，南下惠安。他们挤在惠安第四建筑公司招待所开始办公，并着手建工棚，找空房，租民宅。

周纯富到惠安的第一天，就联系张碧聪县长。

张碧聪说："刚好县里开乡镇会议，晚上在县委招待所一起吃饭，你也来吧，认识一下惠北各乡镇的领导！"

周纯富想，国有企业跟地方搞好关系是很重要的，就应邀前往。席间，他到惠北各乡镇领导的那一桌去敬酒。惠北指惠安北部的四个乡镇，2000 年设立泉港区。

那时候，人们对炼油厂还没有什么概念。当陪同人员向各乡镇领导介绍周纯富时，大家只"嗯"了一声，没有什么大反应。

后来，惠北各乡镇领导去向县领导敬酒，才发现周纯富跟县长坐在一起。张碧聪介绍："这是福建炼油厂的厂长——周纯富。"这时，大家才客气起来。

1988 年 11 月初，龚明铨、路佩恒分别从兰州和大庆带来了一批技术骨干，共一百余人，也加入了筹建行列，组成了第一代"福炼人"。

当时，从福厦路龙头岭到南埔乡有一条四米宽的沙土路。筹建队伍每天乘厂里的班车往返于县城与南埔之间。他们进入现场，按照 1985 年所画的红线图，有条不紊地进行开工准备工作。

红线图内有一条水渠需要填埋，是属后龙乡的。那天，一名副县长来协调解决。这位副县长背着手，挺着胸，昂着头，派头十足，走在前面。乡、村领导形影不离地陪着副县长。周纯富落在后面，也说不上话。

转了一圈回来，这位副县长对周纯富说："填埋这条水渠，得给村民补偿 100 万元，你看行不行？"

周纯富一听，似有征求意见的意思，又没有商量的余地，就说："给110 万！"

二十多年后，周纯富对这件事仍然记忆犹新："那个时候，地方领导的架子好大哟！"

工程施工中许多大大小小的事，需要地方支持。第二天，周纯富到泉州市政府，找陈荣春市长。

陈荣春很和气。

周纯富开玩笑地说："你市长的架子还没村干部大。"

陈荣春说："当选市长的时候，我的选票是百分之百。这是人民对我的信任，我不能不努力啊。现在我一天上五个班，清早一个班，上午一个班，中午一个班，下午一个班，晚上一个班。一天工作十六个小时……"

周纯富向陈荣春汇报福建炼油厂筹备工作中的一些困难，希望市里支持。陈荣春当场拍板："那我们开四级会议，市、县、乡、村四级干部会议，统一思想。"

两天后，陈荣春在惠安主持召开建设福建炼油厂四级干部会议。会上，陈荣春指出："福建炼油厂是泉州市乃至福建省的一号工程，投资大，涉及面广。各级干部要响应一个口号，解决四个问题。一个口号就是统一思想、同心协力、艰苦创业、多做贡献……"

参加会议的干部发现，主席台上只有三个人，一个陈荣春，一个王文泰，还有一个就是周纯富。台下，几个与会的同志悄悄地议论着："县委书记、县长都没有上主席台。周纯富怎么跟市领导坐在主席台上？"

杨天明刚好听到了，说："福建炼油厂的厂长是副厅级领导，跟副市长一样的，级别比县委书记、县长还高呢！"

会议之后，福建炼油厂在惠安县委招待所举办招待会，置办了十二桌酒席，邀请与会的惠北地区四个乡、村干部会餐。

杨天明特别关注炼油厂生活区周边的乡村干部们。田里村陈绍成、土坑村刘耀辉、坑仔底陈庆基，这三个村的党支部书记是他抓得最紧的同志。几个人彼此年龄不相上下，几经推杯换盏，你往我来，情投意合，多有不见外之感，大家俨然成了哥们儿。

有了地方干部的支持，工作推进顺利了许多。这种在工作中建立起来的情谊弥足珍贵。二十多年后——2011 年 3 月 15 日 17 时 40 分，周纯富给我发了一条短信："荣春市长和我是好朋友，在福建石化工业的创立和发展中，他是有巨大贡献的领导人。我们在促进福建经济发展和省政协的工作中凝结了深厚的情谊！"

经过短短二十来天的筹备，基础项目动工的前期准备工作基本就绪。福建炼油厂筹建处计划在 1988 年 12 月 1 日进行的生活区土方工程破土动工。

消息传出，群情激奋。

破土动工典礼进入倒计时，筹备工作紧锣密鼓。大家情绪高涨，废寝忘食，加班加点。有的人甚至干脆吃住在现场，晚上也不回县城招待所……

有一种期盼在鼓舞着、激励着他们。

五

1988 年 11 月 28 日，福建炼油厂工地。

此时，离生活区土方工程破土动工典礼只有两天了。

晚上，路佩恒一回到工地就焦急地向周纯富汇报北京之行的情况。这次，他受周纯富的委托，专程前往北京向中国石化总公司汇报福建炼油厂前期筹建工作和生活区开工事宜，得到总公司的肯定。然而，他从北京飞到福州向福建省政府领导请示如何进行典礼仪式等问题时，得到的答复是："项目还没立项，资金也没着落，且气象预报有雨，暂缓动工。"

周纯富一听，如五雷轰顶，像热锅里的蚂蚁——急得团团转，加上心情非常激动，两只比平常人硕大许多的福耳涨得通红。他连晚饭也吃不下，紧急召集大家开会。会上，周纯富让相关负责人汇报筹备情况，分析存在的问题。最后，他让路佩恒把总公司和福建省政府的意见通报给大伙。

大家一听说"暂缓动工"都愣住了。

暂缓要缓到什么时候？

1985 年暂缓到 1988 年，1988 年要缓到什么时候？

缓期就是无期。

时间好像停顿了。

周纯富脸色严肃而凝重。

在这决定命运的关键时刻，谁也不敢张口。一时间，会议室内鸦雀无声。

就这样过了五六分钟。

忽然，周纯富斩钉截铁般地吼出惊天动地的一嗓子："天上下刀子也要开，他们不来，我们自己开！"

一句话，把悬在大家心头的石头都纷纷震落下来。

周纯富说："时间剩下两天了，该通知的分头通知，该邀请的统一发请柬，该准备的都摆开阵势准备！"

六

1988年11月30日下午，典礼会场。

快到下午五点钟，周纯富放心不下，亲自带领一帮人检查现场。他发现，从后龙乡政府到典礼会场（现闽南医院住院部），还有大约150米没有通路，领导的车辆无法进入现场。周纯富对负责工程现场指挥的杨天明下了死命令："立即找人修路，天亮前必须修通。"

那时，工程队还没有进场。怎么办呢？这时，杨天明想起在惠安县委招待所招待会上认识的田里村陈绍成、土坑村刘耀辉、坑仔底陈庆基三位村党支部书记。

于是，杨天明求助三位村支书。

三个村支书一听，都说福建炼油厂的事就是他们周边村民的事。

很快，三个村近百名群众扛着锄头，提着畚箕，奔赴现场，分头施工。

午夜零点左右，杨天明和三个村支书正在田里村委会碰头。有人来报：路修通了。

杨天明和三个村支书赶到现场一看：路是挖通了，就是没有夯实，也没有填石子。

杨天明说："这几天正下着小雨，不铺石子车子不好走，万一明天下雨，车子陷进泥坑里就不好了，要想办法夯实路基，再铺上石子。"

这样，群众又去找毛石和碎石。

没有夯机，群众就用绳索把条石捆起来，几个人提起来夯。夜深人静，夯土声和号子声传得很远很远……

天亮了。太阳出来了。路修通了。

二十多年后，杨天明退休了，依然念念不忘三位村支书和连夜修路的群众。

1988年12月1日，典礼会场。

典礼如期举行。

会场布置得热烈庄重，显得特别喜庆。四周的山坡、田地上插满了彩旗。

主席台上有省、市、县及中国石化总公司的领导，台下数百人都是参加会战的人员。会场周围，站着上千名闻讯赶来看热闹的老百姓。

"现在——我宣布——福建炼油厂生活区土方工程破土——正式动工！"随着主持人惠安县委副书记陈增煜宣布动工，几台推土机齐头并进，翻醒沉睡已久的红土地……

顿时，人们欢呼起来，掌声经久不息。

会场外，福建省建筑总公司办公室主任庄顺明，累倒了，被扶到一部旅行车上休息。

开工典礼前，庄顺明接受了布置会场的任务。现场没有电，他张罗着拉来电线；没有台子，他张罗着搭起木台。时值冬季，北风呼呼，飞沙走石。标语被风刮得七零八落，他就改用油漆写……忙碌中，没有人知道这位四十多岁的汉子到底忍着什么样的痛苦——他在进工地之前已被查明身患胃癌，可他瞒住了所有的人，直到一切安排就绪。

一个月后，这位赤诚的共产党员，带着未亲眼看到福建炼油厂建成的遗憾，溘然长逝……

七

1988年12月，北京。

中国石化总公司召开第六次经理（厂长）会议，周纯富被点名参加。身在北京，心系湄洲湾。生活区土方工程破土动工之后，周纯富又计划在1988年12月底将生产区的土建工程也动起来。

眼看1989年元旦就要到了。周纯富从北京一天一个电话催问生产区土方建设开工的准备情况。生产区土方工程开工，是一件大事，要举行一个比较隆重的仪式。

1988年12月27日，离生产区土方工程开工只剩下三天了。省里的锣鼓却变了调：项目还没立项，条件不成熟，是不是往后推一推？原答应到工地剪彩的省领导，又说年底很忙，到时能否抽开身还不一定。

周纯富一听到龚明铨、路佩恒两个副职的报告，急了，说："那不行，不能推，按照原计划不变，12月份里一定要开工，哪怕是最后一天也占着一个年份，说到不做到，别人就不信服你了。该准备的，你们照常准备，省里的工作我去做……"

12月28日，中国石化总公司经理（厂长）会议一结束，周纯富就立即和秘书甘松茂乘飞机赶回福州，连夜向省委、省政府领导汇报总公司会议的有关精神，汇报他在会议期间的设想方案，汇报1989年福建炼油厂建设工作计划……

最后，周纯富提出抢在元旦前——12月30日，举行生产区土方工程动工仪式！他恳请主管工业的副省长施性谋同志拨冗，参加动工剪彩。

八

1988年12月30日上午10时，福建炼油厂工地。

这一天，福建炼油厂生产区破土动工仪式隆重举行。主管工业的副省长施性谋，硬是把别的事儿推了，早早地赶到现场，为开工仪式剪彩。

喜庆的鞭炮声、轰鸣的机械声、沸腾的喧闹声，打破了湄洲湾畔这块沉寂已久的土地。

当各级领导致辞之后，主持人宣布破土动工。可是，承担破土的福建省机械工程公司的推土机司机却迟迟没有下手……

怎么回事呢？

原来，在那破土的地方有一座土地庙。庙不大，顶多十几平方米，高个子伸手可及屋顶。庙里香火正浓，烟雾缭绕。司机不敢轻举妄动。

推土机就停在庙边。现场工作人员做了不少工作，司机就是不敢动。最后，路佩恒也过来做司机的工作。

司机说："推庙可以，得先把'土地公'请走。"

请神容易送神难。按当地人习俗，这需要风水先生选好黄道吉日，杀猪宰羊，放鞭炮，烧香膜拜……祭祀之后，方可请走土地公。

台上有领导，周围有群众观看。总不能僵在这里。路佩恒急了，大手一挥，高声对司机说："不要紧，一推就塌啦！"

司机还是不推。

杨天明灵机一动，对路佩恒说："路厂长，你问好司机，是不是把土地公拿走他就推？"

司机听后说："是的，关键是不能把'土地公'埋在土里呀！"

"那好，你等着！"杨天明说着徐步上前，只身一人走进土地庙。他面对土地公，毕恭毕敬，双手打躬，低头施礼，念念有词："土地公，土地公，你要是有灵有圣，神灵永在，到哪儿都一样；你要是无灵无圣，化为灰烬，有无泥躯都一样；我们今天来此开发湄洲湾，繁荣经济，是造福一方，与你一样。就这三点，有请暂避，原谅！原谅！恕罪！恕罪！"

少顷，杨天明扯下墙上那些红缎，将两尊土地公包起，双手捧着，走出庙门，四下一看，全是地瓜地，地中有一根独立的电线杆，便把"土地公"轻轻地放在电线杆旁。

回头一看，推土机已把泥巴房子夷为平地！

二十多年后，杨天明说："尊重'土地公'，爱护泥躯，不是信不信神的问题，而是对一方人文风俗尊重不尊重的问题。现在，我相信，无论是'土地公'，还是村民，眼见湄洲湾畔的荒芜之地已成闹市，必定会在新的住所感到欢喜！"

九

1989 年的元旦，惠安。

土方工程动工的喜庆还未散去。工地上，五颜六色的彩旗，在霞光里迎风招展，猎猎作响。几台推土机正在紧张地施工，现场工程指挥技术人员来回穿梭，工地上一片忙碌的景象……

海边的小渔村，早起的渔民又开始了一天的忙碌，该补网的补网，该出海的出海。元旦这一天对他们来说，和往常没有什么两样。春节才是他们真正的节日。

这天中午，周纯富和杨天明等人正在惠安四建招待所庆祝元旦。忽然，厂办接待科长李国瑞来报："周厂长，省政府打来电话，说是总公司和省政府联合下文，同意合资建设福建炼油厂。文件和厂长任命传真件，已经送下来了，正在路上，估计到莆田路段了……"

"走，我们去看看。"周纯富高兴得坐不住了，激动地叫起来，酒也不喝了。

厂里只有一辆小轿车——桑塔纳。周纯富叫上运输公司的李海生，伙同杨天明、李国瑞，沿着福厦公路前去迎接。一直到莆田市仙游县枫亭镇霞桥村的桥头，他们才遇上了省政府的车。

拿着文件，周纯富就像是拿到了尚方宝剑一样，喜悦之情难以形容。他一个字一个字地看着，看了一遍又一遍……

之前，周纯富只是负责筹建的准厂长。他一直心存忐忑：能否从工会主席直接提拔为厂长实在有很大的变数? 直到拿到任命书, 他心里悬着的石头才落下来。

有为才有位, 有位更有为。旁边的几个人都说, 这个厂长是干出来的!

1989 年 1 月 6 日, 福州。

福建省人民政府和中国石化总公司合资建设福建炼油厂的签字仪式如期举行。

福建省副省长施性谋、中国石化总公司副总经理费志融代表双方在合资协议书上签字。

福建省委书记陈光毅、副省长游德馨、中国石化总公司工程部顾问兼福建省炼油项目顾问葛立兴等出席签字仪式。

福建炼油厂同时宣告正式挂牌成立。周纯富为厂长, 龚明铨、路佩恒为副厂长。

湾之静静，海之涌涌。舟棹网鱼，福船网金……湄洲风起，湄洲潮涌。开大厂啊，建大港啊，让湄洲风吹送，让湄洲潮托起，吹开地瓜地里的苍烟，托起东方大港的宏伟梦想——

福建炼油厂工程开工典礼现场

一

1989 年 2 月 13 日，农历正月初八。

湄洲湾畔的渔村小镇仍沉浸在春节的喜庆中。人们正为"初九拜天公"而忙碌着。这是闽南地区的特有风俗——在全年众多的祭祀礼仪中，此节最为隆重。各家各户蒸粿做糕、宰鸡宰鸭。牲礼在蒸熟之后放在盘内晾干，捞取内脏放置旁边，其血料放置背上，血料上边插纸折红花，嘴"叼"绸春枝。绸春枝冬季开花，花色红艳，像玫瑰。渔民视为迎春花。

这一天，王兆国在陈荣春、王文泰、周纯富厂长等人的陪同下，来到建设工地。

春寒方料峭，工地已喧闹，又是一年春来早。

工地上，铁道部第 17 工程局、福建省机械工程公司、福建省林业机械化工程公司早已开始投入新春的忙碌……

周纯富拿着图纸，边走边比画："这儿将是常减压装置、那里将是重油催化裂化装置……"

王兆国一边听，一边饶有兴趣地问这问那，仿佛看到了福建炼油厂美好的明天。他高兴地说："虽然项目中央还没立项，但是前期工作要准备充分。动员所有参建人员发扬'拓荒牛'精神，争取奋斗一年半，闯过第一关，拿下土建堡垒，达到开工条件的目标。项目一下来，就开始大建设，争取早日出油。"

"早日出油！"这是省长的重托，也是福建人民的期待。改革开放以来，福建全省工业用油量年递增 20%。然而，福建是一个没有自己炼油厂的省份，所需成品油全部靠外调，单运输费用每年都在亿元以上。这给福建的经济和运输带来沉重的负担。

1989 年 4 月 16 日至 18 日，福建炼油厂工程建设领导小组第一次会议在福州举行，明确了工程建设总承包原则，商定了建设期间资金筹措和物资供应办法。福建省副省长施性谋、中国石化总公司副总经理李毅中等出席会议。会议确定了"92·9"和"93·9"目标：第一步，1992年6月，前五套生产装置及相应的贮运系统、公用系统及辅助生产系统建成并完成中间交接，9月份投料试车生产；第二步，1993年6月，后五套生产装置建成、投料试车并完成全厂工程建设，9月份全面联合运行，即福建炼油厂全面建成并投产。

此时，发生在北京的一场政治风波正席卷全国。大气候制约着小环境。银行的贷款也暂停了。没钱怎么搞建设？福建炼油厂的土方工程也随之停了下来。

停建……

缓建……

下马……

各种传说几乎一天一个版本。有的职工开始恐慌了，做出了回老厂的决定。而留下来的人整天无所事事，只有借酒浇愁了。事情变得复杂起来。福建炼油厂的建设前途又变得缥缈而迷茫。

1989年6月14日，中共福建省委组织部批准成立中共福建炼油厂临时委员会，周纯富为临时党委负责人。这天，福建炼油厂借了一个大礼堂，将全体职工及家属请到一起。周纯富详细介绍炼油厂筹建历史，大讲建厂重要意义，讲有利条件，也讲不利因素。他块头大，嗓门亮，手势大而有劲，讲话富有鼓动性。在座的职工、家属，从头至尾都认认真真地听着。最后，会场上响起了长时间的掌声。

福建炼油厂是国家"拨改贷"政策实施后的第一个新建炼油企业，建厂资金贷款数额大，承担利息高。只有早建成，早投产，才能早见效益，早还贷款……

在省领导的直接关心下，项目资金又落实下来了。那时候炼油厂才刚刚开始建设，贷款更多是靠行政手段，没有什么可担保的。

资金一到位，马达声又响了，推土机又动起来了，人们又忙起来了：7月1日，生活区首期八幢职工住宅楼开工建设；7月3日，油库区土方平整开始施工……

二

1989年9月18日，福州。

王兆国省长主持召开专题会议，听取了福建炼油厂周纯富厂长和大庆总厂施广仁副厂长的工作汇报。

福建省委书记陈光毅打来电话，对中国石化总公司、大庆总厂支持炼油厂建设表示感谢。

福建省委常委林开钦、副省长施性谋、省顾委副主任温附山、省政协副主席倪松茂、高胡以及省委办、省人大办、省政府办和有关厅局主要领导出席了这次会议。

会上，王兆国坚定地说："我们不但要建炼油厂，而且要把福建炼油厂建设成为队伍、技术、设备、管理第一流的炼油厂！"

参加完会议回来，周纯富的热血都被鼓得沸腾起来。真的干起来了，上上下下，左左右右，态度变了，看法变了，冷漠的眼神变得热情起来，怀疑的神情变得坚定起来，有些地方干部甚至希望自己的子女能到福建炼油厂来工作。

有一天，周纯富正在惠安第四建筑公司招待所办公。忽然，闯进来一个人。他自我介绍："我是水库管理站的负责人。"

周纯富不敢怠慢，忙起身请坐，问道："你有什么事？"

"我的儿子今年大学毕业，还没安排工作，你看看能不能招进炼油厂？"

"可以。"周纯富明确表态。

水库管理站的负责人听了很高兴，迫不及待地问道："什么时候来上班？"

周纯富说："等炼油厂开工建设了，就让你儿子进来。"

"那不行，必须在三个月内招进来。"水库管理站的负责人一听，急了。

周纯富解释道："现在只是土方施工，他来也做不了什么。"

"三个月内不把我儿子招进来，我就把施工用水关了。"水库管理站的负责人态度强硬。

周纯富一听这话，就有点不高兴，说："这是福建省的重点项目，你不能说关水就关水！"

"现在是旱季，你企业不能跟农业争水！"

"我炼油厂早投产一天，这一天赚的利润买粮食够惠北人民吃半年！"

……

两个人争论不休，不欢而散。

事后，周纯富还是担心施工用水真被关了，影响施工，就向惠安县领导汇报。不久，那个水库管理站的负责人就被调离了。

二十多年后，周纯富谈起这件事，心肠柔软地说："后来，那个水库的负责人不知道调到哪里去了。当年他为了儿子早点工作，我为了炼油厂的建设不受影响，谈不拢。现在想想也是遗憾，如果当年都能静下心来谈，那是皆大欢喜的事。"

三

1989 年 10 月 22 日至 24 日，惠安。

王兆国亲自主持召开福建炼油厂现场办公会议。副省长施性谋、省顾委常委张维兹、中国石化总公司工程顾问葛立兴以及省委办公厅、省政府办公厅，还有建设、承包、设计、新闻等38个单位178人出席了会议。

根据现场办公的会议精神，福建炼油厂拟定五个奋斗目标——三大块两条线，即生活区、厂区、油库码头区以及二级公路和水源线。

其中，油库码头区将建设10万吨级原油码头。10万吨级是什么概念呢？在1989年，这是全国第二大的原油码头，仅次于镇海算山15万吨级油码头。

福建省委、省政府和中国石化的领导对10万吨级原油码头的开工都十分重视。时间拟定在1989年11月11日。

这一天，福建炼油厂工程一线人员早早地来到鲤鱼尾港的开工现场，等待着各级领导的到来。

现场不能通车，也没有停车场。领导们的车只能停在离现场约两公里的上西村。

从上西村到鲤鱼尾港中间还有一个小山头。山头上是一片地瓜地。大家下了车，沿着一条弯弯曲曲的田埂，爬上山头的地瓜地。

山头上，人们像赶集似的聚拢在王兆国身边。现场没有任何标记，只能靠图纸来讲解地理位置。工作人员把红线图摆在地瓜藤叶上，你一言我一语。混乱地讲解，让王兆国一时也分不清东西南北。

周纯富一看不大对劲，忙把主管工程建设的杨天明叫来，说："你情况比较熟，你上！"

说着，周纯富把杨天明推向前去。

王兆国十分亲切地向杨天明笑了笑。

这时，杨天明发现王兆国是背北面南而站，图纸是面北朝南而摆，恰恰倒了个一百八十度。杨天明说："把图纸调过来就好看啦！"

于是，王兆国手执图纸的一端，杨天明执着另一端。他们把图纸转了个一百八十度。当图纸与实际地理方向一致时，王兆国稍加定神，仔细一看，说："东西南北清清楚楚啦！"他再一次朝杨天明微微笑了笑。

看到省长心情不错，现场的几个工程师争先上阵，这个介绍地理位置，那个介绍设计意图。人们指点山海，谈笑风生。

那天，谁也没有提起开工典礼之事。大家心照不宣：当天是开不了工的——在那小山包下的一个海湾里，还停泊着十几条渔船。渔民们说，他们的船还没有找到合适的避风港……

1989年11月11日，10万吨级原油码头开工典礼"流产"后，市、县、乡的干部进村入户与渔民推心置腹摆事实，讲道理："开发为建设，建设为发展，发展为人民。建设福建炼油厂和10万吨级原油码头是为民谋利，而不是与民争利。近水楼台先得月，最终得利的，还是周边的人民群众……"

一次次进村入户，却一次次吃了闭门羹。有时为了一扇门的开启，他们在渔民家门口静候数个小时。一次又一次锲而不舍的交流，终于铺就了一条新路……

四

1989年11月28日，福建省委副书记贾庆林一行到福建炼油厂看望参建职工，视察施工现场。

戴群陪同，与贾庆林同乘一辆车。

路上，贾庆林关心起戴群的工作情况。

戴群说："我从1976年开始搞炼油厂这个项目，至今已十多年了。我现在已到退休年龄，明年就要退休了！"

贾庆林说：'你工作这么熟悉，不要退休了，等把炼油厂建成投产后再退吧！"

戴群说："这是国家人事政策所规定的，到时就得退。"

没想到，闲谈中的这件小事贾庆林还记在心上。有一次，泉州市委副书记石兆彬到省里开会。贾庆林对石兆彬说："戴群不要叫他退休了，等炼油厂建成再退吧！"

石兆彬回泉州后征求戴群的意见。

戴群说："还是退了好，因为再过两年还是要退。不过，肖厝的事，我还是会随叫随到的。"

石兆彬同意戴群的意见，说："你现在退了，市政府再返聘你当顾问，那样工资可以多加些。"

戴群离休后，没有接受聘任。因为他认为在肖厝开发办当顾问会影响接任者的积极性和主动性，会使他们难以放开手脚工作。

二十多年后，戴群谈起这件事，记忆犹新。他说："那天，我看到贾庆林的心情不错，就斗胆问他，听说惠安要划给莆田，不知道有这事没有？"

当时，莆田市极力主张把惠安县划归莆田市管辖，形成湄洲湾南北岸统一的行政区域，即由莆田市统辖湄洲湾开发建设。泉州市，特别是惠安县极力反对。民间议论纷纷……

戴群接着说："政区设置现在最好别动，要发挥两岸建设的积极性，两个积极性总比一个积极性好。"

贾庆林仍没有表态。

五

1989 年 12 月 1 日，福建炼油厂施工现场。

工地上一片沸腾，马达轰轰，铁锤叮当，弧光闪闪；劳动号子，此起彼伏……

这一天，福建省委书记陈光毅来了。

陈光毅给大家带来了一个好消息——11 月 22 日，国务院正式批准福建炼油厂为预备开工项目！

大家听了这个喜讯，情不自禁地热烈鼓掌。

看着热火朝天的建设工地，陈光毅高兴地说："开发湄洲湾，建设福建炼油厂是省委、省政府的重大决策，也是福建人民几十年梦寐以求的夙愿。广大参建队伍要做好开工建设的前期准备工作！"

陪同的泉州市委书记张明俊介绍说："炼油厂工程建设前期准备充分，已经完成了 8042 万元的基建投资，250 万吨／年的建设规模达到 500 万吨／年的基础条件……"

陈光毅听了，振奋人心地说："结束福建不生产一滴油的历史重任落在这一届省、市、县党委、政府领导班子的肩上；福建要发展经济、增强后劲，炼油厂是关键，再难也要全力确保；要着眼于 250 万吨建成后，再考虑后加工，将来不仅是一个炼油厂，而且是一个工业区；要把炼油厂建成管理、质量、装备、效益一流的企业。"

"结束福建不生产一滴油的历史！"湄洲湾畔吹响了集结号——

工程队伍抢晴天，战雨天，迎风沙，早出晚归，披星戴月，夜以继日……

1990 年春，全国各地一支支精良的工程队伍，奔赴湄洲湾畔，汇集到了福建炼油厂的建设工地上……

工程进度全面加快：生产区、厂前区、生活区和油库区提前完成"四通一平"……

菱溪水库至厂区输水工程破土动工，厂专用油码头沉箱预制施工动员大会在沙格码头召开……

110 千伏供电线路初步设计方案审查会在惠安召开……

六

1990 年 2 月 16 日，上西村鲤鱼尾港。

二十多艘船只同时向海底抛石，拉开了福建炼油厂10万吨级原油专用码头工程建设的序幕……

10万吨级原油专用码头正式动工，具有里程碑的意义，标志着湄洲湾大港口、大码头建设全面启动，尽管这比原计划的1989年11月11日推迟了三个多月。

湾之静静，海之涌涌。舟棹网鱼，福船网金……

湄洲风起，湄洲潮涌。开大厂啊，建大港啊，让湄洲风吹送，让湄洲潮托起，吹开地瓜地里的苍烟，托起东方大港的宏伟梦想——

1990年4月下旬，福建炼油厂工程建设领导小组第二次会议前夕，与会代表要参观原油码头工程。

可是，此时库外道路还没有修通，遇雨天，连人都过不去，更谈不上车辆通行了。

怎么办？

工程队伍下了用自己身体铺路也要保证通车的决心。他们吃住在工地上，每天清晨去村里挨家挨户请渔民上工，并包下村里所有的饭店，送饭到工地，午间也不休息，晚上连夜干……

终于，在会议召开的前一天下午，一条宽阔平直的车道神奇般地伸展到油库区。

百年风云碧霞洲，千秋伟业湄洲港。那天，前来参观原油码头工程的与会代表有一百多人。他们望着正在建设的伟大工程，都赞叹不已……

潮涌湄洲春潮急，喜讯频传入梦来——

1990年4月26日，福建炼油厂工程建设指挥部在福州成立。周纯富任指挥长，熊定春任副指挥长……

1990年5月9日，国务院批准福建炼油厂工程为正式开工项目……

1990年6月1日，福建省人民政府、中国石化总公司批准福建炼油厂工程正式开工，建设工期为1990年6月至1993年12月，前五套装置

1992 年 6 月建成，后五套装置 1993 年底建成……

七

1990 年 6 月 17 日，福建炼油厂生产装置区施工现场。

这天上午，福建省最大的能源工业项目——福建炼油厂工程开工典礼隆重举行！

这是载入福建省发展史册的日子。

会场上，彩旗招展，锣鼓喧天。

临时搭设的主席台布置得庄严喜庆。

"开发湄洲湾振兴福建经济，建设炼油厂发展沿海工业"的大幅标语格外引人动情。

台下，三千多名建设者整齐地排成方阵，迎风肃立，静候着庄严时刻的到来……

周纯富主持大会，并代表福建炼油厂工程业主，郑重表示："一定不辱使命，把宏伟的工程建设好，管理好，让党和人民放心……"事有凑巧，这一天正是他第一次到泉州（1988 年 6 月 17 日）整整两周年的日子。

陈明义副省长宣读国务院的开工批文。

施性谋副省长宣读福建省委书记陈光毅、省长王兆国的贺电。

中国石化总公司副总经理李毅中号召福建炼油厂建设者："一定以一流的设计、一流的质量、一流的文明施工管理，按期完成党和人民赋予的神圣使命……"

上午 10 时 30 分，省委副书记袁启彤宣布："福建炼油厂已具备全面开工建设条件，福建省人民政府和中国石化总公司决定于 1990 年 6 月 17 日举行正式开工奠基仪式！"

霎时，会场鼓乐喧天，人声鼎沸，礼炮轰鸣，黄烟弥漫，一串串五彩的气球腾空而起……

三千多双手掌拍红了……

三千多双手臂挥酸了……

三千多张笑脸绽放了……

惊涛拍岸，湄洲湾畔有史以来最大的一场大开发、大建设吹响了冲锋号……

福建省人大主任程序、省委副书记袁启彤、福建省人大副主任刘永业，副省长陈明义、施性谋、刘金美、福建省政协副主席陈希仲、中国石化总公司副总经理李毅中、大庆市市长张立中、泉州市市委书记张明俊、泉州市市长陈荣春等为福建炼油厂工程奠基培土。

一百三十多个单项工程全面铺开……

八

七月酷暑，艳阳高照。

工棚还未搭好，行李还未运到，工人们就打地铺，睡在临时支起的简易帐篷里，睡在尚未安上屋顶的铁皮房子里。天一亮，劳动的号子就"叮当叮当"地催醒黎明的太阳……

1990 年 7 月 3 日，王兆国带着副省长苏昌培、施性谋来到建设工地。他久久地伫立在工地上，情不自禁地说："势连沧海阔，色比白云深。"

周纯富介绍："尽管开工较晚，但我们有信心用半年的时间完成一年的计划任务量，完成地下管网铺设、地面基础和竖向工程，实现六大形象目标。"

王兆国鼓励道："今年是大战土建高峰年，要大干、苦干，为迎接安装做贡献！"

视察完工地，王兆国来到距厂区三公里的鲤鱼尾码头。此时，一座

10 万吨级油码头的轮廓已经勾勒出来了。

工地上,拓荒者们正在紧张奋战。最难的挖泥清基任务由上海航运局一公司"801"挖船承担。全国劳动模范、船长徐德来要求全体船员学习大庆人艰苦创业精神,敢打硬仗,敢啃硬骨头。他整日吃住在工地上,指挥现场,连续奋战。要求船员做到的,他自己率先做到。

王兆国与徐德来亲切握手。

徐德来介绍:"这里挖泥清基难度很大,单七号墩,一个坑就得挖泥 10 万立方米,要从基准面负 13 米直掘至负 28 米。"

"801"挖泥船在别处每次能掘泥 8 立方米,重十多吨,而这里只能咬下一吨半,稍不小心,挖泥机的"牙齿"就会咬断,传动装置也会被震裂。

徐德来船长片刻不离,坐镇指挥调度。全体船员克服了各种艰难险阻,硬是以蚂蚁啃骨头的精神,一点一点地啃下湄洲湾这块硬骨头。

敢打硬仗的"801"作风,在"咽喉"工地上随处可见。交通部三航局一公司承担制作 19 只沉箱和吊装下水的任务。

这 19 只沉箱,形如大油桶,最大的一只高 20 米,直径 15 米,净重达 2000 吨,要用 200 吨钢材,需铆一万多个接头。本来可以用简便的铁丝扎,但为了增加拉力,他们既用铁丝扎,又施以焊接。

时值酷暑,天上烈日晒,地下冒焊花,但工程队员没有一个打退堂鼓。

握别时,王兆国殷切嘱托:"开发湄洲湾,振兴福建经济;建设炼油厂,发展沿海工业。这是我们的光荣使命,时间紧,任务重,困难大,要倡导'争朝夕'的精神。"

这些来自五湖四海的建设者汇聚到了湄洲湾畔。他们倚天为岸,席地为床;风云际会,日月挑灯。

日出——日落——月起。

每天,他们都在湄洲湾畔网回一舱舱金灿灿的海霞……

九

盛夏，湄洲湾畔。

高音喇叭播放着雄壮的歌声："锦绣河山美如画，祖国建设跨骏马。我当个石油工人多荣耀，头戴铝盔走天涯……"

工地上，"为重点工程建设立功创业劳动竞赛"的宣传标语赫然醒目，鼓舞人心。一场波澜壮阔的大会战迅速拉开序幕——

数十架小推车在工地上来回不停地穿梭。工人们正在紧张地浇筑催化裂化塔炉……

中午，天色骤变，风雨大作。

怎么办？

如果停工，分成两次浇筑，必然会有一个结合面。

为了加强催化裂化塔炉的整体强度，工程队的队员们个个摩拳擦掌地说："既已开工，绝没有退路！"

于是，他们搭起帐篷，顶着风雨，继续干……

天色慢慢地暗下来，牙牙学语的孩子哭着、闹着，扑打着小手要找妈妈。

外婆指着远处灯火辉煌的工地，用家乡话轻轻地哄着不懂事的小外孙："瞧，妈妈在那忙哩，妈妈很快就回来抱宝宝了。宝宝乖，快点睡吧。"

孩子似乎理解了外婆的话，在外婆的喃喃低语中，伏在外婆的肩上睡着了，嘴角还留着笑意。

也许，他在梦中见到妈妈干完活回来亲他哩。

雨变小了，工地连夜加班，640立方米的混凝土可望一次性浇筑成功……

夜幕下，码头也是一片繁忙。

此时，一批大宗建设物资在夜间到达沙格码头。集装箱是按时间算租金的，不能耽搁。

远远地听到隆隆的叉车和吊车传来的声音。声音是从炼油厂设在沙格码头仓库中传出来的。那声音、那节奏伴随着此起彼伏的哗哗波涛声，是那样的悦耳动听，增添了沙格码头夜晚的迷人景色。

现场的四辆集装箱货运车、两辆吊车和两台叉车分别停在最佳的角度，老师傅们先要用绳子把一包包物资系在叉车上，然后往外拉到集装箱口，再改用吊车吊到指定地点。

集装箱内，师傅们系钢丝绳那娴熟的动作，可与巧妇飞针走线相媲美。

集装箱外，吊车司机和叉车司机心有灵犀地打着手语。不同的手势表示不同的意思。他们的肢体语言是感情交流，是心灵沟通。

动作一结束，叉车司机明白了，开足马力往外拉，拉到箱门外换成吊车，吊车再把催化剂吊到准确的位置上……

时间飞快地过去了。货也渐渐少了……

出了仓库，一股台风迎面扑来。师傅们长长地吸了一口气——哟，好大的风啊！

此时，已经凌晨二三点，浇筑催化裂化塔炉的工地上却突然断电，施工现场一下子陷入一片漆黑之中。这时，风刮得更猛。夹带着沙砾的雨点在台风裹挟下，猛烈地击打着人们的脸庞。他们硬是咬着牙，忍着痛，一边浇捣，一边抓紧对混凝土基础模进行保护，技术加工。

天刚蒙蒙亮，肆虐的台风停下来了。项目经理发现塔炉存在裂模问题，以不容置疑的语气做出判断："不行，得推倒重来！"

大家二话不说又从头开始立模、浇捣……

十

金秋十月，天高云淡、风清气爽。

放眼望去，工地上一派繁忙。瞧！那是催裂化装置施工现场，福建省一建公司三百多名职工全部披甲上阵。

焊工们或登上高台，或钻入钢塔，或趴在口径只有几十厘米的钢管里焊接，电弧烧烤，烟熏火燎……

铆工们沿着即将焊接的缝隙清根，随着砂轮机刺耳的响声，现场烟尘弥漫，他们浑身上下沾满铁屑、粉尘……

钳工们，攀高爬低，将钢制的材料一段段、一节节地安装成平台、框架……

高两米多的基墩上，建设者们正在进行一场考验自己毅力和管理水平的大会战——施工催裂化装置的反应器和再生器构架。

再生器构架的表面共有 39 个基墩，需打 264 根螺栓，每根螺栓的安装误差不得超过两毫米，不到常规土建误差的一半，施工难度之大可想而知。

工程队在队长陈金标的带领下，一锹一铲地预埋螺栓，精细程度不亚于制造一块电脑主板。

基墩旁边，六台搅拌机齐声开动，尘沙飞扬。大家身上沾泥花，脸上挂汗花，心里却乐开了花……

这时，王兆国悄悄地走进大会战的一线工地，向参建人员挥手致意！

三百多名施工人员欢呼雀跃，热烈鼓掌。有的站在高高的基墩上，有的立在刚刚停止转动的搅拌机旁，有的手里还握着工具……

王兆国走上前来，和大家亲切握手。

人们聚拢在省长身边。

王兆国站在一个小土堆上，动情地说："福建炼油厂的投产，对福建经济建设有重大的意义。希望福建炼油厂的建设者们，学大庆、创文明、比贡献，为重点工程建设立功创业，把福建炼油厂建设成第一流水平的炼油厂！"

这也是对一万多名福建炼油厂建设者的鼓励和号召。

福建炼油厂建设大会战的参战人员不约而同地吼出内心的激动:"学大庆、创文明、比贡献,为重点工程建设立功创业……"

这雄伟的声音,经过无线电的广播,传出湄洲湾,传到八闽大地,使全省人民的心一齐激动起来……

这一天是 1990 年 10 月 25 日。此时,王兆国即将卸任省长,前往北京任职。这是他最后一次以省长的身份莅临福建炼油厂。

几天后,王兆国辞去福建省人民政府省长职务,前往北京任职。离闽之前,他从福建省政府出发,经福州、莆田,来到福建炼油厂。中午,他在食堂与厂领导、职工代表一起用餐,勉励大家为湄洲湾这一千秋伟业立功奉献。下午,他从福建炼油厂出发,经泉州市,然后从厦门国际机场飞往北京。

福建炼油厂周纯富厂长无比激动地向福建省委、省政府报告："福建炼油厂一万多名建设者向省委、省政府报告——福建炼油厂'92·9'目标正点到达，前五套炼油装置投料试车一次性成功。全厂开工！"

鲤鱼尾10万吨级码头

一

1990 年 11 月，福州。

福建省第七届人民代表大会常务委员会第 18 次会议任命贾庆林为福建省人民政府代省长。

此时，湄洲湾上的一场硬战堪称惊心动魄——11 月 5 日，国内首次、世界少有的特大型沉箱下水储存正在紧张地进行着。

湄洲湾鲤鱼尾码头沿岸水深达近 17 米，深海淤泥浅，码头必须做成重力型的。钢引桥基础和码头基础需要 19 个特大型沉箱。最大的一个直径 15 米，高 20 米，重 2000 吨。

这么大的沉箱，又没有沉箱专制滑道，怎么办？

当时国内吊运沉箱的最高纪录只有 500 吨，国外吊运过 2500 吨的沉箱，但人家有特制的吊运设备。

有条件要上，没有条件也要想办法上！

交通部水规院和三航第一工程公司做出了惊人的决定：在沉箱壁上开口，吊运下水！

虽然三航第一工程公司别出心裁地设计了吊运方案，但这是全国首次特大型沉箱吊装。

大家心里都捏着一把汗。

茫茫的海面上，起重船和几艘拖轮从沙格码头拖引着 19 个特大型沉箱……

经四个多小时的拖运，沉箱被成功拖运到 10 万吨级专用油码头。

开始起吊了！

国内唯一的起重船"大力号"伸出 75 米长的巨臂，抓起一个特大沉箱移向海里——

起吊成功！

顺利下水！

储存到位！

一次次完成起浮……

一次次完成拖运……

一次次储存就位！

这么大的沉箱在海上一次次起吊下水成功，实现了我国建港史上的新创举，体现了现代化工程作业的整体协调性，为中国沿海重力式沉箱码头建设开辟一条新路，成为中国建港史上一个开拓性壮举！

二

1990 年 11 月 28 日晚，一个简陋的工棚里，灯光摇曳。

灯光下，以总工程师包维泉为首的运输小组正在讨论研究常减压装置的运输方案。他们一一分析吊运设备能力，对运输中有可能出现的微小细节都进行周密安排。

常减压装置是福建炼油厂的"龙头"，它由初馏塔、汽提塔、常压塔、减压塔四个庞然大物组成。合同规定，交货时限是 1991 年 6 月。福建炼油厂工程指挥部领导算了一笔账，若福建炼油厂能提前半年投产，经济效益可达三个亿。时间就是金钱。于是，合同书墨迹未干，指挥部便派人到承制这四座塔的中国石化总公司三建公司机械厂催货。他们不厌其烦地向厂领导做宣传工作，终于感动了制造厂的干部职工。厂家第一次决定将交货日期提前到 1991 年 3 月。催货人员立即将这一喜讯电告指挥部领导。指挥部领导并不以此为满足，他们曾经考察过这个厂，知道还有潜力可挖，于是"责令"催货人员继续"督战"。心诚则灵。机械厂全厂上下齐动员，杨厂长亲自在现场坐镇指挥、协调。职工们加班加点，你追我赶，终于在 1990 年 11 月底交了货，比原计划提前了七个月。"庞然大物"被制造出来了，但运输又是一个难题。原计划采用滚杆将"龙头"一步步地滚到施工现场，可是采用这种操作法需要七天时间。

夜深了，运输小组终于制定出用大型吊拖车运输的方案。

11 月 29 日清早，"龙头"装置运抵湄洲湾肖厝港码头。运输小组不顾劳累，又迅速投入运输。包维泉带领调度、质检、施工、安全保卫等人员齐上阵……

福建炼油厂各处室干部也全力以赴，分兵把口……

大庆总厂副厂长施广仁从码头到工地徒步来回走了四趟，自始至终跟在拖车前后组织指挥，发现问题当即解决……

地方有关部门也通力协作，及时切断沿途阻碍运输的高低压线电流……

哈尔滨铁路工程队的队员们行动迅速，赶在运输队的前面当"排头兵"，有的队员还冒着危险爬到 6 米高的塔身上排障……

四个庞然大物在大家的同心协力下，一步一步往前滑移，全部安然运抵工地。整个运输过程仅仅用了短短的一天半时间。

"龙头"装置的安装又是一场硬仗。为了保证四座塔一运抵现场便能安装，福建省七建公司职工从 1990 年 5 月 10 日起，日夜兼程，顶烈日，战台风，仅用四个月就完成了半年的土建任务。核工业二十三公司三分公司职工，则从 10 月 9 日开始，每日加班加点，加紧竖立抱杆……

1990 年 12 月 14 日 14 时，福建炼油厂第一座油塔——常压塔正式吊装。地面的梯子、平台等基础设施尚未完成，仅有的两部起吊机，吊臂升高只达 40 米。借助抱杆起吊，需要许多人一齐控制，否则抱杆折断，重达 110 吨的减压塔砸下来，后果不堪设想。现场，需要起重专家指挥。

这担子，自然落在年近六旬的工地副经理佟秋望的肩上。老佟 1952 年就搞吊装，四十年南来北往，不知指挥吊过多少大塔。但是此时，他的左脚肿得像小桶。几个月前，他把脚扭了，当时他不在意，还风尘仆仆地从大庆奔赴湄洲湾。来了之后，他的脚伤一直不见好，上医院一检查，才诊断出是左膝半月板断裂。

老佟让人扶上了车，毅然来到起吊现场。他拖着小桶粗的伤腿，一步一拐地往前挪，豆大的汗珠，顺着发白的双鬓淌下……

就在老人苍劲的口令声中，福建炼油厂的第一座大塔，托着五彩云霞站了起来……

这座高 52 米、直径 4 米的钢铁巨塔站起来了，标志着炼油厂的建设由基建转入了安装阶段。这是福建炼油厂建设史上又一个难忘的时刻——1990 年 12 月 14 日 16 时。

为抢"龙头"，从承制、运输到施工，"福炼人"奏响了一曲协作的凯歌。

比起特大型沉箱吊装和常减压塔吊装，水源工程算是"小儿科"，却是不可或缺的。

水是生命之源，也是建设的源泉。基本建设一开始，第一台推土机发出轰鸣，水就成为福建炼油厂至关重要的一件大事。没有水，不能施工，没有水，施工人员就无法生活。等着从 18 公里外的水库引水，太费时间。福建省建筑总公司因地制宜，就地打了 36 口水井，最深达 86 米，初步解决用淡水难的问题，保证了施工的进度。

1990 年 12 月 28 日上午 9 时，水源工程开闸试水——清波荡漾的库水，静静地涌入 800 通径的水泥管，向厂区方向流去。当水头到达四号连通阀时，一号水泥管被冲脱节。大水以 30 立方米／分的流量喷涌而出……

工棚被冲塌了……

大水迅速淹过半个村庄……

青年突击队员陈剑灵、税清志马上意识到问题的严重，当机立断，顺着崎岖的山路，飞奔到两公里外的三号连通阀……

两个 800 通径的大阀门平时要关一个多小时，他俩仅用半个小时就关紧了。奔涌的流水被及时切断，农民的生命财产保住了，也使厂里减少大笔赔款的损失。

接着，他们又和施工单位一起，共同制定抢修方案。大卡车很快运来了抢修物资。大伙一起上阵，挖土、疏通积水、抬水泥管、拌混凝土。为了尽快修好，保证年内全线贯通目标的实现，大伙都吃在现场，睡在车上。他们心里只有一个信念："以最短的时间、最有效的施工方法修复管线！"

1990 年 12 月 30 日凌晨两点，水源管线终于修复，并继续通水。从菱溪水库至净化站 18 公里管线全线贯通……

三

1991 年 2 月 25 日，北京。

中顾委常委、原福建省委书记项南像往常一样，坐在电视机前看中央电视台的《新闻联播》。当晚，节目播出福建炼油厂工程建设的进展情况：福建炼油厂拟定的五个奋斗目标——生活区、厂区、油库码头区以及二级公路和水源线，全部开工建设……

项南看完新闻，背着手，来回地在屋里踱着步子。他的心早已飞到福建，飞到了湄洲湾，飞到了福建炼油厂……

1991 年 4 月 5 日，项南迫不及待地飞到了福建。此时，他已离开福建五年多了。原来，远在北京的项南，始终没有忘却曾发誓要建成的福建炼油厂。福建省代省长贾庆林到厦门国际机场迎接。

说起厦门国际机场，有一个小插曲。当时，福建省要建设厦门国际机场。省里没钱。项南到中央找政治局常委李先念批点钱。他激动地对李先念说："搞经济特区，就要与海外建立广泛的联系。我们建设国际机场，有利于对外开放。不仅要让人家飞进来，还要飞出去，不仅要与东南亚建立联系，还要与日本、美国等通航，将来还可以飞台湾，只有飞出去才能打开局面……"项南说了半天，李先念认真地听了半天。最后，李先念幽默地说："要钱没有，要命有一条。"说的是笑话，但实际情况就是这样，不仅厦门机场，福建所有的建设项目，国家都不给钱。没钱怎么搞建设？项南决定走利用外资这条路。后来，厦门国际机场获得了科威特方面2100万美元贷款作为建设资金。这是中国第一家完全利用国外贷款进行建设的机场，也是首家下放由地方政府管理的国际机场。

项南一行路过晋江。

晋江的老百姓听说老书记回来了，纷纷挂上鞭炮，树上、阳台上、电线杆子上，到处都是。老百姓听说项南回来，就这样子来表达心中的爱戴之情。因为他们觉得，项南替他们担了风险，保住了晋江乡镇企业，替他们担了责任，而且受了委屈——1986年2月，项南因为福建"晋江陈埭假药案"而受到牵连，被中纪委处以"党内警告"。

项南还没走过街道，人们就开始放鞭炮，街面上的炮屑积有半尺厚。

项南一看这个样子，就没再往前走。他说："那个老百姓这样子对我，就是我做了一点工作，他们是对党有感情，但是我个人要再往前走的话……"

项南好像很有愧一样，就没再往前走。

在贾庆林等陪同下，项南来到福建炼油厂视察。放眼望去，几十个恢宏的钢铁油塔群，犹如气宇轩昂的金刚葫芦，闪耀着银色的光芒。钢铁巨人的腰间，缠绕着纵横交错的输油管道，那是通往八闽大地的工业血脉……

走出了困惑，走出了迷茫，涛声阵阵呼唤理想的远航。拓荒者的歌声，在湄洲湾畔飞扬。他们用汗水点亮福建能源的曙光……

项南视察了炼油厂后，深情地说："石油是工业发展、经济建设的血液，福建正是我国几个缺油省份之一，严重地制约了福建经济的发展。

建自己的炼油厂，是几代福建人梦寐以求的夙愿，如今梦想终将成现实……"

大家热烈鼓掌。

福建炼油厂周纯富厂长请项南为福建炼油厂题词。

项南欣然题词："梦想终成现实！"

写完后，项南拿出印章盖上，令在场的许多同志热泪盈眶。看来，项南是有备而来，连印章都带在身上。或许，他心中一直期待着这一天。

一位心中装着人民的公仆，人民的心中也永远装着他。1997年11月10日，项南因心脏病突发在北京病逝，享年79岁。福建省特别是泉州市的民众把厦门飞往北京的飞机全包了。成千上万的民众要赶到北京吊唁。他们还计划包下北京的几百辆出租车，要一路开过长安街，向万寿路项南生前住所驶去。后在福建省委有关人员的劝说下，人们派代表包机前往北京参加项南的追悼会。追悼会召开的当天，福建天降大雨。那些没能赴京吊唁的民众把对项南的热爱，转投到项南的老家——连城。这个穷得只产地瓜干的县城，先后得到了成百上千万的投资……

四

1991年4月22日，福州。福建省召开第七届人民代表大会第四次会议。

会上，贾庆林省长提出，要全力以赴确保"92·9"目标胜利实现，要努力争取建设30万吨乙烯项目。

为了"92·9"目标胜利实现，一万多名建设者铆足干劲，乘风破浪——

1991年4月25日，福建炼油厂10万吨级原油码头的第一座沉箱，顺利安装就位……

1991年4月30日，催化塔顺利安装就位，标志着生产装置区建设施工全面转入设备安装阶段……

1991年6月12日，供气车间氮气站开工，标志着福建炼油厂第一套生产辅助装置正式投入生产……

1991年6月25日，福建炼油厂首批新招的448名合同工英姿勃发地走进厂区……

"金戈铁马，狂飙突进"。这是一种气势，更是一种态度，一种宣言！

海上陆上，水上水下，三千多名"勇士"展开全面立体交叉作业……

湄洲湾畔演绎着一曲曲荡气回肠的协奏曲！

1992年1月27日，农历腊月廿三。

年初岁暮，家家户户骨肉团圆，正欢欢喜喜地准备过年，而在湄洲湾的水天之间，建设油码头最艰巨的一次作业正在进行——浇筑南靠墩。

为了能经受住10万吨油轮的冲撞，南靠墩必须一次性浇筑水泥。177号搅拌船船长陈德友和他的工友们，顶着凛冽的海风，连续作业16个小时。

两天前，这位年近花甲的老水工，接到电报："立即回来！"他一接到电报，就立刻从老家常州赶回工地。

浇筑南墩的两万吨混凝土要在搅拌船上搅拌，关键时刻，怎么能少了老船长？

此刻，陈德友立在搅拌船上，铜铸铁打一般，花白的头发、胡须在寒风中颤动。

搅拌机响起，一股豪情，涌上老水工宽阔的胸膛："人们不会记得我，但会记得这个工程。我可以问心无愧地退休了……"

多年以后，陈德友等建设者看到李鹏总理参观码头的新闻，纷纷打电话到福建炼油厂，希望能把李鹏总理在码头留影的照片寄给他们珍藏。

多年以后，陈德友的徒弟陈工又来到湄洲湾参与建设青兰山30万吨级原油码头。

五

1992 年，又是一个春天，有一位老人在中国的南海边写下诗篇。春风啊，吹绿了东方神州；春雨啊，滋润了华夏故园……

蓝蓝的湄洲湾畔也展开了一幅百年的新画卷，万顷碧波托起一轮鲜红的太阳。晨曦中，扑向大海的橘黄色钢引桥雄伟壮观。岸线长 0.25 公里，引堤 437 米，主引桥 231 米，总投资 1.2 亿元。这是全国第二大原油专用码头，规模仅次于浙江镇海算山 15 万吨级原油专用码头。

远处，灿烂的霞光把福建炼油厂密如蛛网的管线、凌空高耸的塔罐映照得光彩夺目。

胜利的曙光就在眼前——1992 年 3 月 21 日，福建炼油厂投料试车指挥部成立，周纯富任指挥长。

专用码头竣工了——1992 年 5 月中旬，10 万吨级原油专用码头，交付使用。

开工柴油到了——1992 年 4 月 15 日，"闽油 1 号"油轮运来 1072 吨开工柴油。

加工原油来了——1992 年 5 月 26 日，"大庆 42 号"25000 吨级油轮装载 22000 吨大庆原油，停靠 10 万吨级原油码头。

1992 年夏，福建炼油厂的建设进入开工前的调试阶段。大家的心情既紧张又兴奋，就像十月怀胎即将临产的女人。

6 月 18 日，武警泉州支队 60 名官兵进驻炼油厂，开始执行重点部位保卫任务……

7 月 19 日，减压塔抽真空试验，电脱盐、电精制调试……

7 月 21 日，开始水联运，考验机泵、设备、校仪表……

7 月 23 日，进行轻柴油冷运，完成了柴油试压的任务，进入点火升温、开路循环……

8月11日，引原油进装置……

8月15日上午10时，正式切换原油……

8月16日2时，产品检验合格。当天，中国石油化工总公司发来贺信，福建省委省政府发来贺信，王兆国发来贺信……

1992年8月16日夜幕来临，湄洲湾上的月亮分外明亮。码头的灯火倒映在大海里，摇曳迷人的色彩。海浪拍打岸边礁石发出的声音，时而激昂高歌，时而低声沉吟，仿佛舞场上伴奏的乐曲。

迷人的月光下，"闽油二号"运载着试产的第一轮成品油缓缓驶出湄洲湾……

新的一天开始了！

六

激动人心的时刻就要来临。

1992年9月6日，贾庆林省长、施性谋副省长来到福建炼油厂主持召开福建炼油厂重油催化装置投料试车现场办公会。

重油催化装置工艺技术最复杂，主要设备到厂安装较晚，能否一次开工成功，谁都没有把握。

贾庆林强调："省、市、县各有关部门要密切配合，全力以赴，确保开工成功，向国庆四十三周年和党的十四大献礼！"

重油催化装置是福建炼油厂最重要的一套装置。投料试车成功与否标志着该装置建设的成败。要不要如期开工？周纯富显得十分慎重。

正值开工的关键时刻——9月24日至26日，中国石化总公司总经理盛华仁亲临现场检查，并代表总公司作出决策："92·9"开工时间不变，这是全体职工的共同心愿，建厂的第一个目标，一定要实现！

管理人员，各就各位……

后勤人员，服务保障……

技术人员，披甲上阵……

中国石化总公司盛华仁总经理亲自坐镇指挥。厂区内，各种装置，开始热身——

减压塔抽真空试验……

开始电脱盐……

电精制调试……

开始水联运……

考验机泵、设备……

校仪表盘……

开工环节一环接一环，马不停蹄，扣人心弦。一道道工序有条不紊：

9月22日进柴油试压……

9月24日柴油冷循环……

9月27日进原油冷循环……

9月29日常压炉点火成功……

9月30日减压炉点火成功……

<h2 style="text-align:center">七</h2>

1992年9月30日18时，福建炼油厂中央控制室。

"三器催化剂硫化正常。"

"油泵循环正常。"

"提升管出口温度已达500摄氏度，具备喷油条件。"

重油催化裂化车间副主任孙晓晓庄重地拿起对讲机，做出开工前最后的报告。

"喷油！"车间主任李学存一声令下。

反应岗位操作员孙业平稳稳地打开喷嘴手阀——

原料油在高压蒸汽的携带下，发出"咝咝"的声响，通过高效喷嘴进入提升管,开始进行催化裂化反应——那是脉搏的跳动,是血液的循环,那是福建人民期待的旋律……

看!

汽油出来了!

柴油出来了!

液化气出来了!

重油催化裂化装置投料试车一次性成功!

周纯富紧紧地握住李学存的手："感谢你们! 同志们辛苦了!"

"厂长辛苦了!"四天四夜没有回家睡觉的李学存，声音已经嘶哑。

1992 年 9 月 30 日——这是一个载入湄洲湾发展史册的喜庆日子，也是载入福建发展史册的辉煌日子! 一个延续几十年的梦想，终于在湄洲湾畔实现——

总以为那是遥远的梦想……

挥手间就走进了辉煌……

海鸥高歌放飞青春的交响……

春天的故事在这里传唱……

这一晚，这座港口能源新城简直成了一座"光明城"。从生产区到生活区，从加压站到油码头，一片灯火辉煌，与海上闪烁的渔火、天上璀璨的星光，交织成一幅无比绚丽壮观的画卷。

啊，夜色多么美好。

人们焦急而耐心地等待着——晚上十点半，产品质检合格!

在场的专家评价："新装置开出这么好的水平，少见，达到国内同类装置开工的先进水平!"

福建炼油厂周纯富厂长无比激动地向福建省委、省政府报告："福建炼油厂一万多名建设者向省委、省政府报告——福建炼油厂'92·9'目标正点到达，前五套炼油装置投料试车一次性成功。全厂开工！"

　　贾庆林获悉，立即向北京报捷："福建数千年来不生产一滴油的历史宣告结束！向国庆四十三周年和党的十四大献礼！"

第六章

大炼化
宏图开篇

听取了福建省委的汇报后，李鹏给省委常委会题词："海沧五年不言空，湄港转眼起飞鸿。待到油花盛开时，福建腾飞一条龙。"随后，李鹏又提起笔来给福建炼油厂题词，本来在厂里题词是横排的，这一次改为竖写排列，似乎更寄予湄洲湾跨越发展的厚望。

福建炼油厂夜景

一

1992 年 9 月 30 日，重油催化装置投料试车一次成功，标志着福建炼油厂前五套炼油装置投料试车取得圆满成功。

福建炼油厂试生产当年，就正式承担国家生产计划任务，加工出了十种国内外原油约 200 万吨，生产出了 160 万吨成品油，创利税三亿多元。

自此，湄洲湾的开发建设翻开了新的一页。

回首孙中山先生 1919 年第一次把开发建设湄洲湾纳入国家发展规划，历史又悄然走了 73 年；缅怀萧碧川 1936 年在湄洲湾初创碧霞洲国际商港，历史也走过了 56 年。历史篇章如此动人心魄，风雨历程多么波澜壮阔……

1993 年是萧碧川诞辰 100 周年。这一年五月，萧碧川的儿子萧维隆遵父生前嘱咐回乡探亲。

从 1949 年离开大陆，这一去就是近半个世纪。蓝天寥廓，碧浪滔滔。海面吹来了凉爽的风。站在老屋的石埕上，萧维隆久久地凝望着 10 万吨级原油码头的方向。

"这是全国第二大专用油码头。"不知谁说了一句。

"什么时候建的？"萧维隆欣喜地问道。

"1990 年 2 月动工，1992 年 5 月开港。以后，湄洲湾将建成亿吨大港！"族中亲友介绍道。

天边，满天绚丽的彩霞如澄澈的浪花。海上，碧浪轻轻地传唱着湄洲湾昔日的荣光和今世的辉煌。

望着大海，望着蓝天，萧维隆感到一种强大的、神秘的声音穿越深邃的时空袅袅传来——成功的改革比革命好！近百年来，中华民族在一场又一场的战争中遭受太多的苦难。成功的革命大多是改朝换代，一个新生的力量推翻另一个旧的政权。成功的改革带来社会发展，社会发展促进人类和平。成功的改革给国家和民族带来的深远影响超过革命。海峡两岸只有沿着和平发展的方向，才能走向统一。人类只有走和平发展的道路，世界才能更加和谐。

"开发湄洲湾、建设大港口的宏伟目标，孙中山先生没有实现，家父也没有实现。现在，梦想正在变成现实！"萧维隆忆往追今，一叹百年……

二

1993 年 11 月 12 日，福州。

福建炼油厂受福建省人民政府和中国石化总公司的委托，举行投产新闻发布会，正式宣布福建炼油厂全面建成投产——1993 年 10 月，福建炼油厂 10 套炼油装置全部建成投产，年加工原油的能力提升到 250 万吨。

一个数千年的梦想实现了，另一个跨世纪的梦想又出发了——炼油乙烯一体化！

乙烯应用非常广泛，不但是很多工业的基础原料，而且与人类的生活息息相关。人们的衣、食、住、行几乎都离不开石油，离不开乙烯。一个人一生平均得"吃掉"551 公斤石油，"穿掉"290 公斤石油，"行掉"3838 公斤石油，"住掉"3790 公斤石油，总计 8000 多公斤石油。乙烯既能满足人们的生活需要，又能减轻农业和林业负担，推进环境保护和生态文明建设。

用石油裂解法大规模生产乙烯不但成本低，而且质量好。乙烯项目一直是福建梦寐以求的项目。早在建设福建炼油厂的同时，福建就提出上马乙烯项目。

1990 年 8 月，陈光毅、贾庆林从北京争取到了年产 30 万吨乙烯项目，并于同年 10 月成立了由省长挂帅的福建 30 万吨乙烯项目领导小组和乙烯项目筹建办公室。1991 年底,福建省与中石化联合上报 30 万吨乙烯工程项目书。

此时,"901"工程年产 77 万吨乙烯项目准备启动,年产 30 万吨乙烯工程只好让路。当年,台湾台塑集团拟投资 70 亿美元,在厦门兴建炼油乙烯一体化及电厂、船队与医院等项目。为纪念该项目于 1990 年 1 月开始商谈,李鹏总理将项目命名为"901"工程。

事情得从头说起——

1989 年 11 月 30 日,台湾台塑集团董事长王永庆首次访问大陆。王永庆一生传奇,人称"经营之神"。

12 月 5 日,邓小平在人民大会堂会见王永庆。会见中,王永庆提出,台塑集团拟在大陆兴建炼油乙烯一体化及电厂、船队与医院等项目。邓小平十分赞赏并支持台塑集团的投资项目,表示可以在厦门海沧规划一万公顷土地,若是将来还有需要,可以在与海沧毗邻的漳州,随时再规划五千公顷土地作为配合。

随后,王永庆一行到厦门,与厦门市市长邹尔均等商谈投资事项。王永庆一行参访厦门是秘密的。大陆方面严禁任何媒体采访报道。不料,王永庆到厦门后,台湾多家媒体竟然刊发了王永庆密访厦门洽谈投资的消息。

是谁走漏了风声?原来,台媒记者获悉王永庆经第三地到达大陆,就开始追踪。虽然被拒跟随采访,但他们知道,大陆各地接待贵宾,通常都下榻于官方指定的宾馆。王永庆到达厦门后,很可能也是住厦门宾馆。于是,有台媒记者拨打电话到厦门宾馆,假称有事要找王董事长。接电话的服务员不知有诈,如实回答,终于被套出王永庆密访厦门的行踪。第二天,王永庆密访厦门洽谈投资之事见诸报端,瞬间在台湾各界引起轰动。

1989年12月下旬，厦门市市长邹尔均与王永庆在香港洽谈投资事项。25日，双方洽谈取得重要成果。邹尔均风尘仆仆地带着材料奔赴北京，向中共中央总书记、国家主席江泽民同志作汇报。江泽民强调，王永庆先生投资海沧项目是一个大型项目，不仅是经济问题，而且是政治问题，一定要把它办成功。

海沧计划是邓小平、江泽民亲自做出的重大战略决策，寄托着党和国家领导人对海峡两岸和平发展的殷切期望。

在李鹏总理的直接领导下，国务院成立"901"工程协调领导小组，确定该项目及其外部配套设施在国家基建计划中专项单列。

1990年2月24日上午，国务院总理李鹏在北京参加全国审计工作汇报会并发表讲话之后飞赴福建。飞机下午三点半从北京西郊机场起飞，五点半到达漳州机场。福建省委书记陈光毅、福建省省长王兆国到机场迎接，又经过一个半小时的汽车路程才到达厦门。

这次，李鹏总理到厦门视察的重点是对"901"工程进行调查研究。他主持召开会议，听取厦门市长邹尔均汇报"901"工程谈判的情况。

陈光毅、王兆国向李鹏汇报了福建经济建设情况和对台工作。

"福建这个地方，与台湾地缘相邻，血缘相亲，语言相通，习俗相近。"李鹏指出，"福建要加快发展步伐，为对台工作多做贡献。当前首先应搞通航、通商、通邮……"

随后，李鹏参访了厦门福达胶片厂、罐头厂、厦华电视机厂及多家台资企业，与十几个台商进行恳谈，并到海沧踏勘"901"工程的厂址。

那天，下着小雨。李鹏撑着伞，在一个小山头上看地。其时，海沧还只是一片村庄。后来，李鹏写了一首诗给"901"工程——

茫茫细雨登海沧，
星星点点几村庄。

鹭岛再展新宏图，

赤子渡峡报梓桑。

时隔不久，李鹏第二次到海沧考察，提出："打破常规，特事特办，不计规模，归口到我。"这显示"901"工程的重大意义。

1992年，国务院副总理朱镕基接管"901"工程，多次专程飞抵厦门，研究海沧开发建设事宜。经商定，厦门海沧与漳州共划出15000公顷土地；国家有关部门出资3亿美元，与台塑联合设立海沧项目专区。

1992年11月6日，海沧计划谈判成功，等待王永庆签署有关文件。然而，台湾当局却对王永庆下达三条最后通牒：如果海沧计划签约，台塑"三宝"（台塑、南亚与台化）将被强制退市，台塑集团的资金往来将被台湾相关银行冻结，台塑高层人员也将被限制出境。此三条处置意见中的任何一条，都足以置台塑集团于死地。面对压力，王永庆被迫暂缓签约，对外宣布放弃海沧计划。

厦门"901"工程因故落空，但能源大省之梦并没有破灭。1993年福建炼油厂全面建成投产后，福建省与中国石化着手开展福建炼油厂800万吨炼油项目扩建前期工作，并与美国的平阳、马来西亚的云顶、美国的阿莫科等公司洽谈。经过综合比较，初步选定美国阿莫科石油公司作为合作伙伴。同时，福建加快了30万吨乙烯工程项目的前期工作。

1994年初，朱镕基来福建视察，同意恢复福建年产30万吨乙烯项目的前期工作，并建议规模调整为年产45万吨。经国家有关部门介绍，福建炼油厂与韩国锦湖集团进行接触。此时，中国石化也实质性地参与到乙烯项目谈判中来，并共同向国务院上报扩建800万吨炼油的项目建议书。

三

1995年2月2日，农历正月初三。厦门机场，春寒料峭。

福建省委书记贾庆林、省长陈明义以及厦门市委书记、市长到机场迎接国务院总理李鹏。

机舱缓缓打开，李鹏和国家计委主任陈锦华、国务院副秘书长何春霖一行从机舱走出来。见了面，李鹏与省、市领导一一握手问候。当晚，一行人住在悦华酒店。

第二天，李鹏来到厦门海沧开发区考察。这是他此行的第一考察点。此时，王永庆的投资项目已从海沧彻底退出。开发区只剩下几家台资企业，星星点点……最大的一家台资企业是翔鹭涤纶纺纤公司，台商老板叫陈由豪。

座谈中，陈由豪提出原料"对苯二甲酸"奇缺，国际市场也缺货，可能影响开工，请求帮助。李鹏让国家计委主任陈锦华过问一下。

李鹏和朱镕基对福建发展能源产业情有独钟。此前，他们对王永庆的海沧项目费了不少心血，结果还是没有搞成。福建省的乙烯项目至今一片空白。这次，李鹏对湄洲湾建设能源基地寄予厚望。

1995年2月7日，一连下了好几天的连绵细雨终于停了。立春过后，太阳第一次露出了笑脸。

这一天上午，李鹏在国家计委主任陈锦华、国务院副秘书长何春霖、福建省委书记贾庆林、福建省省长陈明义等同志的陪同下，从泉州乘车到湄洲湾视察。

中巴车行驶到福厦路龙头岭路段时，周纯富被召到李鹏身边坐下，向总理汇报福建炼油厂的建设、生产、经营情况。

周纯富汇报道："福建炼油厂1990年6月正式开工建设，1992年9月前五套装置建成投产，仅用了40个月的时间。"

李鹏点头称道："这个速度是很快的。"

周纯富接着汇报："福建炼油厂是福建省最大的工业项目，总投资十多亿元人民币，堪称福建的'一号工程'。"

李鹏问："投资回报率是多少？"

周纯富回答："40% 以上。"

李鹏高兴地说："这个数是高的，福建炼油厂的效益是很不错的！"

周纯富趁机向李鹏介绍湄洲湾优良的建港条件、投资环境和福建炼油厂合资扩建计划。

正说话间，车队已经到了鲤鱼尾 10 万吨级原油码头。李鹏一行下车后，健步走上码头引堤，又转到 F 点围堤。李鹏边走边问码头泊位的停靠能力和水深尺度以及最大潮差、主航道海底情况。

周纯富一一作答，并汇报道："从 10 万吨级泊位引桥向外再延伸 400 米便可建设 25 万吨级以上的油码头。"

李鹏饶有兴趣地问："要多少投资？与单点系泊比有什么优点？"

周纯富回答："在这里建 25 万吨级码头，只需投入 1.8 亿至 2 亿元人民币。固定码头比单点系泊在接卸运作方面具有优越性。"

蓝天白云，烟波浩瀚。原油码头，恢宏壮观。

工作人员为李鹏总理和夫人朱琳合影留念。李鹏总理亲切地招呼周纯富厂长和党委书记刘世瑞一起合影留念。

在工作人员的提醒下，李鹏才离开码头，登车前往福建炼油厂生产区视察。

四

车队缓缓驶入生产区大门，进入装置区。这时，周纯富向李鹏介绍："我们厂的中央控制室在全国都是很先进的。"

陈锦华在一旁助兴："值得一看！"

李鹏听了，说："既然来了，就好好看看！"他让司机停车，从东门进入中央控制室参观。

中央控制室各装置的值班人员看到总理来了，都站起来迎候。李鹏亲切地问候："大家过年好！"

职工们不约而同地回答："总理过年好！"

李鹏和朱琳亲切地同职工们交谈，问大家的老家在哪里，生活习惯吗，工资收入怎么样。大家都很有礼貌地一一作答。李鹏满面春风，不住地点头，说："好，好，好……"

朱琳和蔼可亲地说："大家来自五湖四海，团结得像一家人一样。"

副厂长熊定春向李鹏一行介绍DCS自动控制系统的规模、性能、运行、操作情况和生产工艺情况。

李鹏一边听，一边询问，还提到了在线优化的问题。

说起这个中央控制室，有一个故事。当时，国内其他炼油厂都是一个炼油装置一个控制室，仪表还全靠手动、风动、电动等控制。周纯富提出："不做则已，要做就要20年不落后！福建炼油厂10套炼油装置，只设一个中心控制室，全部采用电脑自动控制，采用国际上最先进的技术。"

可是，建中心控制室，需引进一套美国"霍尼韦尔"公司的电脑自控系统。该系统价值一百八十多万美元。一下子花这多钱，值不值得？曾经发生激烈的争论。

报告都打到了中国石化总公司，讨论了几次都没定下来。眼看两三个月过去了，可把周纯富急坏了。最后，中国石化总公司总经理陈锦华拍板："上！"

此后，福建炼油厂派出一批技术骨干到美国培训近三个月，学习系统的操作控制。学成归来，他们把学到的技术运用到炼油生产中去，开创了全新的生产控制系统，并为兄弟企业培训了大批系统控制操作人才。

科学技术是第一生产力。中心控制系统有效地提高了生产能力。福建炼油厂年加工原油 250 万吨，只用 3000 名职工，仅为国内同等规模炼油企业职工人数的三分之一；生产车间操作工人仅 313 人，达到国际同等规模炼油企业的先进水平。

困难克服了一个，又来了一个。按照原先设计的工艺方案，福建炼油厂是加工国内胜利油田的原油；但是建成投产以后，福建炼油厂被安排加工进口原油。从炼国产原油改为炼进口洋油，对炼油装置的工艺技术提出了新的要求。摆在"福炼人"面前有两条路：一是来一种新原油要停一次产，安排好了相应的工艺技术和催化剂后再点火。这样做会严重损耗设备和原材料。二是向高科技要效益，利用计算机的强大运算功能和快速反应能力，建立"桌面炼油厂"，输入各种原油的全部物理指标、让电脑进行模拟炼油，得出最佳方案后，加以运用，进行不间断地连续生产。周纯富毅然决策，选择后者。

然而，开发"桌面炼油系统"等计算机生产控制系统，需要相当的投入。福建炼油厂权衡利弊，拨出 1000 万元，与清华大学等大专院校和科研机构合作开发，建立计算机辅助管理集成生产系统，包括自动化操作系统、过程监控系统、生产计划调度系统、管理信息系统、经营决策系统，实现了从原油的采购、储存、混合、生产、销售到决策的计算机辅助管理系统一体化和最优化。

这个系统被人称为"计算机集成生产系统"。该系统以集多种高新技术于一体和服务于大型连续过程的特点，被列入国家"863 计划"重点应用工程。这是当时同行业中唯一列入国家"863 计划"的项目。

李鹏一行参观完中央控制室后，厂党委书记刘世瑞恳请总理题词留念。李鹏欣然同意，第一次用小号笔题写，鼓励福建炼油厂职工为振兴福建工业多做贡献，第二次用中号笔写："发展石化工业，振兴福建经济。"

从中央控制室走出来，李鹏一行又兴致勃勃地上车，继续参观生产区。车队缓缓地沿着生产区宽阔平坦的路面绕行。整个厂区，绿草如茵，繁花似锦；纵横交错的管网，没有任何"跑冒滴漏"现象；偌大的工厂，见不到一丝废弃的杂物。

李鹏看了很满意。当车行驶到厂部大楼前时，他推开车窗，笑容满面地向大家挥手告别……

五

离别湄洲湾，前往福州考察的车上，李鹏总理写了两首诗，表达其心情。

一

海沧五年不言空，湄港转眼起飞鸿。
待到油花盛开时，福建腾飞一条龙。

二

八闽大地春来早，沧海桑田换新颜。
登高武夷观东海，两岸炎黄同心愿。

听取了福建省委的汇报后，李鹏给省委常委会题词："海沧五年不言空，湄港转眼起飞鸿。待到油花盛开时，福建腾飞一条龙。"

随后，李鹏又提起笔来给福建炼油厂题词，本来在厂里题词是横排的，这一次改为竖写排列，似乎更寄予湄洲湾跨越发展的厚望。

"海沧五年不言空"，这是李鹏对海沧的肯定。

"湄港转眼起飞鸿"，这是李鹏对湄洲湾的赞赏和鼓励！

1995 年 2 月 10 日，李鹏一行离开福建。当天，福建省政府召开福建炼油厂合资扩建专题汇报会。周纯富参加会议。

1995年2月15日，福建省政府再次召开专题汇报会。省长陈明义传达了李鹏总理视察时的讲话精神，副省长王建双及省计委、建委、经贸委、外经委等部门和有关金融单位的领导出席了会议。

王建双说："有了福建炼油厂，才有可能把福建的工业项目排到国家的计划中去。几年来，福建炼油厂的成绩很大。这次李鹏总理和宋健主任到我省来考察，看了后都很高兴，做出了指示，寄予了厚望。这里，我代表省里的同志感谢炼油厂的同志们几年来的努力工作。福建经济建设需要一个龙头，我看这个龙头就是福炼。全省在工作、思想上要保持一致，行动上要全力以赴，首先实现福炼的合资扩建，后面再搞乙烯。这次李鹏总理来福建考察做出了重要指示，锦华同志也谈了具体意见。我们要把握机遇，抓紧时间，尽快把福建炼油厂的合资扩建搞上去。"

王建双指出，用地问题，由省土地管理部门负责征地，加上适当的管理费就行了，不能想着赚钱；供水问题，要加快湄洲湾南岸供水工程的建设，要抓紧工作，尽早开工；供电问题，湄洲湾火电厂前面两个35万千瓦机组是烧煤，后面两个60万千瓦机组要考虑烧重油，由炼油厂供原料；炼油厂扩建中可以上一套5万千瓦的备电机组；交通直通车问题，要将眼光放得长远些，考虑到将来湄洲湾地区的经济建设，高速公路、铁路和码头要综合考虑，码头、航道要搞25万吨级的，铁路要接到码头；总体规划由省计委负责，规划要考虑将湄洲湾地区建成大工业基地，要建集装箱码头、油品转运基地。

陈明义说："这个会议实际上是落实李鹏总理在我省视察时的指示。炼油厂过去的成绩很大，我们很满意，总理也很满意。感谢炼油厂的广大职工。这些同志是炼油专家，福建省没有搞过大工业，缺乏搞大工业的专家和人才，我们要引进，多多益善，引进后就是我们福建省的人才。"

陈明义手势有力，语调高昂："今天是炼油厂扩建工作专题会，也是谋求跨越发展的会。闽东南是国家今后发展的重点地区。要发展闽东南地区，乙烯项目是非常关键的。这一点，李鹏总理、宋健同志在视察我省时多次谈到，而且谈得很具体。总理原则上同意上乙烯项目，锦华同志表示要具体落实。总理在炼油厂的题词，给省委常委的题词，给我们指明了今后工作的方向。"

陈明义指出："总理不仅仅指的是福建省的经济发展，更重要的是考虑对台关系。我们福建的经济发展赶上来了，在海峡西岸建设几个有影响的大企业，实力增强了，对台关系就主动。所以我们要抓住总理视察我省这个机遇，抓住炼油厂扩建这次机遇，把福炼作为福建省的第一龙头企业来发展，从全省大局出发，支持建设湄洲湾工业港口新城。今天把大家召集来，就是要大家出主意、想办法，把工作尽快推上去，搞好港口、铁路、供水、供电的配套工作，为发展创造条件。省里各部门要支持福建炼油厂合资扩建工作，要开绿灯，要给方便。要把项目搞上去，真正形成一条龙。"

陈明义强调："总理与我们一起去看了炼油厂，很高兴，还为炼油厂题了词。陈锦华同志也谈到要具体抓落实，这是很好的机遇。湄洲湾的发展是全省的大局，今年在工作上要有较大的进展。我们省政府班子五年换一次，每届班子都应该为全省人民做几件实事，起码要做几件像炼油厂一样漂亮的事。我们一定要统一思想、提高认识。现在有了这么好的条件，一定要搞几个像福建炼油厂这样的、在全国有影响的大企业。"

六

天地间荡起滚滚春潮，征途上扬起浩浩风帆。

李鹏考察福建炼油厂后，福建乙烯项目有了新突破——福建省政府和中国石化总公司联合成立以陈明义和盛华仁为组长的乙烯项目领导小组，并上报 60 万吨乙烯项目建议书。

1995 年 9 月 18 日，福建省人民政府同意福建炼油厂改制为福建炼油化工有限责任公司。

这一年，福建炼油乙烯"一体化"项目纳入福建省国民经济和社会发展"九五"计划和 2010 年远景目标。

福建炼油乙烯"一体化"项目初露端倪。然而，前进的道路有风景，也有风暴。

1996 年，福建炼油化工有限责任公司遭遇了前所未有的考验，内外交困。

1996 年初，台海局势有所激化。导火线源于 1995 年李登辉访美期间鼓吹"台独"，引发的台海危机。解放军曾于 1995 年 7 月至 11 月间在台海进行第一轮军事演习。

1996 年 3 月 8 日，三枚地对地导弹以每小时一枚的间隔从福建省内的一条铁路上喷火而起。预定目标区域为台湾南部港口城市高雄以西 47 英里处。3 月 12—20 日，解放军在东海与南海展开第二次海、空实弹军事演习。3 月 18—25 日，解放军展开海、陆、空联合作战的第三次军事演习。解放军的这次实弹演习，为期约两周，实际上切断了台湾的海上和空中航线。台湾海峡的自由航行被中断，完全依靠国际贸易的台湾经济基础发生了动摇。

这次台海危机给合资扩建工作带来了不确定因素，羁绊着双方谈判的脚步……

七

台海危机的硝烟已经渐渐远去，外界所担心的事并没有发生，但福炼公司职工和周边的群众着实虚惊了一场。

1996年4月21日凌晨2时32分，随着一阵震耳欲聋的爆炸声，福炼公司生产区顿时升起滚滚浓烟……

原来，催化裂化装置的非净化风罐发生大爆炸。

在突发事件面前，当班的操作员们迅速反应——

各车间立即切断进料……

工艺联锁全部投用……

全厂外排系统紧急关闭……

上下游装置火速隔离……

一系列的补救措施，避免了更大规模的爆炸。

气体加工车间的罗兴友那夜刚好当班。他一听到爆炸声，就知道出大事了，立即组织班组人员做好装置紧急停工、切断进料。

罗兴友正在关阀时，突然发现MTBE装置着火了，心里猛地一紧："糟了，装置着火了！"

此时，反应器外循环线已被爆碎的罐壁切断，泄漏出来的原料与甲醇燃起了熊熊大火……

罗兴友立即招呼郭宝荣、林斌、方亚苏，一起冲到着火点——

他们手持灭火器对着大火猛扑……

灭火器用了一个又一个……

罗兴友的衣服、眉毛、头发都被火烧了……

装置随时有爆炸的可能，他们处于十分危险的境地，但他们心中只有一个念头——保住装置……

大火肆虐……

爆炸现场旁那些大大小小的储油桶正遭受大火烘烤，随时都有可能发生更大的爆炸，险情一触即发……

应急响应启动……

应急指挥领导小组飞赴现场指挥……

消防人员第一时间投入灭火战斗……

溢油响应即时启动……

十万火急。福建省委、省政府领导闻讯后，立即指示惠安县、泉州市和省消防人员赶赴支援……

警笛呼啸。消防官兵冒着生命危险对着火的炼油炉实施覆盖扑救……

省、市、县各级领导和相关部门也迅速赶赴现场指挥，启动应急预案，指挥、协调救援工作……

爆炸发生在凌晨，许多下班回家的工人一接到火情电话，二话不说就赶来。那天夜里，设备组连向阳组长一接到总调度的电话，边穿衣服边跑下楼，把摩托车的油门加到最大。进二道门时，他听到有人喊叫："火灾没救了，赶快回来！"

连向阳头也不回，跑步进场。

到达现场，连向阳的第一个反应就是必须先断电源，后隔离物资。他和当班的工友们冲向二层平台。

一股强烈的热气把他们生生地压了回来。他们迂回绕过障碍，终于切断了电源。接着，他们投入隔离物资的战斗，防止火情的反蹿和互蹿……

许多职工自发地赶到事故现场参与扑救工作。黄种胜那天上中班，下班后累得贼死，一听到爆炸的消息，一骨碌爬起来，第一时间赶到现场，拿起灭火器就参加抢险。哪里有危险，哪里有需要，他就冲到哪里……

附近村民被爆炸声惊醒，只见黑夜中，火光冲天。一股刺鼻的气味袭来，空气有灼热的感觉。村民的第一反应就是炼油厂爆炸了。有胆大的跑出门看热闹，回来后说：

炼油厂爆炸了……

路口已经实施了戒严……

不少消防车向火灾现场赶去……

一时间，周边几个村子流言四起……

周边居民恐慌，纷纷开车逃离，村道一度堵塞。

凌晨 5 时 50 分——经过三个多小时的奋力扑救，明火被成功扑灭了，险情初步排除，大家这才松了一口气。但是，烟雾还是不断从炼油炉里面冒出。如果不将其温度降下来，就很可能再次起火。消防官兵随即又继续对锅炉进行冷却降温……

天亮了，工人们个个被熏得黑脸包公似的。许多人回到家里才发觉，由于走得急，连门都没关。

事后，中国石化总公司、福建省政府组成联合调查组对事故进行调查："4·21"爆炸事故是一起违章操作引起的爆炸事故。

罐体被炸碎成 17 块飞出，其中最远的一块碎片飞到 440 米远的航煤罐区空地上……

两块三米的碎片打断催化装置管带上的高压瓦斯线等六条管线，引起着火，将管带上的 61 条管线烧变形或爆裂，烧坏了管带上进出中控室 DCS 回路。

两块碎片匕落在 MTBE 装置设备上，打断液态调节阀副线引起着火。其中一块打断了进装置的蒸汽管线，主风机厂房墙壁被击穿两个洞。

爆炸现场周围一片狼藉，震破的车间门窗玻璃撒了一地……

千里之堤，溃于蚁穴。2013 年 11 月 22 日，青岛石油管道爆炸，造成 62 人遇难，震惊中外。安全生产是人命关天的大事，怎么重视都不为过，怎么抓都不过分。

多年后，经历过"4·21"大爆炸的人们，仍心有余悸地说："惊心动魄，在炼油厂待了几十年，此前还没有遇到这么危险的时刻，真是捡回了一条命。"

如果身临其境，就知道有多危险。在那烈火的旁边，就是原料 C4 罐、甲醇罐以及仪表间内那满满的两瓶氢气，随便引发一处爆炸，近在咫尺的气分装置内几千立方的液化气将会把整个炼油厂毁于一旦。

这次事故直接经济损失近百万元，全厂停产十二天。事故中没有人员伤亡算是万幸，但安全事故不能侥幸。安全生产和经济发展就像"1"和"0"的关系。有事故就是有漏洞。必须对所有漏洞一查到底，项目才能守住安全大堤，产业才能走出困局。

八

"4·21"大爆炸发生后，福炼公司与锦湖集团合作谈判随之破裂。福建省政府、中国石化总公司协商后，提出炼油、乙烯项目合并谈判，重新选择项目合作伙伴。然而，新的合作伙伴迟迟没有出现。

应该说福建炼油厂的投产，不仅改善了我国能源工业的布局，而且形成了福建省三大支柱产业之一。但是，随着能源行业的不断发展，公司每年250万吨的炼油规模竞争劣势逐步显现，规模偏小、产品单一、缺乏加工高硫油手段等不利因素成为效益增长的瓶颈。

1996年底，美国埃克森美孚、阿莫科两家公司正在中国多个省市考察，寻找合作伙伴。福建省政府和中石化总公司获悉，就福建"一体化"项目，向埃克森、阿莫科两家公司抛出橄榄枝。

同时，国家计委批准了福建炼油化工有限公司扩建800万吨炼油的项目，将福建"一体化"项目列入国家"九五"计划和2010年远景目标纲要。中国石化总公司将福建炼油化工有限公司列为重点发展企业之一。

这一年，福炼公司还是出现了建厂以来的首次亏损，急需改造升级。

1997年4月6日，福建炼油化工有限责任公司召开400万吨／年炼油改扩建和1997年度大检修动员誓师大会……

此次大规模技改，仅仅用55天，比正常停机检修时间只多了十多天；投资2.1亿元，占初始建设成本的十二分之一，再次创造出一项国内同行业的最好成绩。

1997年5月30日，福炼公司400万吨／年炼油改扩建和1997年度大检修顺利完成，并实现开车一次成功。不但生产能力提高了，而且初步实现了由燃料型企业到石油化工型企业的转化。

后来，中共中央政治局委员、国务院副总理邹家华在国家计委副主任叶青、福建省委书记陈明义、省长贺国强等陪同下来公司视察。

邹家华高兴地说："这是我第二次到你们工厂来，这里变化大，建设得很漂亮。"

邹家华饶有兴趣地问："仅投入两亿多元就实现炼油能力扩大150万吨。这不错，你这个厂可以这样做，全国其他厂是否也可以这样做？"

陈明义介绍："400万吨／年炼油能力改扩建之所以能做到高速度、高质量、低投入，计算机集成生产系统等先进技术的应用起到了决定性作用。"

贺国强接着介绍："高科技使福炼公司如虎添翼，炼油潜力得到了充分发掘，日加工量一直保持在一万吨左右，最高可达1.3万吨。轻质油收率、综合商品率、能源消耗水平等主要经济技术指标都有显著进步。"

邹家华称赞道："要参观福建的工业文明就到福建炼油厂！"

九

福建炼油化工有限责任公司400万吨／年炼油改扩建成功后，紧接着，"一体化"项目经过近一年的多方谈判，终于迎来了曙光：

1997年6月4日，厦门。福建炼油化工有限责任公司与埃克森公司签署了《福建炼化一体化项目预可研阶段合资合作原则条件谅解备忘录》。

7月5日，福炼公司分别向美国埃克森公司、阿莫科公司发函，正式选定美国埃克森公司为福建"一体化"项目的合资伙伴。

为了保证"一体化"项目长期稳定的原油供应，埃克森又邀请沙特阿美海外石油公司加盟，由此形成了"三国四方"的局面……

1997年10月13日，是值得纪念的日子。

那天，福炼公司与美国埃克森美孚公司、沙特阿美公司的嘉宾，云集在北京人民大会堂。

"三国四方"正式签署《共同开发福建炼油乙烯"一体化"项目联合可行性研究协议》。

福建省省长贺国强和常务副省长王建双、中国石化总公司总经理盛华仁、副总经理闫三忠、黄春蓉，埃克森美孚公司董事长雷蒙德、沙特阿拉伯石油大臣纳依米、沙特王子特基、沙特阿美公司总裁朱玛赫等出席签字仪式。

福建炼油化工有限责任公司总经理周纯富、埃克森中国石化公司总裁邓利基、沙特阿美海外公司授权代表阿扎德分别在协议书上签字。

中国石化总公司经济师兼计划部主任刘文龙、福建省石化厅厅长朱国庆、埃克森中国石化公司副总裁弋德曼、沙特阿拉伯石油公司副总裁赛凡作为见证人同时签字。

福建"一体化"项目联合可行性研究协议签署，引起了各方的关注。这个项目上去了，对于福炼公司的跨世纪发展，对于福建省建设海峡西岸繁荣带和率先基本实现现代化都具有十分重要的意义。

1997年12月4日，《人民日报》记者采访福建省主管工业的副省长施性谋。一说起福炼公司在福建的经济地位，所产生的经济效益，施性谋油然升起一种自豪感。

谈话间，施性谋反问记者："你觉得福建的绿化环境如何？"

这和福炼公司有什么直接的关系？这个问题让记者感到有些突然。

"福建很美，在飞机上就可以看到福建青青的山、绿绿的水。"记者很坦诚地回答。

"这也有福炼公司的功劳！"施性谋说，"福炼公司建成，结束了福建不生产一滴油的历史,仅液化气供应福建市场,对保护环境就发挥了极大的作用。特别是惠安地区,过去烧柴火,砍伐树木柴草,到处都是光秃秃的,破坏了绿色植被,破坏了生态平衡,水土流失严重,自然灾害不断。现在好了,柴草没人要了,砍伐树木行为不禁而止,山清水秀,风调雨顺,连惠安的地瓜也比原来长得大多了。"

说到这里,施性谋爽朗地笑了起来:"建设福炼公司和福建炼油乙烯一体化项目的意义已经超出了其本身!"

第七章
福建省一号工程

　　带着这份荣耀，即将前往浙江任职的习近平欣慰地说："我们现任都是站在前任的肩膀上工作的，很多事业是一任接着一任干，是要锲而不舍一以贯之，才能实现的，再好的主意经不住折腾。那么，我们在做前人所做的事情，我们希望后人也接着我们的事业干下去。一件事情的完成，它毕其功于一役，这一役它也是，甚至是若干年，甚至是若干届才能完成的。"

湄洲湾斗尾港 30 万吨级码头

一

1998 年 4 月 3 日，中国石化总公司党组与福建省委、省政府共同决定对福建炼化公司领导进行调整：马金魁任董事长、总经理。

年近六十的周纯富调往厦门石化开发办任副主任，但人们记住了他和他在福炼走过的不寻常的岁月——十年过去了，当年的荒丘，已经成了现代化工业园区。

周纯富前往厦门之前，再一次来到湄洲湾畔的 10 万吨级原油码头。正值黄昏，夕阳无限好。目送油轮远航，又接渔船归帆。他的耳边响起十年前老同志张连的话："你在北方搞得好好的，为什么要到福建来建炼油厂？建炼油厂会破坏湄洲湾的生态，人民怎么活？你是福建人民的罪人……"

张连曾给田纪云写信反映情况：福建要在肖厝建设炼油厂，将来会污染湄洲湾海域，影响水产养殖。肖厝是个老区，有十几万人靠水产养殖维持生活。炼油厂建成后，这些老区群众生活将无以为继，会影响地方稳定。田纪云批示，工程暂停，查明情况。福建省政府立即指示有关厅局对张连所反映情况进行核实，肖厝开发办配合做了旁证，前后忙了近一个月。当时许多人认为这是"杂音"。

举目遥望，烟锁万家，波连四海，千峰摇翠，百鸥喜浪。此时，周纯富对张连的话有了更深的感悟。任何事情都不会是十全十美的，如果一边倒地叫好，往往就存在隐患。如果集体沉默，问题可能更大。"张连们"的声音是一种提醒、一种警示，有利于把工作做得更好。社会其实需要这种声音，只要他是为人民发声。

正是因为有这样的"杂音"，才有群众的"福音"。多年来，周纯富耳边时常响起一句话："21 世纪将是海洋的世纪。企业在发展过程中，一定要通过一流的技术，维护福建沿海的生态环境！"

　　污水处理是福炼公司重要工程之一。总投资一亿多元，耗资之巨在国内同行业实属罕见。污水处理设备齐全，工艺先进。来自生产装置区所有的含油雨水、含油污水、含碱污水、生产废水、生活污水，经隔油、破稳、聚结、均质、曝气、生化等一系列处理，达到国家标准，然后再行排放。

　　海与长天阔，波峰若飞烟。

　　望着远处的点点渔帆、双双海燕，周纯富感到欣慰。

　　金山银山，更要绿水青山。污水出厂指标合格，与汽油、柴油出厂质量一样重要。从某种意义上说，还要重要些！后来，福炼公司又投入3000万元，用于污水处理场改造，实现就地仪表和可编程PLC控制，为污水回收利用创造条件。

　　1998年，亚洲金融危机继续恶化，引发经济危机。这一年的下半年，国家实施宏观经济调整，三年内不批大型加工型项目，这直接影响到福建60万吨乙烯项目的审批及"一体化"可行性研究报告的上报工作。

　　1999年6月，贺国强调任中共重庆市委书记。1999年8月9日，福建省九届人大常委会举行第十二次会议，任命习近平为福建省副省长，代理福建省省长。习近平曾就读于清华大学化工系，前后两任省长都有"专业背景"。这有利于一张蓝图画到底。

　　上任半个月后，习近平就到福炼公司调研，足见其对能源工业项目的重视。那是1999年8月25日，同行的还有副省长黄小晶以及省计委、经贸委、建委、交通厅等单位负责人。

　　习近平一行进车间、下班组，察看了中控室、常减压车间、催化车间。他仔细了解设备运行和生产、管理、经营等方面情况，并指出：东南沿海是国家经济发展比较快的地区，从整个福建工业发展来看，要加快发展壮大电子信息、机械和石化三大产业；福炼公司要摆脱产品单一的局面，加快发展一体化项目；石化工业要以扩建炼油、新建乙烯为龙头，促进一体化工程建设，以此带动中下游深加工系列开发，以上游开发促下游发展，不断延伸产业链……

福炼公司董事长马金魁汇报了"一体化"项目的谈判情况。

习近平殷切地说："一体化项目是福建工业发展的一件大事。省里对你们寄予很大的希望，希望你们努力把公司办成一个技术先进、管理先进、在国内外市场都有竞争力的经济实体，为整个福建国民经济的振兴，做出更大的贡献！"

2000年1月27日上午，在福建省九届人大三次会议上，四十七岁的习近平当选福建省省长。他是新中国成立后福建省历任省长中最年轻的一位。会后，习近平说："人民政府为人民，切不可忘记了政府前面的'人民'二字！领导干部在决策中要充分考虑广大人民群众的切身利益，时刻把人民群众放在心上。"

那两年，受厦门"远华"案的影响，福建全省利用外资一直徘徊在四十亿美元左右，在全国的位次有所下降。利用外资上不来，对福建经济发展影响很大，而且影响福建的对外形象。其中对全省利用外资举足轻重的泉州和厦门，利用外资都在八亿美元左右。福建急需"一体化"等大项目来提气。

2000年6月26日，习近平再次踏上了湄洲湾畔的这块热土。

徒步走进古老的村落。一座座石头房子不规则地挤挨在一起，彼此之间只留一条小小的巷子。墙壁上涂鸦的字迹，被雨水冲刷得模糊斑驳。

那天，习近平一行还参观了10万吨级原油码头。迎着习习的海风，他高瞻远瞩地说，发展石化产业，一个是继承，一个是发展。两个都必须坚持的。泉港区的产业支柱以石化为主，要高度重视产业结构的调整和规划，做足石化产业文章；在发展石化产业的同时，发挥良好的港口条件，大力发展港口经济；在现有公有制的基础上，提供优惠政策，营造良好环境，发展非公有制经济；切合实际做好城市规划，积极推动城市化发展……

海如玉，湾似镜，港飞虹。

这段纲领性的讲话，绘成了泉港的发展蓝图：产业、港口、城市融合发展的宏伟愿景在湄洲湾畔升腾……

二

2000 年 12 月 9 日，奉中央之命，宋德福调任福建省委书记。

下基层调研是各级领导履新的必修课，宋德福也不例外。有一次，他到基层调研。地市官员一如既往地在地界恭候。宋德福严厉批评："我是军人出身，在'零公里'处迎送，我看就像交换战俘一样。订个规矩，以后都不搞零公里处交接！"

这次下基层，宋德福走了几县市，看到各县市的发展状况都很低迷。在回来的路上，他感叹地说："真是惨啊！根本没有外商来。就像居家过日子，既没客人，也没朋友，多没意思！"

2001 年 8 月，福建省委、省政府专门召开了全省利用外资工作会议。会后，他到沿海几个市作专题调研。在泉州和厦门两市吃饭时，当地领导要敬他酒。他说："你们知道我平时滴酒不沾，但如果你们利用外资上得去，比去年每增长一亿美元，我就喝一杯酒。"

那一年的年底统计，由于全省上下共同努力，利用外资比上年增长了三亿多，其中泉州和厦门做出了较大贡献。

那一年，福建开始实施项目带动战略。宋德福和习近平不仅讲项目、看项目，还带头跑项目、抓项目。特别是对全省发展有重大推动作用的"一体化"项目，他们都带着有关部门的负责人亲自跑……

这个大项目如能谈成，不但在投资建设中就会拉动经济发展，而且所形成的产业链还能带动多少相关配套产业啊！

2001 年 9 月 8 日，厦门。第五届中国投资贸易洽谈会盛大开幕。中共中央政治局委员、国务院副总理吴邦国致辞。

当天，习近平会见埃克森美孚中国投资有限公司主席和埃克森中国石化有限公司高级副总裁钱甫仁先生。

外方通报了由于资产作价谈判存在分歧，而未能按计划上报"一体化"可研报告的情况。

习近平对合作各方充满期待，希望中外各方本着诚信合作的态度，加强沟通，求同存异。

这次会谈取得突破性进展，为"三国四方"下一轮谈判奠定了基础。

第二天下午，吴邦国在宋德福、习近平等领导的陪同下，莅临视察福建炼油化工有限公司。

吴邦国兴致勃勃地视察了拟建设的 60 万吨乙烯工程厂址和生产装置区以及油码头。他满怀期待地说："福建省处于我国的东南沿海，经济比较发达，较早地接触市场经济、按社会主义经济规律办事。福炼公司与内地企业相比，具有独特的地理区域优势，应该搞得更好。"

站在小山坡上，放眼望去，福炼公司大大小小的炼油装置热气腾腾。工厂的前面是成片的村庄和田地。一条铁轨从中穿过，将原本相连的外厝村和施厝村隔断。村民只能通过铁轨下的涵洞来往。村子的左边是一大片田地，一条条狭长的田埂将田地分隔成不规则的棋盘。一条蜿蜒的小溪，穿过田地，滋润着田禾。溪水不深，赤脚便可以蹚过。小溪上有一座石砌的小桥。

田际的东边是一排排还算新的房子，十年前因建设福建炼油厂而搬迁的群众就安置在这里。人们称之为外厝新村。田际的西边还有十几个村子，一直延伸到海边……

宋德福、习近平介绍了福建"一体化"项目的合资谈判情况。

吴邦国无限憧憬地说："福建把石化工业作为经济发展的技术产业

来培育，要靠福炼公司这条线。从炼油、乙烯到塑料，调整福建经济结构，形成一些主导产业。而且下游的产业链相当长，可以带动一大批相关的企业，有利于地方经济的发展……"

一个月后，"三国四方"再次举行会谈。那是 2001 年 10 月 22 日，中外各方代表会聚厦门，重点谈判资产交易问题。

终于，中外各方打破了近四个月的谈判僵局，在资产交易价、出资时间安排、环保测试、油品销售、工程建设等方面达成一致意见，并形成会议纪要，确认福建炼油化工有限公司交易价为 4.67 亿美元，折合人民币为 38.76 亿元，存货除外。

此次会谈为最终完成并尽快上报"一体化"联合可研报告及合营合同创造了有利条件。

三

2001 年 11 月 14 日，北京。

福建"一体化"项目联合可研报告协议签字仪式如期举行。

根据报告，福建"一体化"项目投资总额为 268.21 亿元人民币、开发 60 万吨乙烯和 800 万吨炼油扩建。福炼公司、美国埃克森美孚石油公司和沙特阿美海外公司，还将成立石油产品营销合资公司，在福建省范围内批发和零售合资公司生产的石油产品——目标是在福建省内经营600 家加油站。

中外各方对这个项目的合作充满信心。

埃克森美孚公司执行副总裁达瀚表示："我坚信，我们共同的努力将促成一个具有世界水平及规模项目的诞生，而这个项目将有益于福建乃至全中国人民。"

福建省副省长贾锡太说："对于这一项目，福建人民期盼已久，省

政府高度重视,它将进一步促进福建经济的繁荣和发展。福建人民为之
感到骄傲。"

四

2002年6月6日,国家计委副主任张国宝、中国海洋石油总公司总
经理卫留成、副总经理蒋龙生等一行在福建省副省长黄小晶、省计委主
任苏增添等陪同下来福炼公司视察。

张国宝听取福建"一体化"项目进展及公司生产经营情况,详细询
问"一体化"项目资产评估、新建乙烯规模、工艺流程等情况。他指出,
一体化项目已正式上报国家计委,但60万吨／年乙烯规模偏小,应尽快
与外方协商,按80万吨／年乙烯规模调整投资和产品方案,并形成一个
补充报告上报国家计委。

此时,国家主席江泽民即将访美。这是十二年来中国国家元首第一
次访美,是中美关系史上一次具有重大意义的访问。

这是个公开发布的重大消息,引起海内外的关注。

江泽民访美前,有一个团队去交流江泽民访美的议程。美方提出了
举办一些项目签约仪式的建议。中方也觉得江泽民访美需要几个实质性
礼物。

面对历史性的机遇,习近平和中国石油化工股份有限公司董事长李
毅中一致认为要共同努力把福建"一体化"项目推上去,成为中美商业
合作的一个代表。

于是,中国石油化工股份有限公司向美国埃克森美孚公司提出在江
泽民主席访美前夕签约。双方一拍即合。

随后,中外双方同步开展签约的前期工作。

按照日程安排,签约仪式拟定在10月21日。但是,福建"一体化"

项目联合可行性研究报告尚未得到国务院的批复。

机遇稍纵即逝，时机非常紧张。

这个项目牵扯到发改委、商务部等机构，几个部门的公务员为了尽快落实福建"一体化"项目的事情，周末都没休息；国务院秘书局的局长拿着福建"一体化"项目的报告，到不同的地点找负责的几位副总理。终于，需要批复的文件上都签了字。

2002年10月初，国务院批准福建炼油乙烯项目可行性研究报告。10月11日，国家计委下达文件通知，标志着"一体化"项目正式实施。

该项目总占地面积437公顷，总投资额约35亿美元，是中国第一个产、供、销全面一体化的中外合资项目，也是福建省有史以来最大的投资项目，堪称福建"一号工程"。

项目由福建炼油化工有限公司、埃克森美孚中国公司和沙特阿美中国公司按50%、25%、25%的股比合资兴建，合资合营年限为50年。项目建成后，福炼公司的炼油能力将从400万吨／年扩大至1200万吨／年，并大幅提高加工含硫原油的炼制能力。同时，该项目还将建设一套80万吨／年乙烯裂解装置、一套80万吨／年聚乙烯装置、一套40万吨／年聚丙烯装置等，配套建设30万吨级原油码头。

这是一个孕育着世纪之梦的大工程——将为福建新型材料、树脂、塑料、轻工、纺织、电子、汽车乃至食品等产业的迅猛发展注入新的活力，带动形成上千亿元的产业集群。

带着这份荣耀，即将前往浙江任职的习近平欣慰地说："我们现任都是站在前任的肩膀上工作的，很多事业是一任接着一任干，是要锲而不舍一以贯之，才能实现的，再好的主意经不住折腾。那么，我们在做前人所做的事情，我们希望后人也接着我们的事业干下去。一件事情的完成，它毕其功于一役，这一役它也是，甚至是若干年，甚至是若干届才能完成的。"

什么是科学发展观？这就是一种简单明了的诠释——不动摇、不懈怠、不折腾。

五

2002年10月21日，美国当地时间22点，纽约里茨·卡尔顿饭店。

中国和美国的13家著名企业如期举行了5个合作项目的签约仪式，福建"一体化"框架协议是其中之一。中国国家计划委员会主任曾培炎、美国商务部长埃文斯等一百多位政府官员和企业界人士出席了盛大的签约仪式。

曾培炎说："美国是世界上最大的发达国家，拥有雄厚的资本和技术实力。中国是最大的发展中国家，拥有巨大的市场和丰富的劳动力资源。推动我们之间的经济技术合作，符合两国人民的根本利益，也有利于世界经济的繁荣和稳定。"他指出，中美经济技术合作项目已成为联系与增进两国人民友谊的纽带和桥梁，而合作方式的多样化充分表明了中美两国在经济合作领域的广泛性和互补性。

埃文斯说："美中经济技术合作具有良好的发展前景，双方签署的协议显示两国正在建立更为密切的商业合作关系。"

曾培炎和埃文斯发表讲话后，中国石化、神华集团、中国联通、青岛啤酒、上海制皂集团与美国企业的代表分别在合作协议上签字。

出席签约仪式的中国石油化工股份有限公司董事长李毅中先生说："在江泽民主席即将访美之际，中国石化与埃克森美孚签署这一框架协议，是双方自2000年建立战略合作联盟以来的又一重要里程碑，标志着双方之间的战略合作关系的发展进入了一个新阶段。我相信，签署该框架协议后，双方将进一步加强并拓展业已存在的合作关系，实现协议中确定的各项既定目标。"

埃克森美孚公司董事长雷蒙德先生说:"我们很高兴与中国石化签署这一框架协议,进一步加强我们两家公司间广泛的合作。该框架协议明确阐明了两家公司的承诺,即在未来的数月中使我们之间的合资项目达到具体的设定目标。"

第二天,《人民日报》《光明日报》《福建日报》等重要媒体都在显著位置刊登这一振奋人心的消息⋯⋯

第八章

小渔村
万人动迁

苦楝树上的叶子已经落得差不多了，只有些许支离破碎的叶片还在枝头轻轻飘摇。一片黄叶在老婶婆的眼前飘落，她不禁打了一个寒噤。黄叶飘零的季节让人感到惆怅。老婶婆是个通情达理的人，她的儿子、儿媳妇都在城里"吃国家粮"，是"国家"的儿子，就要听"国家"的话。人都要搬了，树自然是待不下了。

福建乙烯项目新厂区原始地貌

一

2002 年 11 月 23 日，福州。

福建省委召开七届四次全会。会上，宋德福铿锵有力地说："一体化项目是我省贯彻十六大精神、全面建设小康社会、三个发展阶段中跃升阶段的重要项目……我省要比全国提前三年实现国内生产总值翻两番，要实现这一目标，加快工业化、城市化进程至关重要。工业化、城市化的发展，需要一批具体项目带动。一体化项目正是加快工业化、城市化进程，更快发展我省主导产业的新型工业化项目，它的建成投产以及产业链的延伸，对我省经济实力的增强，对人民生活水平的提高都具有十分重大的意义。"

第二天上午，卢展工率福建省人大常委会副主任施性谋，副省长贾锡太、陈芸，以及福建省政府办公厅、计委、经贸委、财政厅、国土资源厅、环保局、建设厅等省直有关部门和泉州市主要负责人，到福建炼油化工有限公司进行调研。

大炼化意味着大建设，大建设也伴随着大动迁。

1988 年至 1989 年间，福建炼油厂征用外厝村 1850 亩土地，拆迁房屋及建筑物 1.5 万平方米，动迁群众近百户 500 余人，并就近安置在附近的外厝新村。

十年前，群众个人利益不那么突出，大都希望炼油厂早建设早招工，征地没有遇到大的阻力。听说国家建设需要征地拆迁，大多数人支持国家建设！房屋搬迁也比较顺利！有的村民连夜腾空搬迁，甚至自己动手一砖一瓦地拆房子，用手推车一车一车地运到安置地！

十年后，历史再次选择了这片土地。这片近 4000 亩的土地上，有14 个村庄，8000 多个居民。

卢展工问一旁的市、区领导："征迁主要的困难是什么？"

"这次征迁涉及14个村庄2100多户8000多人。有一个村需要整体动迁,全村共有1300余户,共4500多人。安置房投资量多、动迁工作量大、人员涉及面广。"

卢展工听了,沉默了片刻,语重心长地说:"这一项目来之十分不易,凝聚着福建省历届领导的心血,也是全省包括泉州市上下共同努力的结果,一定要倍加珍惜,义无反顾地努力工作,对全省人民、对中央有个交代。政府部门要形成合力,搞好项目服务,打好基础,力争如期开工、如期建成投产……"

2003年1月14日,福建省第十届人民代表大会第一次会议选举宋德福为省人大常委会主任,选举卢展工为省长。2003年3月全国"两会"后,宋德福因病在北京治疗。在他治疗、康复期间,卢展工主持福建省委工作、代理书记。从此,卢展工党政"一肩挑"长达近两年。

2003年4月11日,卢展工在福炼公司主持召开"一体化"项目征地拆迁专题会。他振奋地说:"一体化项目投产之日,就是福建经济跃升之时……各级各部门要落实责任,加强协调,依法依规,做实做细。"副省长李川参加会议。

泉州市负责同志表态:"一体化项目对我省支柱产业的形成,增强经济发展后劲,推动大泉州发展战略的实施,加快泉港区经济发展的步伐,都具有十分重要的现实意义。一体化项目落户泉港,给泉港带来百年不遇、千载难逢的机遇,也给泉港带来前所未有的挑战。面对机遇,要有迎接机遇的气魄;面对挑战,要有应对挑战的胆略;面对困难,要有战胜困难的信心。"

泉港区负责同志表态:"一定做好一体化项目拆迁安置工作,绝不因拆迁安置问题拖一体化工程建设的后腿!"

"来之不易,倍加珍惜,义无反顾,形成合力,落实责任,加强协调,依法依规,做实做细",卢展工的两次指示精神被浓缩为32个鲜红的大字，张贴在泉港"一体化"领导协调小组办公室会议厅的后墙上。

2003 年 4 月 28 日，栖霞安置区开始动工建设。

2003 年 6 月 6 日，泉港区召开福建"一体化"项目征地拆迁动员大会，标志着福建"一体化"项目建设正式拉开序幕……

征迁工作在艰难中进行……

农历七月十五俗称"七月半"，这是沿海渔村的一个传统节日，每年都要演三天大戏，从农历七月十四演到十六日。2003 年 8 月 11 日是农历七月十四日。村里像往常一样，演起大戏。

村里青壮年长年外出打工，对拆迁安置方案不了解，经几个宫庙头人一鼓动，情绪激愤。几个年轻人嚷嚷起来，群情激动……

"堵路！"不知是谁叫了一声。于是，一群人呼啦来到通港路，堵在路中间，不让过往车辆行走。这条路是通往福炼公司的必经之路。这么一堵，严重妨碍了公司人员的正常上下班。

围观的群众越聚越多，场面十分混乱……

直到晚上 7 点，村民们才愤愤散去……

事发当天，卢展工在厦门参加完会议后率郑立中、贾锡太、李川、施性谋等赶赴泉港，做出了"明确目标，细化方案，加快进程，务必保障"的指示。这是他对征迁工作下的第三道指令。

随后，卢展工又多次来到泉港指导工作。仅 2003 年一年，他就来了 6 次，3 次主持现场协调会。

十年之后，曾经历过这场万人大动迁的人们感慨地说："动迁的故事，三天三夜也讲不完……"

二

动迁的几个村中，有棵苦楝树。

苦楝树的东边有一座妈祖宫。老陈是筹建妈祖宫的发起人之一，在村里是举足轻重的人物。听说村庄要整体搬迁，老陈反应最强烈。因为一旦整体搬迁，妈祖宫势必不保。他百般阻挠，甚至发动群众大闹一番。后来，村民同意妈祖宫易地重建，保护妈祖宫的最后一道防线土崩瓦解。老陈寝食难安，上蹿下跳。

忽然有一天，无数白色的蝴蝶从天而降，在半空中飘飞盘旋，将整个妈祖宫上空围得密密匝匝，经久不息。老陈对老人们说："蝴蝶是村里那些过世的先人化蝶而来的。他们也留恋故土，村子不能搬……"

妈祖显灵的种种传说一传十、十传百，越传越玄乎。有人看见，妈祖宫夜里笼罩着一团祥云，又化为轻烟飘散；有人听见妈祖宫三更半夜响起美妙的仙乐，看见有珍奇美妙的鲜花从天空中纷纷而下；有人梦见妈祖托梦嘱咐，说是妈祖宫不能迁，迁了就会大祸临头……

妈祖显灵事件很快引起动迁干部的注意。一连几个晚上，几个动迁干部偷偷地爬进妈祖宫，从天井跳下去，又从前殿的柱子上爬到屋顶的斗拱上，注视着宫中的动静。蹲守数夜未发现异常。

一天夜里三更时分，妈祖宫后门忽然轻轻响了一下。一条黑影溜了进来，贼头贼脑地踮着脚来到大殿。黑影摸爬着上了供台，双膝跪在妈祖像前，费力地移动着神像。一阵沉寂之后，小心翼翼的凿子声响起……

动迁干部见时机已到，按照事先约定：一个人快速点燃手中的鞭炮，扔向天井。两个人马上跳下来，打开妈祖宫里灯光。另外四个动迁干部把住宫庙前后左右进出的四个门。

村民以为半夜妈祖又显灵了，陆陆续续跑出来看。

这时，两个动迁干部爬上神殿，从妈祖像后面拽出一个人来。不看不知道，一看吓一跳——此人正是老陈。

"你们这是干什么？听说妈祖半夜显灵了，我就过来看看是咋回事。"老陈故作镇定地挣扎着吼道。

动迁干部呵斥："你移动妈祖像，拿着凿子干什么？是要搞破坏，还是要偷什么宝贝？"

几个好事的村民早就闯了上去，只见妈祖神像坐龛的红砖已经挖去一块。大家嚷嚷道："下面肯定有宝贝……"

老陈颤抖着说："没有，真的没什么。你们别挖，挖了神龛你们会遭妈祖报应的……"

这个时候，谁还听他的！

村民们不由分说，拿起老陈带来的凿子，三下五除二就敲开了。老陈像疯了一样猛扑过去，坐在神龛上号啕大哭……

两个壮实的动迁干部，一人一手抓起老陈，提到一边去。

神龛下面到底是什么宝贝？几个好奇的村民接着挖，很快挖出来一个陶瓮——瓮中盛着一堆白骨！

老陈一看阴谋败露，瘫倒在地……

原来，老陈略懂民间风水。他挖空心思希望觅得一块风水宝地，只是研究不深，一直没有着落。因此，他开始留意哪里有比较高明的风水先生。后来，他偶遇一个道士。道士在村里转了一圈，说："妈祖宫清风徐徐，草树勃发，郁郁葱葱，可见这里的气象能压得住煞气。鬼上鬼，人上人，此地是出大官的风水宝地。"于是，老陈礼遇厚待道士，求指点迷津。道士被纠缠不过，说："陈兄走南闯北，阅人无数，应该知道剑走偏锋、独树一帜吧？此地这种气象，只为有缘人而准备。不过，陈兄不必过于纠结功名利禄，家人安康就好。还有一句老话送给陈兄，儿孙自有儿孙福，一切都顺其自然吧。后会有期。"道士走后，老陈鬼迷心窍，利用村民对妈祖的崇拜，发动重建妈祖宫，然后利用自己负责宫庙筹建的机会，偷偷摸摸地把父母的骨骸安放到了妈祖神龛下面。若不是村庄要拆迁，村民世世代代都要跪拜他的父母，又世世代代要感谢他重建妈祖宫的功德。

村民愤怒了，蜂拥而上。他们用手中点燃的香、烛，齐刷刷地向老陈狠狠地戳去……

三

苦楝树下有座老房子，老房子住着一位老婶婆。老婶婆常常扶着树干，望着远处，一待便是大半天。

动迁干部看见了，问她："老婶婆，是不是儿子今天要回来，在这边等？"

老人家回道："看树呢！树上有鸟，又筑了一个鸟窝。"

这棵苦楝树是老婶婆嫁过来的那年栽下的。树干已经粗得一个人抱不过来了。

都说养大的子女成了客，这话不假。老婶婆的老伴走得早了点，儿子、儿媳妇、孙子都进城去了，只有逢年过节才难得回来看望一次。

老婶婆的魂好像就拴在这棵苦楝树上了。苦楝树伴着老婶婆一年又一年……

2003 年的夏天来了，苦楝树枝繁叶茂，一片葱茏。乡亲们坐在树下乘凉聊天。老婶婆泡一大壶苦楝花茶来，听着大家讲搬迁的事。

长久以来的动迁传言，变成可靠的消息。每个人心里都有各自的盘算。从不同人的口中说出各样的传言，关于"一体化"建设，关于赔偿标准，关于安置地，一切关于他们切身利益的消息，都成为他们热门的话题。不断有更"权威"的消息否定刚才还引起村民烦躁或者窃喜的传言，直至纷乱的争辩变成了一声声的长吁短叹……

老婶婆的邻居是一对渔民夫妇。渔夫很少参加乡亲们的讨论，他觉得拆迁也不是坏事。那一年，他老婆病重。他带着妻子四处求医问药。可是，一切努力都只是徒劳，他的妻子还是不幸病逝了。动迁干部送了五百元白礼，安慰渔夫节哀。渔夫突然悲怆地冒出了一句话："耕地换墓地，马上签协议。"渔夫觉得，活人可以搬迁，死了得有一块安息的土地，不能死无葬身之地。他要用拆迁的钱给妻子买一块墓地。当渔夫歪歪斜斜地签下姓名的时候，动迁干部动容了。

四

2004 年元旦，老婶婆的儿子、儿媳妇、孙子都从城里回来了。一家团圆过节，老婶婆自是十分高兴。

中午的时候，动迁干部又来。他们谈了房子的赔偿问题，谈了苦楝树的赔偿问题。

老婶婆吃不下饭，一个人来到苦楝树下，坐着。与她相伴一生的苦楝树将离她而去，她想跟苦楝树再说说话。

苦楝树上的叶子已经落得差不多了，只有些许支离破碎的叶片还在枝头轻轻飘摇。

一片黄叶在老婶婆的眼前飘落，她不禁打了一个寒噤。黄叶飘零的季节让人感到惆怅。

老婶婆是个通情达理的人，她的儿子、儿媳妇都在城里"吃国家粮"，是"国家"的儿子，就要听"国家"的话。人都要搬了，树自然是待不下了。

老婶婆本想用这棵苦楝树做一张眠床，或打一口棺材。老婶婆的儿子、儿媳妇却说，还是让树"进城"去，城里的公园正缺一棵苦楝树，再说苦楝树"农转非"，也不是坏事，想念的时候可以到公园去看看，在树下兜兜。老婶婆想了想，就答应了。

苦楝树被连根拔起的时候，老婶婆牵起衣角轻轻地擦拭着湿润的眼角……

五

2004年4月22日,福建"一体化"项目最后一幢民房拆除完毕。整个"一体化"项目共征用土地2949亩,涉及14个村庄,2124户1576幢房屋,8000多人。

当天,栖霞小区一至四期33幢安置房全面竣工并投入使用。福建"一体化"项目安置房总投资约4亿元。

为服务湄洲湾能源基地建设,这片热土在前后二十多年的时间里,共征地、征海十多万亩,动迁房屋两百多万平方米,动迁群众三万多名,失地群众十万多人。

规模十分罕见,力度前所未有。

多年来,十多万失地农民进城了。老婶婆也搬到城里去住了。时常,她会独自到城里的公园去转转,不为别的,就为了看看"进城"的苦楝树。起先,她看到苦楝树穿着厚厚的"衣服",还打着点滴,真担心这棵树不能活下来。

老婶婆的儿子安慰道:"这是有科学的,给树包上一层外衣可以防止脱水,给树挂瓶是为补水。你放心,死不了。到了春天,照常生枝长叶。哪方水土不养人呢?"

后来,老婶婆发现自己的担心是多余的。

阳春三月,苦楝树又开始长出淡绿色的嫩叶,在春风的吹拂下,轻轻地摇曳。

老婶婆的心境也逐渐开朗起来。

转眼到了清明节,苦楝树长得更欢,开出了淡紫色的小花,成团成簇,落了一地的缤纷。

老婶婆把苦楝花轻轻扫起来,晒干。有朋友来,她就泡一壶苦楝花茶,坐在阳台上一边看着眼前日新月异的新城,一边闲聊。

"翠花的儿子结婚了。"

"现在年轻人真幸福，嫁妆拉了一大车，把套房都塞满了，还有金项链、金戒指。想当初，俺那个男人给俺几件新衣服，俺就高兴死了！"

"还说呢，想当初，孩子他爸用一辆破自行车去迎亲，就羡慕了多少人。现在迎亲的车队一辆接一辆……"

"现在的小两口都是自由恋爱。当初，俺连那死鬼的面都没见过，就被接了过来！"

……

沐浴着落日的余晖，几个老婶婆张着掉了牙的嘴巴，笑得合不拢嘴……

屈指数来，从 1991 年开始酝酿到 1997 年正式签署协议，再到 2005 年 7 月 8 日正式开工，这个项目前后已历经 14 年。为了这一天，"三国四方"的追梦者历尽艰辛。他们一棒接着一棒干。许多人从黑头发干到白头发。

福建一体化项目开工典礼

一

时间过得真快，转眼就到了 2004 年的夏天。征地安置工作已基本完成，场地平整和各项厂外工程建设顺利推进……

然而，原本预计 2004 年 3 月下旬重开谈判的福建"一体化"项目，并没有如期举行。

埃克森不急于坐上谈判桌，无非是想利用中方的焦急心理，以求在合资中获得更大的利益。2004 年，国际上冲击原油供需平衡的事件一再发生，包括伊拉克输油管道频遭破坏，世界第一大原油出口国沙特阿拉伯屡受恐怖袭击，石油输出国组织（欧佩克）另外两个成员国——委内瑞拉、尼日利亚政局和社会发生动荡，北美重要的产油区墨西哥湾多次受到飓风侵袭，俄罗斯最大的石油企业尤科斯公司陷入财务危机，等等。尤科斯石油公司日产原油约 180 万桶，其中有 75% 供应国际市场。在这一事件的影响下，7 月 28 日油价达到 42.90 美元，创下此前 21 年来的最高纪录。虽然全球原油供应与需求基本平衡，但这种平衡相当脆弱。随着国际原油大幅上涨，炼油企业的利润必将进一步压缩。

福建省政府对"一体化"项目的重视也是埃克森的底牌之一。福建"一体化"项目的投产之日，将是福建经济二次腾飞之时，其产生的带动效应将使福建走出边缘化的困境。

中国石化则并不愿对自己独营的销售网络造成太大冲击。该公司的管理体制规定，辖区内各省级石油公司的产品除了总公司收购外，相互之间不能串货。也就是说福建的油只能在本省卖，而不能卖到广东去。2003 年福建全省成品油总需求量约为 420 万吨，其中零售 228 万吨。"一体化"项目新增的 800 万吨成品油不能自行销售到广东等其他省份，只能由中国石化来收购。但是，当时国内的成品油供大于求，市场并不景气。因此，中国石化不愿让步。

加油站的数量是投资各方的主要分歧之一。全球最大的石油公司沙特阿美和埃克森美孚一开始就表现出了巨大的野心，企图通过参股方式达到对中国终端市场的渗透，在中国实现产、供、销一体化。埃克森美孚希望能在福建建设600家合资加油站，一举超过BP（英国石油）在中国拥有的加油站数量。

然而，随着国内外成品油市场的剧变，外方发现，他们所极力争取的东西已经不再是个香饽饽，往后拖一拖，对他们未必是一件坏事。按照中国加入WTO的承诺，至2005年底，中国将有限开放成品油销售市场，2007年底将开放油品批发与零售市场。届时，在加油站方面，埃克森可以绕过中国石化自己建或者收购。埃克森美孚和沙特阿美发现，与项目谈判之初相比，即便拥有这些权益，中国市场也并不如他们预料中那么美好。

都说，时间就是金钱，双方的理解却不一样。

中方谈判代表认为，早日建成就能早见成效，所以急于求成。

外方谈判代表却认为，时间拖得越久，谈判筹码越高，因此老牛拉破车似的——慢腾腾。

四方博弈在投资细节上久久未能达成共识，福建"一体化"项目的谈判工作被搁浅。项目没有任何进展……

二

出现僵局不等于谈判破裂，但必须迅速突破，否则就会影响谈判进程。

有人献出"连环计"，将导致僵局的问题化整为零，逐个击破或是左右开弓击中目标，从而化解矛盾。

中国石化集团的成品油分销壁垒争议可以缓缓，待条件成熟再谈也不迟。

埃克森虽然不急，但沙特阿美的谈判条件已经有所松动。沙特阿美是原油提供商，是国际原油上涨的获利者。

当然，埃克森也有软肋，即其他国际能源集团正在加快进军中国市场的步伐。BP 和荷兰皇家壳牌集团已经分别获得了 500 家零售加油站的合资牌照。

2004 年 8 月，伊拉克局势持续恶化，导致国际原油价格进一步上扬。在伊拉克纳杰夫战斗最激烈的时候，价格更是逼近每桶 49 美元的高位。国际原油价格上涨，带动了相关的乙烯产品的价格上涨达到自 1992 年以来的最高价。艾克森美孚和壳牌等乙烯厂商营业收入水涨船高。

在巨大的国际市场前景之下，福建"一体化"项目重启谈判。

2004 年 8 月 26 日，厦门。福炼公司、埃克森美孚、沙特阿美有关中外各方达成《扩大初步设计》协议。扩初设计的开始，标志着福建"一体化"项目有了新的重大进展。

2004 年 10 月 14 日，美国埃克森公司高级副总裁葛兰德先生到泉州市泉港区访问，对福建"一体化"项目进行正式考察。福建省副省长李川陪同。

这天，葛兰德先生先后来到福建炼化公司、福建"一体化"项目工地、10 万吨原油码头和惠安青兰山油库区考察，对泉港的投资环境和"一体化"项目进展表示满意。

当晚，贾锡太、李川会见葛兰德先生一行。

贾锡太憧憬地说："近年来，一体化项目合作进展顺利，特别是今年签订了相关的协定，使合作进入实质性阶段。这次葛兰德先生亲自来闽考察，体现了对这一合作项目的高度关心和支持。相信通过这次访问，将有力地推进这一项目的实施和发展。"

葛兰德表示，将尽最大的努力，推进项目更快、更好地发展。

当时，乙烯价格居高不下，供货商面临短缺，中国对乙烯等石化产品的需求与日俱增。这个"航母级"能源项目再次获得重大进展，备受海内外关注。

2004 年 11 月 15 日，中共中央政治局常委、全国人大常委会委员长吴邦国莅临福建炼油化工有限公司视察。同行的还有中共中央政治局委员、全国人大常委会副委员长王兆国和全国人大常委会副委员长兼秘书长盛华仁。卢展工和中国石化股份公司高级副总裁曹湘洪等陪同。

吴邦国说："福炼公司目前是国内效益较好的炼油厂之一，所处的地理环境也很好，福建一体化项目现在是万事俱备，国家是全力支持的，合资各方要抓紧工作，加快项目进度，争取早日建成投产。"

针对合资、合作工作进程缓慢的情况，吴邦国委员长做出了重要指示："一体化项目要坚持以我为主，积极推进；同时，要做好两手准备，一是合资，二是自己干！"

那几年国内经济高速增长，刺激汽车、手机以及利用乙烯原料制成的塑料零组件等产品销售激增，带动中国对乙烯需求激增。国家似乎没有长久的耐心来等待合资谈判。

一颗红心，两手准备。

福建"一体化"项目工程建设在中方的主导下按计划持续推进……

2004 年 12 月初，工地基础设施的"四通一平"已经完成，地下管网正在铺设，具体的工程规划和施工设计同步进行……

三

2004 年 12 月 12 日下午 4 点，福州西湖宾馆贵宾楼。

福建省召开干部大会，中组部分管地方的副部长李建华宣布福建省委书记任命决定和代省长推荐人选。卢展工和黄小晶搭班，终结了福建省委一把手位置空缺近两年的悬念。

2005年1月17日至23日，福建省十届人大三次会议在福州召开，会议补选卢展工为省人大常委会主任、黄小晶为省长，同时通过关于促进海峡西岸经济区建设的决定。

正当福建全省上下全力推进海峡西岸经济区建设之际，福炼公司则遭遇了寒冬。主要原因是国际原油价格扶摇直上，国际成品油价格也水涨船高。

炼油成本随国际原油价格攀升而刚性上扬。国内成品油价格却因定价机制滞后，导致与国际原油价格严重倒挂。这让中国90%的炼油企业陷入寒冬。福建炼油化工有限公司也没能跨过这个坎，出现了自1998年实现扭亏脱困后的再次亏损。

更要命的是，福炼公司没有乙烯生产能力，产品单一，无路可逃。如果有能力生产乙烯，即使炼油亏损，乙烯这一块也能补上来。"一体化"项目成了福炼公司的救命船。

一般情况下，炼化产业有1∶5的推动力。这意味着福建炼油乙烯"一体化"项目不但能提高福炼公司市场竞争力，而且可带动一两千个亿的产值，将对区域经济产生深远影响。

在福建省委、省政府和中国石化有限公司的共同努力下，合资各方都做出让步，项目终于取得突破性进展……

四方谈判再次启动。

谈判桌上，"三国四方"谈判代表夜以继日，唇枪舌剑，锱铢必较……

白民义是福炼公司副总工程师，曾参与"一体化"项目乙烯工程技术谈判。多年后，他说起谈判的艰辛与工程的浩大时，记忆犹新："乙烯工程的技术部分要分别同九家公司谈判，在每家十天左右的谈判时间里，三大册总共一尺多厚的英文文本，要逐字逐句地推敲斟酌。最后定稿的乙烯项目图纸和资料，要以百吨计；乙烯项目的管道，加起来总长度达四百多公里。"

经过三个多月的努力，这场马拉松式的"跨国恋"，终于迎来新的历史时刻……

四

2005 年 7 月 8 日上午，泉港。

福建炼油乙烯"一体化"合资项目工程举行开工仪式，标志着这一世界级的能源工业项目正式进入建设阶段。

中共中央政治局常委、全国政协主席贾庆林发来贺信……

中共中央政治局委员、中组部部长贺国强发来贺信……

全国政协原副主席陈锦华发来贺信……

……

全国人大常委会副委员长兼秘书长盛华仁、中共福建省委书记卢展工、省长黄小晶、政协主席陈明义，以及国家有关部委、沙特阿拉伯政府、沙特阿美、埃克森美孚、中国石化、福建省和泉州市的有关人士出席了开工仪式。

屈指数来，从 1991 年的酝酿到 1997 年正式签署协议，再到 2005 年 7 月 8 日正式开工，这个项目前后已历经 14 年。为了这一天，"三国四方"的追梦者历尽艰辛。他们一棒接着一棒干。许多人从黑头发干到白头发。

从这一天起，福建炼油乙烯"一体化"合资项目的焦点换成了另一个名词：建设世界级能源基地。

福建炼油乙烯"一体化"合资项目工程开工后，中方坚持"以我为主"，积极推进项目建设，先后完成项目专利技术招标、基础设计、长周期设备订货、地下工程施工等工作，项目实现由扩大初步设计阶段全面转入设计采购施工总承包阶段，现场施工进入设备安装阶段。

有一次，一位老领导到福炼公司调研。他了解到，虽然"一体化"

项目开工了，但合资公司迟迟不能成立，项目建设主体尚未明确，不仅对企业设备采购所涉及的报关、EPC转移、退税以及融资等造成不利影响，也对公司管理、人才引进、队伍稳定产生一定的影响。

老领导谦逊地对陪同人员说："我戎马生涯一辈子，经济发展的问题没有认真研究，所以来看看，来学习。听你们这么一说，我忽然想起了一个故事。"

在抗日战争时期，有一次，敌人把一个村庄包围了，既不让村里的任何人出去，也不让村外的人进村，还派一个伪军在村子通向外界的唯一通道——一座小桥上把守。村里有一个重要的情报要报告给在村外的八路军领导人。怎样才能把情报顺利、安全送出去呢？村里的一个小八路，勇敢地担当起这个任务。他在黄昏的时候，趁着夜色的掩护，悄悄地来到了小桥旁边的芦苇地，躲藏了起来，认真地观察小桥上发生的一切。他注意到守关卡的伪军打起了瞌睡，凡是由村外的人来，他总是头也不抬就说，退回去，退回去，村里不让进。如此几次，小八路心里有了主意。于是，小八路钻出了芦苇地，悄悄接近并上了小桥，就在伪军抬头发话之前他突然转身向村里的方向走，并且故意把脚步声弄得挺大。敌人听到后，还是头也不抬地说，退回去，退回去，村里不让进。结果小八路顺利过关，把情报安全地送了出去，为部队打胜仗立下了汗马功劳。

老领导讲完故事，说："很多人认为努力和牺牲一定能达到目标，其实光靠这一点只能增加无谓的牺牲，不管是过去、现在，还是将来，好点子就在身边，我们要好好去观察、发现、利用……"

老领导"以退为进"的故事给大家很大的启发。

后来，在与外方代表接触中，中方做出了一连串的"假动作"，沉着推进合同文件及相关协议的谈判，解决了土壤和地下水环保责任划分、知识产权、资产估价等难题。

2005年12月23日，中国石化集团公司和福建省委、省政府对福建炼油化工有限公司主要领导进行调整，陆东担任董事长。

五

2006年2月13日，艳阳高照、风清气爽。

厂区外，"三年打基础，六年上规模，十年建成世界级能源基地"的宣传标语，赫然醒目，鼓舞人心。

厂区内，一场小型而重要的会议正在召开——福建炼油乙烯"一体化"项目现场办公会。这次会议明确"一体化"项目各装置建设的主要控制点和一体化工程建设的总目标：2008年底炼油乙烯工程各装置全部机械竣工；2009年一季度装置投料试车，项目全面投产。

目标已定，决心已下。

2006年3月3日，福炼公司召开"一体化"项目工程开工建设动员大会，向一万多名建设者发出号召——

服从一体化！

融入一体化！

投身一体化！

大干一千天！

掀起新高潮！

努力开创福建炼油乙烯"一体化"项目工程建设新局面……

冲锋号吹响了！

全国各地几十支工程队伍汇集湄洲湾。一万多名工人投入到福炼"world计划"（世界计划）的工程建设中，声势浩大。

中国石化工程建设公司冲锋在前……

宁波工程公司、洛阳工程公司、上海工程公司争先恐后……

中国石化第二、四、五、十建公司日夜奋战……

湄洲湾畔，一场波澜壮阔的大会战正在迅速推进——

新厂区各装置建设的主要控制点紧张而有序地全面铺开……

炼油、乙烯同时开工……

新建19套装置拔地而起，大小管廊龙蛇舞动……

六

2006年8月31日，"一体化"项目的第一套装置12万吨/年气体分馏装置顺利实现中间交接。至此，新建炼油装置全面进入安装施工阶段。

紧接着，聚丙烯、聚乙烯装置主要设备基础施工基本完成，进入建筑物、钢结构施工阶段……

乙烯装置、IGCC装置设备基础全面施工……

公用工程进展顺利，罐区里雨后春笋般地涌出一个个小山头似的大罐……

壮士追梦意气风发，项目推进势如破竹。

2006年11月8日，福建炼油乙烯"一体化"项目80万吨/年乙烯装置桩基工程开工，标志着该装置工程建设正式转入EPC阶段。

2006年12月21日，福建"一体化"项目首个"百日会战"拉开序幕……

东风吹，战鼓擂。478公顷的建设工地上，塔吊林立……

工程建设如火如荼，一切都在往好的方向发展。进入2006年底，国内成品油市场好转，特别是"油荒"现象的出现，为"一体化"项目的谈判终于扫清了障碍：中国石化答应收购合资项目剩余的800万吨成品油——埃克森美孚和沙特阿美打破了中国成品油分销壁垒。这意味着这些油可以分销到外省，原来各省份各自为政的局面土崩瓦解。

紧接着，《合营合同》《公司章程》《资产出资协议》等报批文件谈判全部收口……

功夫不负苦心人!

七

2007 年 2 月 25 日,北京。

福建"一体化"项目终于修成正果。

这场长达 16 年的马拉松式跨国恋,终于喜结良缘。

当日,中国石化、福建省政府、埃克森美孚及沙特阿美在北京签署了《福建炼油乙烯合资项目合资合同》,一同签署的还有《福建成品油营销合资项目合资合同》。

根据合同,福建炼油乙烯合资项目将由福炼公司、埃克森美孚和沙特阿美按 50%、25%、25% 的比例投资兴建,预计 2009 年初建成投产。

福建成品油营销合资项目则由中国石化、埃克森美孚和沙特阿美按 55%、22.5%、22.5% 的比例投资建立,将在福建省建设大约 750 个加油站和若干个油库。

埃克森美孚公司位居世界 500 强企业的前列。

沙特阿美公司是世界上最大的石油生产及出口公司,负责经营、维护和管理沙特的石油以及天然气资源。

福建炼油化工有限公司则是中国石化与福建省石油化学工业公司以 50 ∶ 50 比例合资建设的炼油企业,是福建能源工业的龙头企业。

三国四方,闪亮登场,共襄大业,举世瞩目:福建"一体化"项目正式投产之日,将是福建经济二次腾飞之时!

埃克森美孚中国投资有限公司政府事务及公关部杜燕华说:"此次福建乙烯项目投资额约为 45 亿美元,成品油营销合资项目的投资额约为 6 亿美元。这一数目比 2005 年做出的初步估算要高出不少,当时的估算预计投资总额为 35 亿美元。"

2007 年 3 月 16 日，商务部正式批准福建"一体化"项目合同、章程。项目名称为福建联合石油化工有限公司，投资总额 49.6 亿美元，合同外资 8.27 亿美元。

万事俱备，只欠东风……

八

2007 年 3 月 30 日，北京人民大会堂。

福建联合石油化工有限公司成立揭牌仪式隆重举行。这是中国第一个产、供、销全面一体化的中外合资能源工业项目。

全国政协原副主席陈锦华，沙特石油与矿产资源大臣纳伊米，福建省省长黄小晶，沙特阿美公司总裁兼首席执行官朱玛赫，埃克森美孚公司董事、高级副总裁西蒙，以及国家有关部委、沙特阿美、埃克森美孚、中国石化和福建省的有关人士出席了揭牌仪式。

黄小晶说："两个世界级一体化业务的协同效益、四个合资方的优势以及与沙特阿美的长期原油供应协议将极大地提高本项目的竞争力，确保其达到世界一流水平。"

福建"一体化"项目突出的特点是规模庞大而且构成复杂，首先投资主体多元，包括中国石化、福建省、埃克森美孚、沙特阿美，其内部的管理协调工作比较复杂。

另外，设计施工复杂。这是国内首家扩建 800 万吨／年炼油和新建80 万吨／年乙烯同时开工建设的项目。项目涵盖面广，专业衔接界面十分复杂；设计单位众多，场地分散，管理难度也相应增大；工程建设从设计到施工"一条龙"，工作量极大。

面对困难，来自三国四方的工作人员参照国际先进工程建设管理模式，组建了项目联合管理组（IPMT）。一周之内，联合管理组四百多名工作人员全部到位……

巨轮破浪一帆顺，海燕乘风卷雪花。随着联合公司主体地位的确立，福建"一体化"项目的设计、采购、施工有序进行……

工作大厅内，来自中国石化、埃克森美孚、沙特阿美的几百名工作人员紧张地忙碌着。虽然国籍不同、语言不同，但他们同属于一个战斗团队——福建"一体化"项目联合管理组。

恢宏的项目厂区里，一些穿着工服的国内外专家穿行在各个项目现场，每到一处都仔细地查看、做好记录，并不时跟工人们交流……

抬头望天，晴空万里，白云悠悠，浩瀚无比……

2007年9月5日上午，福州。中石化森美（福建）石油有限公司在福州正式挂牌，标志着中国首个中外合资的"一体化"项目开始投入商业运营。

九

2008年7月8日，泉港。

这天，福建省委书记卢展工率领福建省委"四个专题"调研组来到泉港。此时，福建"一体化"项目公用工程单元及主体装置陆续实现中间交接……

望着即将建成的百年伟业，卢展工深情地说："泉港是从原惠安北部落后的几个乡镇拆出来设区的，基础十分薄弱，发展到今天很不容易。在加快工业化、城市化进程中，泉港从很落后的农村变成现代城区很不容易，已具备了能源基地的雏形。泉港区变化很快，不同于一般的县（市、区），承担着能源基地建设的重任，建区仅八年，八年很辉煌，现在进入更高的层次，要求更高，今后发展前景更好。特别是泉港的人民群众和区、镇干部，在一体化等项目征拆量大、政策变化大、时限要求紧的情况下，征地拆迁安置工作按时顺利做下来，很不容易，很典型，让人很钦佩！"

"省委、省政府规划用十至十五年时间，打造环湄洲湾千亿产业集群基地。"谈起福建能源强省之梦，卢展工信心满怀，"我们将与中国石化再次携手，在炼油乙烯一体化项目基础上，推动新一轮发展……"

潮平两岸阔，风正一帆悬。然而，有件事是绕不过去的。事情还得从头说起——

那是 2009 年 8 月初的一天，泉港区峰尾镇诚平村"石狗尾"海面上漂浮着一条条死鱼。不远处，一股黑色的水一直往上冒——这片海域埋着湄洲湾氯碱公司的深海排水管道。

不看不知道，一看吓一跳。打鱼归来的渔民老刘发现情况后，大吃一惊——如果这些死鱼被人捞起，卖到市场上，后果不堪设想。于是，他加紧摇橹赶回村子，找村老协会反映。

几位老人到海边一看，果真如此，个个义愤填膺，遂向诚平村委会和峰尾镇政府反映，但直到 8 月中旬他们还没有得到任何回复。

几天后，村里的渔民发觉空气中有臭味，而且越来越不对劲。一个细心的渔民发现附近的城市污水处理厂消毒池污水溢流。

商店里的防风眼镜和药店里的口罩一时脱销——海边空气好，渔民在"非典时期"都没有用上这些东西。他们坐不住了，商量着对策……

2009 年 8 月 19 日，泉港区召开区委二届五次全会，组织认真学习贯彻省、市关于建设海西的文件，并提出要再创能源基地发展新优势。会议还没结束，秘书来报——峰尾镇诚平村、诚峰村两个村庄的村民们聚集在城市污水处理厂区。他们包围了城市污水厂的办公楼，不仅闯进污水处理厂关上了进出水口，还将距离厂区不远的湄洲湾氯碱公司排污阀门也关上了。

政府立即派出工作人员向群众解释：海里的黑水污染是因为湄洲湾

氯碱公司埋在深海里的管道破裂；污水处理厂传出的恶臭是由于城市污水处理系统在调试运行期间出现故障。

激愤的渔民不认同政府的说法，他们断想：恶臭是因为生活排污管道排放了工业污水。但是，他们还不知道工业污水源在哪里。

当晚，政府在通告中承诺将购买净化剂，希望广大村民给予支持配合，停止对污水处理厂的关停和包围，以便政府可以对现有滞留污水处置排放，避免臭水、臭气继续恶化。

渔民对这种通告一点都不买账。他们认为政府将滞留污水处置排放，是为了销毁证据，始终严防死守在城市污水处理厂区。他们要等北京的专家来调查，给个明确的说法。

2009 年 8 月 26 日下午，专家们到污水厂现场取样。留守的渔民查看他们的证件后让他们进厂，却抓了一个在厂外溜达的陌生人。

渔民怀疑这位不速之客是想来偷开阀门而放掉滞留污水的。后来，他写了保证书，才被"保释"。

渔民把这份担保书的复印件贴在污水厂外面的墙上，用来警示那些不速之客，但没有起到多大作用。

这场"躲猫猫"的游戏连续数日，随时考验着人们的耐心。

2009 年 8 月 30 日晚，四十多吨从上海采购而来的净化剂运抵泉港。第二天早上，区委、区政府主要领导亲自带队，计划对污水处理厂进行投料除臭。

不过，渔民的抵触情绪很大，认为这是在变相"销毁污染证据"，坚持不让投料除臭。

中午，两名干部被领导选中去做群众的思想工作，争取让技术人员进厂。两人一遍又一遍地向渔民解释，但没有起丝毫作用。

突然，一个小小的推拉动作擦出了火星。渔民们几日来积蓄的愤怒情绪霎时被点爆……

十

9月1日，国家环保部华东督查中心和省环保厅专家赶到泉港，展开相关调查……

9月4日下午，国家和省、市环保部门联合调查组进入现场取样……

9月5日，政府就群众反映的14个问题做出承诺，该关闭的企业一定会关闭，该惩办的干部一定惩办。他们的表态最终赢得群众的信任。事态趋向缓和，群众情绪平稳。

9月10日，湄洲湾氯碱公司的排海管道成功修复。13日，政府与村民协商成功，30吨高效生物酶净化药剂顺利投放。

后续的群众工作也全面展开……

与其他地区发生的群体性事件相比，泉港区处理这起群体性事件是积极主动的，也表现了各级领导化解突发事件的能力，除了最初反应迟钝外。

一场冲突似乎完满落幕。不过，问题的根源并不明了。

造成这场冲突的起因有两个，一个是福建湄洲湾氯碱公司的深海排水管道出现破裂，另一个是峰尾城市污水处理厂排出的污水造成恶臭。管道破裂，修好即可；群众蹊跷的是：峰尾城市污水处理厂7月底开始运行，为什么8月初就臭气熏天？

可以说，城市污水处理厂恶臭是这次矛盾的集中爆发点。那么，恶臭到底来自生活污水还是工业污水？

"如果仅仅是生活污水，就算完全不经处理，也不可能有如此恶臭。"城市污水处理厂承建商福建盈源集团一直喊冤。

如果是工业污水，又是从哪里来的？

湄洲湾氯碱公司也有一番话："7月30日，公司发函给当地政府，指责普安开发区借用我公司的排污管道，并测验出普安开发区排放的黏稠污水严重超标，处理技术不规范，形成管内结垢，造成外观阶段性管阻；而且普安公司欠我公司 60 万元的借管排污费。因此，公司要求普安停止使用我公司管道……"

湄洲湾氯碱公司停止出借管道后，普安开发区把污水排向了哪里呢？

"普安皮革区污水在没有事先通知的情况下擅自把管网接通。8 月 4 日到 6 日，他们就把工业污水排进来。当时还是少量，只有两三千吨。虽然经过普安自己的污水处理，但是排到我们厂区时已经发现有微臭。"福建盈源集团的一位经理说，"8 月 18 日，普安开发区排放 9600 吨污水。而普安皮革区自己的污水厂日处理能力只有 5000 吨，也就是说有 4600 吨未经皮革区污水厂处理的污水直接排放到城污厂了。我们才刚开始运营，城市污水处理要经过一个生化过程的，也就是采用生化嫁接的方法，逐步把生活污水引进来，逐步驯化成适应本地污水的一种活性污泥。但是皮革污水的到来，破坏了城市污水处理厂的计划。最终，这些污水冲击了城污厂的整个管网，造成管网全部瘫痪。"

在一番争论声中，我们似乎明白了引发事件的导火线，但只是偶然，并非必然。

十一

多年以后，"8·31"事件早已淡出了人们的视野。要不要重提这件事，我心里一直很纠结。

曾看过一个故事：一个老人去河北视察，没有走当地安排的路线。后来，他在路边发现了一个老农民，旁边放着一口棺材。他就下车去看——那个老农民太穷了，因为没钱治病，就把自己的棺材板拿出来卖。这位老人就给了老农民五百块钱让他回家。多年后，老人讲述这个故事时说，中国大地上的事情是无穷无尽的，不要在乎一城一池的得失，要执着！我们有信心让未来更美好！

中国大地上的事情是无穷无尽的。湄洲湾畔的这一方沧海桑田，也脱胎换骨地换上了新颜。与取得的辉煌成就相比，"8·31"事件似乎可以跳过。

昨天，这儿是惠安县北部四个贫瘠的乡镇。生活，多少年来一个模样。晨曦中，阿爸摇着小船出海。烟雾里，阿母煮饭在灶旁。夕阳下，谁是文人眼里唯美的渔歌唱晚？滩涂上，讨海人摇晃的脚步，追赶着落日的余晖。贫穷落后困扰着人们，现代文明是那样的遥远、渺茫……

大浪拍岸，宛如一声声春雷传来。湄洲湾睁开低垂千年的眼睑，向世界敞开了她博大的襟怀。只不过短短的几年时光，一座港口能源新城悄然崛起：她的身影就是那屹立千年的"玉笏朝天"，她的脉管就是那龙腾虎跃的输油管道，她的血液就是那汹涌澎湃的东海巨浪，她的声音就是那万吨巨轮傲然远航时悠扬的汽笛……

这种排山倒海的工业化，迅速催熟日新月异的城市化。十万失地农民进城当市民。他们开着卡车，运送水泥、钢材；他们提着皮包，和外商谈判办厂；他们和着乐曲，在广场上翩翩起舞，放声歌唱。他们不再只求三餐眼看脚下，探寻的目光已越出湄洲湾射向五湖四海。这就是昔日面朝黄土背朝天的农民，从仪表到心灵都焕然一新，就像这座悄然崛起的新城一样。

今天，这儿是海峡西岸一颗璀璨的明珠。炼塔高耸，托起朝阳。贫瘠的土地奇迹般地改变了自己的模样：高楼大厦林立，现代化家电琳琅满屋，林荫绿道上的小轿车川流不息，俊得让人叫不出名……

忆往追今，多少文人墨客忍不住深情歌唱，就像刺桐花忍不住幽香，湄洲湾忍不住潮涨——

"我的家在泉港，小名叫惠北，也叫肖厝，具体地说以前是破旧的农村。说起她的褴褛，我不好形容，只能告诉你，以前我在外求学，通往家只有一条不足四米宽的路。伶仃的小路，可怜巴巴地蹲在村头，像一根被谁丢弃了许久的铅笔头。"诗人逸冰满怀深情地说，"今天，我的家还在泉港，我已经参加工作，还是经常回家，可我的家乡面貌焕然一新。怎么说呢？还是不好形容，让我告诉你吧，我现在可以通过九条路回家……"

前事不忘，后事之师。

后来，我想：环境保护、生态安全及其可持续利用和发展越来越成为人们关注的焦点。对于一个能源基地来说，"环保"更是一个绕不开的话题。如果遮遮掩掩、避而不谈，就会让人觉得我们对发展能源之都没有充分的信心。

也许，很多人要问：湄洲湾是福建省最大的能源基地，每年的产值上千亿元。地方政府坐享其成即可富得冒油，为什么还要发展小型的皮革企业？

其实，我们想错了。

央企的税收多半上交中央和省、市等上级政府，地方获利不多。于是，地方政府只能培养"亲儿子"。因为"亲儿子"能带来实实在在的收益。然而，这个辛辛苦苦培养起来的"亲儿子"却劣迹斑斑。曾多次被环保部门点名，早在 2008 年 8 月，环保部环监第 15 号文件要求当地政府加强普安制革集控区整治力度，确保污水处理厂的正常运行和企业稳定达标排放。

"8·31"事件再一次让我们听见了来自人们内心那激越而沉重的呐喊："发展经济的根本和唯一目的是为了提升人民的生活质量。如果手段与目的背离，不仅生活质量会降低，还会丧失追求幸福的可能甚至是生命本身……"

如果说环境问题是发展起来以后的问题，那么面对这个棘手的问题，敢问路在何方？

上级政府囊括了大部分的财政收入，却把环保的主要责任留给地方。

这种权、责、利关系的不对称，使地方政府面临着经济发展和环境保护双重压力。标本兼治在很大程度上取决于利益分配调整。只有厘清权、责、利关系，经济发展才能实现由粗放型到集约型的转变。

发展经济和保护环境像两股风从不同的方向吹来，但总的出发点和归宿点都是为了人民。这两股风缺一不可——不因发展经济而搁浅环境保护，也不因保护环境而颠覆发展经济。

几年过去了，我们很欣慰地看到"8·31"事件没有重演！我们更祈望这样的事件永远不要再发生，因为我们对这片土地都爱得深沉！

几年过去了，我们很欣慰地看到人和自然与工业在这里和谐共生！我们更祈望《鹭港·渔港·泉港》的美景能与更多的世人一起分享，因为我们对这片港湾都爱得深沉！

这里是海鹭的乐园！

这里是渔民的家园！

这里是中国绿色能源之都！

放眼全球产业布局的实际和实践，我们可以看到，著名的能源港口中心，几乎都是美丽的滨海城市。

新加坡：蓝天碧海的炼油国……

休斯敦：人兴业茂的生态园……

鹿特丹：风景如画的第一港……

东京市：宜居乐居的大都市……

蔚山市：风光旖旎的旅游地……

世界能源之都的成功经验，是典范，是榜样，是泉港建设"绿色能源港口新城"的目标和追求。

追逐循环经济道路，实现绿色发展梦想——这条大路如天阔，最美永远在路上！也许，在不久的将来，人们在谈论世界能源之都的时候会加上一句话：湄洲湾——能源之都长寿乡！

下部

万里
海疆
第一湾

第十章

南岸北岸一体化

一个新的港口诞生了——湄洲湾港！

港口管理体制改革，能否破局南北岸发展不平衡的困境，激发湄洲湾港口开发建设新活力？

无论围绕着湄洲湾港的疑问有多大，有一点是可以肯定的：湄洲湾港的诞生，标志着一个石破天惊的开始，和一个无限可能的未来。

2009 年 8 月 2 日，福建省湄洲湾港口管理局挂牌仪式

一

夜里的电话铃声让人觉得有些突然。

福建省交通厅运输管理局政策规划处陈贵华科长接到局里的电话已经是晚上十点多了，只通知他第二天到省港航局开会，也没说要开什么会，有点神秘。和陈贵华一样，其他即将参与筹建工作的人员接到通知时，也大都不知道会议的内容。

第二天上午，陈贵华赶到会议室的时候，已经有一大堆人在那里了，看起来好像要举行什么仪式。等会议开始了，他才知道是福建省湄洲湾港口管理局筹建办的揭牌仪式。那是 2008 年的最后一天——12 月 31 日。

说起公元 2008 年，那是一个不平凡的年头。

这一年，中国人民付出了很多，也收获了很多。北京奥运会盛况空前，改革开放 30 周年的璀璨光辉举世瞩目，还有那神秘浩瀚的太空首次出现了中国人漫步的身影……

这一年，中国人民有欣喜，也有悲伤。从年初南方历史罕见的冰冻雨雪，到"5·12"汶川 8.0 级大地震；从临汾溃坝到三鹿奶粉三聚氰胺事件；从大洋彼岸波及而来的金融危机到中国股市断崖式跳水……

悲也好，喜也好。时光到了 2008 年的最后一天，撕下最后一张日历，这些都将成为历史。

2008 年 12 月 31 日上午，福建省交通厅厅长李德金为筹建办揭牌。揭牌仪式上，李德金铿锵有力地说："湄洲湾港口体制一体化是福建省委、省政府做出的重大战略部署，是继厦门湾港口资源跨行政区域整合之后福建省港口发展的又一项重大改革。湄洲湾港口管理局筹建办成立，标志着湄洲湾港口体制一体化进入实质性实施阶段……"

马继列接过话筒，说了几句要贯彻落实的话，就开始点名。被点到姓名的十个人留下来开会，他们大多事前不知情，实感突然。马继列主持会议，宣布林拾庆为筹建办主任，其他九个人作为筹建办工作人员，参与"湄洲湾港口一体化"筹建工作，会后立即与原单位做工作交接，集中在筹建办上班。

会议结束后，林拾庆主持会议，干净利落地对湄洲湾港口管理局筹建办进行分工：设两个部门，一个综合部，一个业务部。陈贵华负责综合部，成员有刘祝胜、张金荣、陈华清、黄静芳；陈鸿朝负责业务部，成员有魏长春、邱永明、陈建新。

这些抽调来的人员是单位、处室里的骨干。部门领导舍不得让他们走，就去找李德金说情。李德金都同一个口径地回了："已经定了，会也开了，那就去吧。"

大家看到没有回旋余地，就移交工作，立即到筹建办上班。

后来，他们才知道，参与福建省湄洲湾港口管理局筹建工作的这一批人都是精挑细选出来的。

揭牌前，福建省湄洲湾港口管理局人事处长白雪云把筹建办人员名单送到李德金手里。李德金看了看，心里没底："筹建工作时间紧、任务重，需要骨干力量来快速推进，但从方案中提出的筹建人员名单上看，结构显得老化……"

李德金让白雪云把交通厅直属单位的干部花名册拿来，又请马继列一起来商讨。

冬日，暖阳。窗外，金色的阳光从高楼间洒落下来。室内，他们翻起干部花名册，一个一个地了解，一个一个地对比。直到下班，也没有敲定具体名单。

当晚，李德金召集马继列、白雪云和交通厅办公室主任陈宜国，还有福建省港航管理局党委书记林拾庆、局长庄和明，一起到办公室开会，研究筹建办工作人员的问题。直到晚上十点左右，筹建办十个人员名单才最终定下来。

二

筹建办揭牌后，办公室设在福建省港航局八楼。八楼有一个大会议室，隔出两间当办公室，一间是综合部，另一间是业务部。那个时候，大家以为筹建办只是打临时工，干几个月，完成筹建任务就回去了，没有多想。

知情人说，湄洲湾南北岸港口资源整合的筹备工作从 2006 年就开始了。2006 年 2 月 23 日，福建省交通厅召开湄洲湾港口一体化管理座谈会。2007 年 11 月 5 日，福建省港口发展协调委员会办公室召集泉州市政府、莆田市政府有关领导在省交通厅召开第一次湄洲湾港口合作联席会议。同年 12 月 19 日，推进湄洲湾港口一体化发展协调联席会议第一次成员会议在莆田市召开。据说，当时文件都发出来了，公章也刻了，又硬生生地收了回去……

这一次，又将如何？

2009 年元旦一开假，林拾庆召集大家开了个碰头会，对综合部和业务部进行具体分工，会上布置的第一件事就是收集湄洲湾的港情资料并立即奔赴泉州、莆田两地调研。

林拾庆既是福建省港航局的书记，又是湄洲湾港口管理局筹建办的主任。他从港航局借来一辆车，供筹建办跑。

1 月 7 日，陈贵华一行来到泉州港口管理局肖厝分局。这是他们实地调研的第一站，印象很深刻。他记得那一天，雾很大，气压低，海风中隐约有一种淡淡的咸涩。此时，他还没有想到将来会在这里扎根。

肖厝分局局长叫何其龙，是军转干部，1999 年到肖厝分局，前后已经在这里工作了近十年，情况熟悉。据他介绍，湄洲湾南岸肖厝港区共规划泊位 57 个，斗尾港区共规划泊位 110 个；截至 2008 年底，湄洲湾南岸共有千吨级以上生产性泊位 11 个，7 个在建项目总投资达 29.7 亿元，在建码头泊位数 25 个，4 个拟建项目总投资达 50.16 亿元，拟建码头泊位数 9 个。

陈鸿朝一行走的第一站是湄洲湾秀屿港区的福建中原港务有限公司。这是当时湄洲湾北岸唯一取得建设大型成品油基地的港口公司。那时候，码头还没开建，只是做前期的陆域工程。

2009 年 1 月 10 日，福州。

福建省第十一届人民代表大会第二次会议隆重召开。福建省人民政府省长黄小晶作《政府工作报告》："实施湄洲湾港口一体化管理体制改革……"

大浪拍岸，惊涛而起。湄洲湾一体化改革写入福建省政府的工作报告，迅速引起大家的热议。谈起福建的港口，谈起湄洲湾，大家都有说不完的话，颇有"抱着金鸡不下蛋"之感。

1989 年，湄洲湾与大连大窑湾、宁波北仑、深圳盐田相差无几，同时列入国家重点发展的四大深水中转港。到了 2008 年，以盐田港为主体的深圳港综合实力仅次于上海港，宁波港和大连港也都成为亿吨大港，只有湄洲湾的港口吞吐量始终无法跨越 3000 万吨的门槛。

不仅是湄洲湾港发展落后，在 2008 年以前整个福建省都没有一个亿吨大港。这是福建港口先天条件不足，还是资源优势没有发挥出来？

其实，福建拥有的优良港口岸线资源是全国大多数省份比较缺乏的一种独特资源。全省拥有大陆海岸线总长 3752 公里、海岛海岸线总长 807 公里。其中能建万吨级码头泊位的深水岸线长达 246.3 公里，为全国之最。

港口是福建的大资源、大优势、大潜力。全国很多省份都有公路、铁路优势，但不是每个省份都有这么好的港口资源。福建拥有这么好的港口资源，为什么发展不起来呢？

福建过去是海防前线，国家投资少。另外，资源分散也是一个重要的原因。长期以来福建港口的规划、建设和管理活动主要以行政区划为界限，优良港口资源优势远未得到充分发挥，严重束缚了港口整体条件实现规模化、集约化发展的步伐。

港口是通往世界的桥梁。经济是否景气看港口是比较准的。交通运输部水科院贾大山博士说："港口和海运是当今世界无可替代的外贸主动脉，没有港口和海运，一个国家和地区的外贸无从谈起。"

港口和海运在整个综合运输体系的对外运输中占主导地位。而作为大宗散货的石油、矿砂，90%以上是通过港口和海运来完成的。福建作为一个外贸大省，也大致如此。港口是促进福建沿海城市发展具有多种功能的经济体，是福建融入世界经济一体化的转换点。

福建港口和海运在全国位置上来了，福建的地位在全国才会高。这是由福建半岛型省份的省情和经济外向型所决定的。

改革是打破发展瓶颈的必经之路。2006年，厦门港整合后，港口生产迅速增长。当年，厦门港集装箱吞吐量突破400万标箱，比增15.7%，跻身世界集装箱22强行列。2008年，厦门港吞吐能力、货物吞吐量比整合前增长一倍，特别是集装箱吞吐量突破500万标箱。厦门湾整合的成功效应，坚定了福建省委、省政府推进湄洲湾港口"一体化"的决心。

2008年3月，福建省副省长张志南在省交通厅调研时强调：要稳步推进湄洲湾港口一体化等管理改革。

2008年10月17日，福建省省长黄小晶主持省长办公会议，原则通过《湄洲湾港口体制一体化建议方案》。

2008年10月21日，福建省委常委会原则通过《湄洲湾港口体制一体化建议方案》。福建省委书记卢展工参加审议时强调："实行一体化后的港口行政管理部门要切实发挥统筹作用，真正实现湄洲湾港口统一名称、统一机构、统一管理、统一引航。"

2008年10月28日，张志南副省长主持召开专题会议，研究湄洲湾港口体制一体化的有关工作。会议明确要求成立湄洲湾港口体制一体化筹建组，下设办公室，尽快进驻湄洲湾开展工作。

2009年1月，"实施湄洲湾港口一体化管理体制改革"写入福建省政府的工作报告，也把大家的劲鼓了起来。

三

福州、泉州、莆田三地奔波……

秀屿、东吴、肖厝、斗尾四港区穿梭……

实地调研、资料收集、情况汇报，每天生活忙碌而充实，加班也开始成为习惯……

那段时间，陈贵华时常感觉胸闷，但是工作实在忙，就一直拖，拖了三次才抽上空去医院。

2009年1月20日，农历腊月廿五，大寒。那天，陈贵华带着手机和一个钱包，别的什么也没带，就到医院看病。一位同事的父亲在协和医院内科工作，事先联系过。

上午九点，陈贵华排上号。医生给陈贵华初诊后，找来另外三个医生一起会诊。

陈贵华忽然就有一丝不祥的感觉，身体的零部件出问题了！

会诊后，医生要求陈贵华马上住院，什么情况也没说，只告诉心血管出问题。十点过后，护士就把他推到病房，说下午马上动手术。

陈贵华明白，估计得大修。

当天下午4：30，陈贵华就进了手术室。手术一直做到晚上八点多，心脏接了两个支架。

手术出来，陈贵华就打电话给一个同事："我在协和医院住院，你帮我向主任请个假。"同事以为他在开玩笑，第二天看到他真没来上班，马上打电话问清实情。

林拾庆带着几位同事跑到医院来探望。看到手术很成功，大家都松了一口气。

回到筹建办，大家又忙开了。年终岁末，春节将至。往常这个时节，大家总是要停下来，轻轻抖落旧年的尘埃，回顾过往，盘点一些被称之为回忆的东西。今年却不一样，大家还是闲不下来。

林拾庆说得很明白："大家把手头的工作都整利索了，回家才能过个安心年，春节一过，领导就要我们做汇报。"

已是农历腊月二十八，很快就要过年了。林拾庆和交通厅计划处的陈逸龙，还有魏长春，一起赶到莆田。群众反映秀屿港区有一个码头正在违建。省委督查室转来省领导批示件，要求省交通厅实地调查后反馈。

原来，有企业想趁过节期间，搞突击，在秀屿作业区 3000 吨级码头违规建设水泥储罐。因为没有办理改扩建审批手续，所以他们马上责令业主停工。

农历腊月二十九，林拾庆一行回福州向省里反馈。魏长春写完汇报材料，已经错过回宁德柘荣老家的班车了。

除夕下午，魏长春的哥哥从老家开车到福州来接。颠簸了五六个小时才到家，一家人都在等他们吃年夜饭呢！

有钱没钱，回家过年。陈贵华就回不去了。那个春节，他就在医院过。躺在病床上，看着雪白的天花板，心里特别焦虑："人生的路很漫长，但是转折点只有几个。筹建办刚刚成立，自己身体的零部件就出了问题。如果因此错过了机会，心中只有遗憾。"

大年初五，陈贵华又被推进手术室，说要再安一个支架。上了手术台，医生折腾了半天，又推下来，说是回家保守疗养比较好。

正月初八，年假结束。陈贵华犹豫着要不要去上班？后来，他想想还是去上班。走到家门口，他又感到胸闷，站了半个小时，咬紧牙关，上了公交车，到单位上班去。

第二天，福建省交通厅批复福建省湄洲湾港口管理局筹建办即日起对外开展工作。一份文件，看似通行证，却是催令牌。

开春一上班，大家又忙开了。下一线调研，上班赶材料。大家忙得团团转。

因为工作需要，筹建办买了一辆公务车，七个座位，基本能满足工作需要。那段时间，他们几乎每天都在跑，穿梭于湄洲湾南、北岸，往返于福州、泉州、莆田，当时筹建办人员都形象地称之为"两岸三地"。每月行程平均多达5000公里，又赶上福厦高速在扩建，走一趟要好几个小时。

刘祝胜管后勤，出差的伙食费、住宿费都掐得死，算得细。梅菜扣肉是他最常点的菜，因为这菜很下饭，一碗米饭两块肥肉下肚，其他的菜就省多了。

梅菜扣肉吃多了，陈贵华就开玩笑："你们想想办法，泉州、莆田有没有同学，我们打打电话，顺路去改善一下伙食。"说得一车人都哈哈大笑起来……

"摸家底，寻路子，更要画好蓝图！"林拾庆一次又一次地组织大家讨论湄洲湾陆域、水域港界范围。

随着调研的深入，规划蓝图变得清晰而生动起来。

醉心于忙碌的希望，他们融化在湄洲湾的怀抱，把生活酿造成黎明的蜜。有时候，为了一个细微的线图，他们会争论到深夜。

大家争议最大的有两个，一是惠安大港湾，一个是湄洲岛。这两个地方要不要纳入湄洲湾港界范围？

最后，大家取得一致意见：依据福建省政府批准的《湄洲湾港区控制性详细规划》和《福建省海洋功能区划》，按照适度超前、留有余地的原则，在征求泉州、莆田两市意见的基础上，提出了湄洲湾陆域、水域、岸线港界范围。

时机不等人，从 2009 年 2 月开始，筹建办就着手研究湄洲湾港（湄洲湾内的四个港区）港界范围。后来，筹建办向福建省地质测绘院买了一张湄洲湾区域的卫星遥感图，填进港口规划，形成湄洲湾港口总平面布置规划图。

四

筹建办除了筹建福建省湄洲湾港口管理局，还要筹建一家实体公司。公司的名称都定好了，叫福建省湄洲湾港口开发有限责任公司。这家港口开发公司，肩负着双重使命，不但是湄洲湾港口开发建设、岸线收储的投融资平台，而且代表政府统一对湄洲湾港口建设实行整体成片收储性开发。

林拾庆给陈建新一张名片，让他去工商局找一个熟人，办理企业登记手续。

陈建新揣着这张名片，满心希望地跑到工商局，却发现"熟人"对企业注册这一块不熟，也帮不上什么忙。

后来，马继列和林拾庆都亲自与工商局进行沟通，也没有立竿见影的效果。登记注册就这么搁着，让人心急火燎。

2009 年 2 月 27 日上午，黄小晶省长主持召开福建省政府 19 次常务会议，审议《福建省湄洲湾港口开发有限责任公司的组建方案》。

黄小晶定了调："按照省委'科学发展，四求先行'和省委常委会研究关于湄洲湾港口体制改革的要求，积极推进湄洲湾港口一体化建设，对推动港湾资源整合，促进湄洲湾港口的繁荣和发展具有积极意义。"

陈桦、李川、苏增添、张志南、洪捷序、冯声康等参加审议。会议原则通过了福建省湄洲湾港口开发有限责任公司的组建方案并提出修改意见。会议要求，福建省湄洲湾港口开发有限责任公司董事长先采取委派的方式，加快公司组建步伐，抓紧开展工作。

福建省交通厅提出，福建省湄洲湾港口开发有限责任公司在工商注册登记时遇到的难题，希望工商局特事特办。

几天后，会议纪要出来了。

"省工商局要特事特办，办理好相关的核准注册登记手续。"马继列看到会议纪要里的这句话，激动得拍了一下桌子。他叫来陈建新，交代道："你给工商局发一份函，附上省政府常务会议纪要。马上去办理工商登记手续。"

这一次，有了福建省政府常务会议纪要，事情就顺畅多了。

收集股东资料……

反馈股东意见……

起草投资协议……

协调出资比例……

开发公司的筹建工作马不停蹄。关键节点，省、厅领导都亲自协调解决。

2009年4月2日，福州市东水路18号，福建省交通厅三楼大会议室。福建省湄洲湾港口开发有限责任公司召开第一次股东大会。

全体股东会议审议通过公司章程，选举陈宜国、林拾庆、高金勇、李兴湖、陈乐、梁榕生、廖培坤、谢国良和陈斌（职工董事）为公司第一届董事会成员，选举赵俊青、陈国荣、郑亨荣、王玉珍、杨志强和陈贵华（职工监事）、廖鸿涵（职工监事）为监事会成员。

公司的董事和监事任期三年。

从这一天起，陈贵华很清楚地知道，自己不是在打"临时工"了，已经不可能再回到工作了十五年的运管局去了。

一场前所未有的开发热潮，把他们推送到另一片土地……

2009 年 4 月 14 日，福建省人民政府批复《湄洲湾（南北岸）港区控制性详细规划》。

也就在这一天，马继列到筹建办主持召开会议，宣布福建省交通厅任命通知：陈宜国兼任筹建办主任。

开海了！林拾庆把《湄洲湾（南北岸）港区控制性详细规划》交给了陈宜国，也把划船的桨交给了陈宜国，并且相信：明天的湄洲湾会更加壮丽……

五

2009 年 4 月 22 日，榕城春光甚好。阳光透过早雾，一缕缕地洒满了大街小巷。春风扑面而来，给人温暖、柔和、妩媚的感觉。

踏着和煦的阳光，陈宜国、林拾庆、高金勇、李兴湖、陈乐、梁榕生、廖培坤走进了福建省港航局六楼的会议室，个个满面春风……

这一天，福建省湄洲湾港口开发有限责任公司在这里召开第一届董事会第一次会议。会议选举陈宜国为董事长，李兴湖为副董事长。

陈宜国说："港口开发公司要以规范化运作为根本，以上市融资、进一步发展壮大为目标，全力推动湄洲湾港口的开发建设、发展壮大，全力服务海西建设……"

董事会聘任陈可香为公司总经理。

当天，福建省湄洲湾港口开发有限责任公司召开第一届监事会第一次会议，选举郑亨荣为监事会主席。

陈宜国肩挑筹建办主任和港口开发公司董事长两个重任，事务繁忙。此时，福建省公路稽征改革基本完成，人员安置还没定，而筹建办和港口开发公司又缺人手。

4 月 28 日，陈宜国向李德金汇报工作，并提两条请求：一是筹建办搬到新的办公场所，独立办公；二是从莆田、泉州稽征处各借几个人来参与筹建。

李德金对陈宜国提出的两条建议都表示支持，让他尽快开展工作。他语重心长地交代陈宜国："推进湄洲湾港口管理一体化是省委、省政府的决策部署。这项工作，省里抓得紧，催得急。你到任后要有一种等不起的紧迫感、慢不得的危机感、坐不住的责任感……"

当即，两人就商定新办公地点设在福州金鸡山公路疗养院福建省交通培训中心。

回到办公室，陈宜国立即通知陈贵华和张金荣，"五一"节后筹建办要搬到新办公室，那里交通比较方便，并要求他们在五天内把新办公室装修好。

那几天，陈贵华和张金荣吃住都在工地，连喘息的时间都没有。

5月4日，节后上班第一天，筹建办与开发公司从港航局八楼搬到金鸡山公路疗养院合署办公。窗外，阳光明媚，鸟语花香。几棵杧果树挂满了青青的果子。大家来到新的办公室，看到焕然一新的环境，精神状态都感觉不一样了。

"杧果熟了，我们可能又要搬到新的办公楼了！"不知谁说了一句。大家都明白，协调工作已经进入最后阶段。

那天下午，张志南召集福建省交通厅、泉州市、莆田市分管领导，召开专题会议。地点选在泉州市政府。

张志南说："省交通厅、泉州市和莆田市政府认真落实省委、省政府关于推进湄洲湾港口一体化改革的决定，按照《湄洲湾港口管理体制一体化方案》，积极开展相关前期工作，成立了湄洲湾港口管理局筹建办，组建了湄洲湾港口开发公司，开展港界范围划分、梳理港内建设项目、制定移交工作方案并征求意见等工作，取得了阶段性进展。今天，把大家召集在一起，主要是研究布置下一步工作。"

马继列汇报："筹建办借鉴厦门港一体化经验，拟订了移交方案及交接协议，明确相关交接具体事项，移交前的各项准备工作已基本就绪。4月30日，港口开发公司完成了工商注册手续，领取了营业执照并立即开展工作……"

泉州市委副书记、常务副市长廖小军和莆田市副市长李飞亭先后发言。

张志南说："下一步，要紧紧抓住中央支持福建加快建设海峡西岸经济区的重大机遇，切实加快推进湄洲湾港口一体化改革进程，推进港口一体化管理机制尽快到位。泉州、莆田市政府要建立湄洲湾港口一体化的服务机制。"

参加会议的还有陈宜国、白雪云、林拾庆、刘锡明、吕刚、谢国良、尤思德等。

消息传到筹建办，大家都振奋起来。迷茫的憧憬变得明朗，疑虑的情绪变得坚定起来。

筹建办工作加速，大家已经感觉到一种变化……

六

2009年5月8日，筹建办增加了五个人：莆田来了三个，分别是余贤顺、吴剑沨、王马骥；泉州来了两个，一个叫江永南，还有一个是李伯阳——后来考到税务部门去了。

当天晚上，陈贵华就在路边的一个小店里，点几个菜，为第二批"湄港人"接风洗尘。大家边吃边聊，对未来既期盼又不安。公路稽征改革已近尾声，湄洲湾港口管理局成立后能不能调进来还是个未知数。

第二天，陈宜国主持召开办务会。他说："前天下午，张省长在泉州主持召开专题会议，要求筹建办根据会议精神，抓紧牵头落实好机构、人员、规章制度、移交、港界划定以及港口开发规划、启动项目、投资体制等工作，进一步完善规划，尽快选好启动项目、连片开发项目，制定具体的开发方案。接下去，综合部的工作重点是抓好移交工作，业务部的工作重点是制定具体的开发方案……"

陈贵华说："从泉州、莆田稽征处借来的五个人前天到位，是不是选一个人带带？"

陈宜国说："你定吧！"

陈贵华说："余贤顺是莆田公路稽征处通行费科副科长，主持工作。"

陈宜国直截了当地说："行，余贤顺带，以后办务会他也参加。"

当时，没有人教要做什么，只是给岗位内容。余贤顺琢磨一番，就进入了工作状态，着手收集整理福建湄洲湾港历史沿革、费收规则，和涉及港口的法律法规，整理 2009 年前五年所有涉及省里、两市关于湄洲湾港口、规划、计划、政策等文件。

大家吃住都在那里，忙得不亦乐乎。

业务部的工作重心转移到推进湄洲湾港口基础设施建设。几个港区项目连片开发同时启动，工作量大。

每一个项目要得到发改委的核准，需完成二十多项前置条件，包括规划选址、用海预审、用地预审、环保批复、海事部门通航影响论证，地震部门的地震评估、水利部门的水土保持，还有林地审批、工程可行性研究报告审查等。这些前置条件有时又互为前置。

项目核准后，还要进行岸线审批、初步设计、施工图设计、招投标，最后才能开工。一个项目往往要一年半到两年。

那个时候，大家都加班加点，大多半年左右就能跑下来一个项目。魏长春连婚假都没请。

2009 年 5 月 21 日上午，李德金主持召开专题会议，研究湄洲湾港口管理一体化移交工作方案。

李德金严肃地说:"移交工作要按照统一名称、统一机构、统一规划、统一建设、统一管理、统一引航、统一服务的原则办理,计划规划不留任何余地,一步到位移交,具体实施可以分步骤进行。"

马继列、陈宜国、庄和明、林拾庆、冯振秀、陈瑞晶、林建新、陈炳贤等人参加会议。

会上研究了大家最关心的机构、人员问题。

余贤顺明白,他的生命轨迹即将发生改变,之前从莆田、泉州稽征处抽调参与筹建的五个人留下来是十拿九稳的事。

七

2009 年 5 月 26 日下午,莆田。

福建省湄洲湾港口管理局筹建办与莆田市政府及莆田市港口管理局相关单位,就湄洲湾港口一体化移交工作事宜进行协商。

莆田市政府副秘书长卓金贤说:"湄洲岛有几个陆岛交通码头,应划入湄洲湾港界范畴,以避免一湾两港问题存在;港界应以控制性总规为准,后方陆域不宜划入。"

陈宜国说:"湄洲岛是否划入可进一步讨论。"后来,张志南听取汇报后,同意湄洲岛列入湄洲湾港口规划。

卓金贤说:"职能移交不存在问题,莆田港口局在职能移交过程中将积极配合支持。莆田交通局将在水运管理方面与湄洲湾港口局积极配合协调。"

陈宜国听了这话,心里悬着的石头落地了。

卓金贤希望机构设置多落户莆田,说:"现有秀屿港口管理处办公楼资产隶属关系尚未明确,为避免资产移交出现手续复杂问题,建议该办公楼无偿借给湄洲湾港口局直属单位使用。湄洲湾港口局直属单位今后需盖办公楼，土地问题将由市政府划拨解决。"

协商顺利进行。双方基本达成一致意见。陈宜国与卓金贤亲切握手。

徐金海、赵俊青、林建新、陈贵华、陈鸿朝、陈华清等参加座谈协商。

八

2009年5月27日上午，泉州。

福建省湄洲湾港口管理局筹建办与泉州市港口管理局，就湄洲湾港口一体化移交工作事宜进行协商。

泉州市港口管理局局长吕刚说："港界范围就是湄洲湾港口局管辖范围，同意按照省控制性详细规划所提出的港界意见。"

后来，泉州的大港湾没有列进湄洲湾港的港界范围。因为原来的湄洲湾南岸港口总体规划只到剑屿。

吕刚说："南岸现有业务量大，机构设置应尽可能地多设一些在泉州。肖厝分局所有的办公楼及其设施设备全部留给湄洲湾港口局直属单位使用。"

这个问题，泉州和莆田都有自己的看法。莆田希望湄洲湾港口一体化后考虑地方利益平衡，泉州则希望机构设置尽可能地多设一些在泉州。

谈判双方都很谨慎，没有激烈的针锋相对。大家一项一项地讨论，说话既不全盘授受，又留有余地。谈判过程处处含有伏笔，保留机会。

吕刚说："泉州港口局将积极配合职能移交，确保移交期间工作的顺利进行和移交工作的完成。"

陈宜国感谢泉州港口管理局的支持，与吕刚紧紧握手。

泉州交通局认为，水运管理职能相对较为简单，不存在交叉，今后将加强沟通协调——这话藏有伏笔，后来泉州水运没有移交。

参加协商会议的还有宋慧、赵俊青、林建新、陈贵华、陈鸿朝、陈华清。

九

2009 年 5 月 31 日，陈宜国来到筹建办。他还兼着交通厅办公室主任，平时很忙，难得来一次。

那天，余贤顺正在赶着一份材料。忽然，陈贵华来找他，说："宜国找你有事！"

余贤顺听了，心里一动，不知道是喜是忧。余贤顺之所以能得到陈宜国的关注是因为一份材料。5 月 30 日，余贤顺把整理好的《福建湄洲湾港历史沿革》交给陈贵华。陈贵华看了，觉得有意义，就在上面签注："呈董事长参考，该资料为小余等人整理。"陈宜国来到筹建办，看完材料，很高兴，大笔一挥，写道："很好！请充实泉港（南岸）内容，细化一体化大事记。"

见了面，陈宜国说："小余，你去莆田筹建！"

陈宜国说话开门见山，不拐弯抹角。去莆田筹建什么呢？就是筹建福建省湄洲湾港口开发有限公司和秀屿港务站、航道站，为公司挂牌创造条件。

这是一件很重要的事。省里充分考虑地方利益平衡问题，决定把福建省湄洲湾港口管理局驻地设在泉州，把福建湄州湾港口开发有限公司驻地设在莆田。当时，政企还没分开，这种安排对泉州来说似乎更有利。后来，政企分开了，投资主体是开发公司，对码头的开发建设起到关键作用。

余贤顺心里一跳，问："什么时候去？"

"明天就去！"陈宜国的语言简练。

"好！"余贤顺又惊又喜，不敢多问，在他眼里局长那么大。

过后，余贤顺觉得不对劲儿，心中不安。他去找陈贵华商量："局长叫我去筹建，我一个人怎么干？能不能带一个人去？"

陈贵华带着余贤顺一起去找陈宜国。

陈宜国说："可以啊！你看谁愿意跟你一起去？"

回到办公室，余贤顺就和从莆田、泉州稽征处抽调上来的几个人沟通，后来吴剑沨愿意跟他一起去莆田。

第二天，余贤顺带着吴剑沨就赶到了莆田。他们到处找办公场所，奔波了三四天，终于找到一个合适的地方——莆田市公路局笏石收费站。收费站刚刚撤销，办公楼空着，刚好可以租过来临时办公。

从笏石收费站到港区码头没有公交车，出入不方便。余贤顺跑了三四天，觉得不行，就向陈贵华申请，租一辆车。陈贵华向陈宜国提了租车的事。陈宜国同意租一部车。在小事情上，陈宜国似乎总是干脆利落。

于是，余贤顺租了一辆"北京现代"手动挡的小轿车。他拿驾照一年多了，从来没开过车，技术差不多全还给教练了。人急了，胆子就大。没有办法，他自己摸索了半天，在院子里转了两三圈，感觉还行，就开到秀屿港区，一路上发动机熄了四五次火。

秀屿港务站、航道站准备挂牌的地方有一段上坡路。车开到站前，正在上坡，熄火了，怎么启动也开不上去。余贤顺出了一身冷汗，折腾了半天也没辙，只好叫包工头下来帮忙把车开上去。

除了跑工地，余贤顺还要编制薪酬体系，撰写股东会议材料，草拟挂牌仪式的方案……

有一天晚上，余贤顺回家换衣服，到了楼下，楼梯都爬不上去，非常疲惫。他蹲坐在台阶上，打电话叫老婆下来搀扶一把……

2015 年 3 月 23 日晚，我去采访余贤顺。他谈起这些事，依然动情："为了 8 月 2 日挂牌。那时候真的很难。事情特别多……"

十

2009 年 6 月 4 日，福建省委机构编制委员会办公室正式批复设立福建省湄洲湾港口管理局。

第二天，福建省交通厅印发通知：陈宜国同志任福建省湄洲湾港口管理局局长。一纸任命书是一份沉甸甸的责任。

那天，李德金与陈宜国进行一次长谈。

李德金殷切嘱托："加快推进港航建设、促进湄洲湾港口尽快发展形成大港口，是实施湄洲湾港口管理体制一体化改革的具体要求和目标所在，是湄洲湾港口管理局成立后和港口开发公司的工作重心。"

陈宜国说："一定交出一份满意的答卷。"

带着组织的信任和嘱托，面对《湄洲湾（南北岸）港区控制性详细规划》，陈宜国满怀着激情与梦想。

一次又一次的规划探讨……

一次又一次的思想交锋……

一次又一次的火花碰撞……

终于，一幅湄洲湾港口"整体连片开发"的壮丽愿景，呈现在大家的面前……

十一

长时间的传闻，都变成真实。新的要来了，旧的要去了，总有点让人不舍。

2009 年 6 月中旬，交接前夕，陈贵华再次来到泉州港口管理局肖厝分局。何其龙动情地说："我 1999 年到这里的时候，这幢大楼刚刚盖起。我在院里栽了一棵果树，一转眼，十年过去了。现在果树结果了，我要走了……"

那天，何其龙沉入往事的回忆，说了很多话，似醉非醉。他说："这十年，我是看着肖厝港发展起来的。全省第一座 10 万吨级原油码头在肖厝港建成，全省最大的煤炭码头也在这里，连接湄洲湾主枢纽港的第一条通港铁路也在肖厝港……"

陈贵华听着何其龙滔滔不绝的述说，仿佛看到了几代人的蓝色梦想，正逐渐照进现实。

故事讲完了，何其龙放低音调，有点神秘地对陈贵华说："贵华啊，一个悬在我心里十年的谜底终于解开了……"

陈贵华听了，心里一惊。他心脏本来就不好。

那是一个鲜为人知的故事。1999 年，肖厝分局挂牌前，有智者前来参观。那时候，港务大楼的朝向是坐南向北的。大门朝北，门前有一条巷道，只有十来米宽。大楼还有一个偏门，向着大街道。智者在大院里转了一圈，说："后面的大门要关起来，从前面的偏门进出比较好。牌子暂时不挂了，以后还有大作用。"智者的话听起来有些玄乎，但何其龙还是听进去了。后来，肖厝港务大楼的正门就一直紧锁着。泉州市港口管理局肖厝分局的牌子放在保安室十年都没挂起来。只有楼顶挂着的"港务大楼"四个字，才让人认得这幢大楼就是泉州市港口管理局肖厝分局。

原来，这幢大楼有更大的用途！而且，很快就要派上用场了。历史往往是一种巧合。

十二

2009 年 7 月 21 日上午，张志南主持召开专题会议，听取省交通厅关于湄洲湾港口一体化进展情况的汇报。他掷地有声地说："推进港政一体化改革、加快整合优化港口资源、做强做大主要港口，是加快海峡西岸经济区建设的具体举措。8月1日之前要完成移交工作，8月初湄洲湾港口管理局正式挂牌。"

随后的两周，所有的工作事项都按照时序进度倒排，每项任务都明确责任人和时间要求。那是最忙碌的两周——

整修泉州、莆田两地办公场所……

安排挂牌仪式……

撰写湄洲湾港成立公告……

向泉州、莆田两市政府汇报成立挂牌事宜……

此时，余贤顺在莆田忙了差不多两个月，福建省湄洲湾港口开发有限公司和秀屿港务管理站、航道站挂牌的条件基本具备。

2009年7月底的一天，陈宜国来莆田检查工作，看到余贤顺把筹备挂牌的各项工作都做得有条不紊，拍拍他的肩膀，说："辛苦了！"

席间，余贤顺斗胆地问："陈局长，全省正在划转考试，现在不知道您要不要我？我要不要去考？"当时公路稽征改革，全省一千多名公路稽征人员参加地税、国税划转考试，共有三百多个名额。

陈宜国说："你愿意留下来，就不要去考了。你动员他们去考！"

余贤顺吃了定心丸。

陈宜国说："合同文本你要抓紧定下来。"

余贤顺狠狠地点点头，说："明白。"

然而，谈判的最后阶段特别难。直到挂牌的前一天，准备印刷合同文本的前一个下午。莆田港务局局长谢国良还在坚持，希望原单位60%的干部职工由湄洲湾港口管理局消化。

湄洲湾港口管理局为事业单位，人员身份首先必须满足单位性质要求，而且新成立的湄洲湾港口管理局编制数量有限。

那天下午，陈宜国没来。余贤顺与谢国良谈，还有筹建办的另外两个人。

双方始终谈不下来，一直扛在那边。余贤顺急得像热锅里的蚂蚁，嘴都起泡了。

最后，余贤顺只好打电话请示陈宜国。

陈宜国听了，顿了一下，咬咬牙："让了！"

当天晚上，陈宜国从福州赶到莆田，就住在港务公司。他把局里内设机构方案拿给余贤顺看，问："小余啊，你会做什么？"

余贤顺看完了，斗胆道："不是我吹牛，这里的岗位，除了规划建设、账务我不会做，给我一个月时间，每个岗位我都会做。"

陈宜国笑了笑，说："你还是去综合处！"

"我什么时候去？"

"明天挂完牌就去。"

<h2 style="text-align:center">十三</h2>

2009 年 8 月 1 日，《福建日报》发布的一则公告引人注目——

关于福建省湄洲湾港口管理局成立公告

自 2009 年 8 月 3 日起，福建省湄洲湾内泉州市港口管理局所辖的肖厝、斗尾港区，与莆田市港口管理局所辖的秀屿、东吴港区合并组成新的湄洲湾港，成立福建省湄洲湾港口管理局。新组成的福建省湄洲湾港各港区对外统称湄洲湾港秀屿港区、湄洲湾港东吴港区、湄洲湾港肖厝港区、湄洲湾港斗尾港区……

2009 年 8 月 2 日，泉州市泉港区泉五中路 329 号，肖厝港务大楼前，彩旗飘扬。

肖厝港务大楼八层的一间会议室里，显得十分庄重。福建省湄洲湾港口管理移交签字仪式在雄壮的《国歌》声中拉开序幕。福建省港航局庄和明局长主持会议。

福建省交通厅宋海滨副厅长宣读中共福建省委编办关于设立福建省湄洲湾港口管理局的批复及福建省交通厅关于湄洲湾港口管理局局长任命的通知。

泉州市委副书记、常务副市长廖小军致辞。

马继列代表福建省港口办、省交通厅致辞:"实现湄洲湾港口体制一体化是福建省委、省政府集中资源、集中力量,加快海西港口群建设发展而做出的一项重大决策。福建省湄洲湾港口管理局挂牌运作,湄洲湾区域内港口实现统一名称、统一机构、统一规划、统一建设、统一管理、统一服务。这是我省继2006年成功整合厦门湾内隶属的厦门、漳州两地8个港区之后,推进跨设区市行政区划港口资源整合的又一重大举措,对集中省级层面要素资源优势,促进湄洲湾港口的繁荣和发展具有积极意义……"

接着,湄洲湾港口管理移交协议(南岸)签字仪式正式开始。陈宜国代表甲方福建省湄洲湾港口管理局签字,吕刚代表乙方泉州市港口管理局签字,刘锡明代表丙方泉州市交通局签字。马继列、廖小军分别代表见证方福建省交通厅和泉州市人民政府签字。

上午9时,港务大楼门口响起喜庆的锣鼓声。嘉宾云集,鞭炮齐鸣。福建省湄洲湾港口管理局及肖厝港务管理站、引航站揭牌仪式隆重举行。

马继列和廖小军拉开了"福建省湄洲湾港口管理局"牌匾上的红绸带。顿时,热烈的掌声响起。

上午10时30分,马继列、陈宜国一行赶到莆田港务集团会议室,参加湄洲湾港口管理移交协议(北岸)签字仪式。陈宜国代表甲方福建省湄洲湾港口管理局签字,谢国良代表乙方莆田市港口管理局签字,郭洪恩代表丙方莆田市交通局签字。马继列、李飞亭分别代表见证方福建省交通厅和莆田市人民政府签字。

上午 11 时，福建省湄洲湾港口开发有限公司和秀屿港务管理站、航道站揭牌。地点设在秀屿港务处门口，仪式隆重而简朴。马继列、李飞亭揭开了"福建省湄洲湾港口开发有限公司"牌匾上的红绸带……

当天下午，陈宜国主持召开福建省湄洲湾港口管理局首次局务会议。他豪情满怀地说："2009 至 2012 年，湄洲湾港口、航道工程建设规划建设 33 个项目，总投资 222.7 亿元。其中，2009 年 13.5 亿元，2010 年 40.9 亿元，2011 年 79 亿元，2012 年 89.3 亿元。重点做好罗屿、莆头、肖厝三个作业区整体连片开发，并加快推进公共航道建设。"

最后，陈宜国动情地说："全体干部职工要有强烈的责任心、事业感，倍加珍惜在一起做事业的缘分，把服务做得更好，把投入做得更大，把湄洲湾港做大做强……"

2009 年 8 月 6 日，湄洲湾港口管理局发出第一份文件电报，文件号为"湄洲明传 2009 年第 001 号"文件。该传真号码来自泉港区，署名是福建省湄洲湾港口管理局！

一个新的港口诞生了——湄洲湾港！

港口管理体制改革，能否破局南北岸发展不平衡的困境，激发湄洲湾港口开发建设新活力？

无论围绕着湄洲湾港的疑问有多大，有一点是可以肯定的：湄洲湾港的诞生，标志着一个石破天惊的开始，和一个无限可能的未来。

　　沙特阿美公司亚洲区合资总裁博安纳表示，长久以来，中国的历史和文化一直深深地吸引着他们。很多年前，著名的海上丝绸之路就是从这片土地起始。现在，这条海上丝绸之路正在复兴，满载着"合成丝绸"的油轮将在这个互通往来的大道上频繁行驶。

青兰山 30 万吨级海上码头开港

一

2009 年 8 月 21 日下午，福州西湖宾馆。一间宽大的会议室明亮而安静。

不一会儿，门外人声渐近，紧接着出现的是一张张喜气洋洋的脸。福建省委书记卢展工、省长黄小晶和副省长张志南一行在工作人员的指引下，依次走进贵宾楼的会议室。

走进来的还有国家开发投资公司王会生总经理和副总经理冯士栋一行。这一次，他们专程从北京赴榕拜会卢展工、黄小晶和张志南等省领导。

卢展工与客人亲切握手。他热情洋溢地说："我代表省委、省政府对王会生总经理一行专程来闽与我省签订合作协议，表示热烈的欢迎。"

宾主双方叙礼毕，相对而坐。

卢展工说："改革开放以来，特别是海峡西岸经济区战略提出和实施以来，国家开发投资公司一直关注和大力支持福建发展，现在又提出了参与海西建设的一系列设想和开发湄洲湾的规划，加快了与我省的合作步伐。对此，我们衷心感谢。"

王会生说："看到福建省在省委、省政府的领导下，经济繁荣、政治稳定、社会和谐，感到由衷的钦佩。"

卢展工说："《国务院关于支持福建省加快建设海峡西岸经济区的若干意见》的出台，标志着海峡西岸经济区战略由地方战略上升为国家战略，海西建设站在了新的起点上。湄洲湾位于海峡西岸的中部，区位重要，港口资源丰富，发展前景广阔。国家开发投资公司投资湄洲湾，积极参与海西建设，就是贯彻落实国务院《意见》的体现，也充分显示了中央企业的战略眼光和深谋远虑。"

王会生说："国务院《意见》出台，使福建的发展、海西的建设赢来一个良好的机遇，对国家、民族来说意义重大，中央企业也深感责任重大。"

卢展工说："相信通过双方的共同努力，国家开发投资公司参与海西建设的设想、规划和部署，一定能产生良好效应，为推进海峡西岸经济区建设，维护中华民族核心利益做出更大的贡献。"

王会生说："我们一定扎实工作，以拼搏创新精神，使规划的合作项目早日开工、早日建成、早日发挥效益，打造一个海内外产业融合的平台，向福建人民交出一份满意的答卷。"

签约仪式上，国投（福建）开发有限公司董事长滕光耀介绍《关于加快湄洲湾（石门澳）产业园开发推进海峡西岸经济区建设的合作协议》的主要内容：

——参股建设湄洲湾北岸港口铁路支线！

——投资建设石门澳基础设施项目！

——投资建设湄洲湾东吴港区 4 个 15 万吨级码头及清洁环保型煤炭等矿产中转基地！

……

这是福建省湄洲湾港口管理局成立后，落户湄洲湾港的第一个大项目，总投资约 220 亿元人民币。

冯士栋、张志南分别代表国家开发投资公司和福建省人民政府签订协议。王会生、黄小晶见证。

建设海峡西岸经济区晋升国家战略，福建省站在了一个新的起点上，迎来了跨越式发展的重大历史机遇。国家开发投资公司抢滩湄洲湾只是其中的一个缩影。《意见》出台后，先后有 70 多个国家部委、中央企业与福建省签署协议、纪要或备忘录，支持海峡西岸经济区发展：

——铁道部表示，全力支持福建早日建设发达完善的铁路网……

——交通运输部决定，加大对福建港口群建设、内河水运等方面支持力度……

——国家电网明确，加大对海西电网的投资……

……

"国略"之下，湄洲湾港张开双臂，迎接来自五湖四海的建设者……

二

2009 年 9 月 3 日，福建省湄洲湾港口管理局。

这一天是福建省湄洲湾港口管理局正式对外开展工作刚满一个月的日子。弥月之喜，李德金来了。

听完陈宜国的工作汇报，李德金发言。他似乎在利用这样的一个场合，回答人们关注的三个问题。

为什么要设立湄洲湾港？李德金说："湄洲湾港口一体化是省委、省政府推进海西经济区建设的战略决策。湄洲湾港口管理局要从改革大局出发，牢牢把握海西发展的战略机遇，深刻理解省委、省政府决策的重要意义，以扎扎实实的工作来推动一体化的发展，以实实在在的成绩来证明省委、省政府改革的正确。"

湄洲湾港的功能定位是什么？李德金说："湄洲湾港今后的发展目标是国际化主枢纽港。总体规划要考虑与两市衔接，在符合国家法律法规的前提下，项目建设要突破僵化思想的束缚，全力去推动。要抓紧国家扩大内需和支持我省加快海西经济区建设的有利时机，以干促上，大干快上，加快推进项目建设，用建设项目的实际成效向省委省政府和两市汇报。湄洲湾港口开发建设要用国字号的公司来推动，要把湄洲湾港建设成为有竞争力、有品位、高标准的港口；港口要面向世界，利用我们的品牌来吸引国际大企业来经营，建立港口经营战略合作关系。"

湄洲湾港未来发展方向在哪里？李德金说："湄洲湾港口整合是一项长期的改革工作，现在只是走出了第一步，接下来还要继续整合，统一口岸、统一管理和服务，任重而道远。湄洲湾港口是泉、莆两市的港口，省厅所做的一切都是落实省委决策，都是为两市社会经济发展服务的，要为海西服务，为后人服务，为中西部发展服务，希望湄洲湾港口管理局要做好港口一体化各项工作的新旧衔接、南北岸衔接、机关与基层的衔接，只要服务更周到，更快捷，工作更好，没有自身的利益，两市政府就会大力支持。"

改革开放三十年来，湄洲湾港口建设与时俱进，但南北岸的开发建设不平衡。南岸临港产业发达，港口开发较早；与南岸相比，北岸的秀屿港和东吴港开发建设显得落后。

从史料上看，开发湄洲湾北岸是莆田市历届市委、市政府孜孜以求的目标——

1984 年，莆田市委、市政府成立了湄洲湾开发建设委员会，提出"开发湄洲湾，振兴莆田市"的思路……

1993 年，提出"挺进湄洲湾，加快建设港口新城市"的目标……

1997 年，提出建设"新兴港口城市"的口号……

2004 年，提出加快建设湄洲湾港口城市的发展方向……

2006 年，规划"经济翻番、港城崛起"的蓝图……

2008 年 8 月，确定了"以港兴市、工业强市"的发展战略，之后这一战略升级为"以港兴市、产业强市"……

然而，直到 2008 年底，湄洲湾北岸千吨级以上生产性泊位才 7 个，万吨级以上的码头只有 4 个。

其实，湄洲湾北岸的港口资源丝毫不逊于南岸，宜港岸线 59.4 公里，可建万吨级以上泊位 150 多个。其中，秀屿港区共规划泊位 103 个，东吴港区共规划泊位 23 个。

这些画在纸上的蓝图很美、很壮观，但美得让人觉得那是很遥远的事情。直到 2009 年，福建省湄洲湾港口管理局挂牌成立。这座古老的"东方渔港"，拉开了建设"东方大港"的序幕。

曾经，在很长一段时间，不管是湄洲湾南岸的泉州，还是北岸的莆田，都在传说：孙中山先生在《建国方略》中，拟将湄洲湾建成东方大港。

这个美丽的传说，没有几个人想去探究其真面目。人们宁信其有，不信其无。

翻开尘封的历史，踏寻《建国方略》中三十一个港湾，我们终于找到了传说中的湄洲湾——

孙中山先生在《建国方略》中构想：中国要建设三个世界性大港口，其中北方大港拟建于天津，东方大港拟建于杭州湾乍浦或是上海，南方大港拟建于广州。

孙中山先生提出要建设四个二等港口，按其将来重要之程度排列分别是营口、海州、福州、钦州。另外建设九个三等海港，自北至南分别是葫芦岛、黄河港、芝罘、宁波、温州、厦门、汕头、电白、海口。

这一、二、三等港共有十六个港口，都没有湄洲湾港的影子，怎么回事呢？

孙中山先生在《建国方略》中提出："然除此十六港以外，中国沿岸仍有多建渔业港之余地，抑且有其必要。"其中东部的六个渔港表述如下：

东部江苏、浙江、福建三省之海岸，应建六渔业港如下：

新洋港在江苏省东陲，旧黄河口南方。

吕四港在扬子江口北边一点。

长涂港在舟山列岛之中央。

石浦港在浙江之东，三门湾之北。

福宁港在福建之东，介于福州与温州之间。

湄州港在福州与厦门之间，湄州岛之北方。

孙中山确在《建国方略》提出建设湄洲湾港的设想，但不是"东方大港"，而是"东方渔港"。传说中的"东方大港"只不过是人们的美好愿望。

历史不忍细读——真相难免让人有些失落。

掩卷沉思，孙中山先生虽然没有在《建国方略》中提出将湄洲湾建成东方大港，但是湄洲湾与福州港、厦门港同时列入《建国方略》的发展构划，足见其优越条件。从全国来看，我国是个陆地大国，又是个海洋大国。国土面积除了960万平方公里的陆地面积之外，还有300万平方公里可管辖的海洋国土。海岸线长度为1.8万公里，居世界第四位；大陆架面积位居世界第五。从福建来看，全省大陆海岸线总长3752公里、海岛海岸线总长807公里，可建20万吨以上的超大型深水码头岸线为中国之最，是港口资源大省。全国列入《建国方略》的港湾，区区三十一个，而湄洲湾名列其中。

孙中山先生的《建国方略》问世以来，一代又一代的逐梦人泣血追求。然而，在那乱世之秋，许多仁人志士虽抱有凌云之志，但报国无门，理想和追求难以实现。

三

旭日东升，霞光万丈。新的一天开始了！一场汹涌澎湃的开发浪潮正席卷而来……

规划先行！

项目带动！

创新机制！

大干快上！

这是福建省委、省政府的部署，是福建省交通厅的要求，也是福建省湄洲湾港口管理局追求的"湄洲港速度"。

"跑"成为大家工作的状态，也成为工作的主旋律，"跑"省交通厅协调，"跑"国家交通部协调，"跑"项目工地协调。

他们经常白天在外面跑，晚上回来处理公文，经常加班。大家都憋着一股劲。

当时，福厦路正在扩建。他们经常在上午八点半之前赶到省交通厅，与各部门协调，中午回来做材料，下午三四点又赶去省厅，晚上又回来。忙的时候，他们一周要这样跑三四趟。

10月18日，国投湄洲湾（石门澳）产业园基础设施和国投湄洲湾煤炭中转基地项目开工。项目从签约到开工，短短不到两个月时间。

那天，福建省人民政府副省长张志南和国家开发投资公司总裁王会生、副总裁冯士栋出席开工仪式。

王会生说："国投有信心与福建省一道把湄洲湾打造成为产业集聚强劲、配套功能完善、生态环境优美的新型港口城市。"

张志南说："莆田市和省直有关部门要全力支持湄洲湾（石门澳）产业园开发，努力建设环境友好型、资源节约型的生态产业园区。"

"开工！"随着一声令下，挖掘机高高地举起巨臂……

这是福建省湄洲湾港口管理局成立后，新开工的第一个大型项目。

四

南岸北岸，双喜临门。北岸产业园开工，南岸的"一号工程"投产。

2009年11月11日上午，经过两年多紧张施工和五个多月的试车，福建炼油乙烯一体化合资项目的庆典仪式隆重举行。

中共中央政治局常委、全国政协主席贾庆林发来贺信……

中共中央政治局常委、中央书记处书记、国家副主席习近平发来贺信……

中共中央政治局常委、中央纪律检查委员会书记贺国强发来贺信……

中共中央政治局委员、全国人大常委会副委员长、中华全国总工会主席王兆国发来贺信……

中共中央政治局委员、国务院副总理张德江等党和国家领导人发来贺信……

福建省省长黄小晶说："福建一体化合资项目是中国、美国、沙特在石化产业经贸合作的标志性工程，是海峡西岸经济区石化主导产业的龙头项目。它的建成投产是福建石化工业发展史上的一个重要里程碑，充分展示了福建对外开放、建设海峡西岸经济区的成效，必将引领产业集聚发展，对促进福建经济社会发展，加快建设海峡西岸经济区，促进我国石化产业调整和振兴，具有十分重要的意义。"

埃克森美孚公司董事长兼首席执行官杜乐森在致辞中表示："今天的庆典充分说明合资伙伴在这一历史性伟大工程中所体现的远见卓识和团队精神。这一项目今后将有力地证明，在我们共有的未来，国际合作在满足巨大的能源需求方面能够发挥重要的作用。"

沙特阿美公司总裁兼首席执行官范礼赫说："福建一体化合资项目将我们三家公司聚集到一起，在福建省政府的大力支持下，通过强强联合，造就了合营公司。沙特阿美感到自豪和荣幸，也期待着在福建省有更加长久且富有成果的合作。"

迎来了胜利，迎来了希望，劳动者的歌声，在湄洲湾畔飘荡。福建几代人"能源强省"之梦，从湄洲湾畔扬帆起航……

这是中国第一个炼油、乙烯和成品油销售全面"一体化"的中外合资项目！

这是当时国内一次性整体规划、实施投资最大的"一体化"项目！

这是炼油乙烯"一体化"同时建设的项目，此前国内没有，国际上也很少见!

这是我国第一套高度集成的汽、电联产大型环保节能项目!

1200 吨的加氢反应装置,是全国同行业建设史上最重的一台吊装设备!

110 多米的乙烯 301 塔,是全国同行业建设中最高的设备!

项目建设中所创造的一个又一个全国第一,道出了项目建设的特点,也道出了其难度。值得自豪的是,"一体化"项目配套建设的 30 万吨原油码头是当时国内最大的原油码头之一。

大项目建设,必然带动大港口的开发。福建炼油乙烯一体化合资项目的炼油能力由 400 万吨 / 年提升至 1200 万吨 / 年,鲤鱼尾 10 万吨级原油码头远远不能适应新需求,必须得有一个 25 万~ 30 万吨级的原油码头。

福建炼油化工有限责任公司把码头的设计任务交给中交第三航务工程勘察设计院有限公司。从 1998 年开始,中交第三航务工程勘察设计院有限公司就着手 30 万吨级原油码头的可行性研究,其中值得一提的是选址论证。

本来选址在肖厝港鲤鱼尾 10 万吨级码头南侧,设计为 25 万吨级。当年,李鹏总理还到鲤鱼尾 10 万吨级码头参观。

选址于鲤鱼尾,不但具有泊稳条件好、作业天数多(326 天)等优点,而且码头离厂区油库近,日常营运费用低。缺点主要是两个,一个是工程实施时会给 10 万吨级原油码头船舶安全靠岸、离泊及正常生产营运带来影响;另一个是疏浚工程量大、航道曲折。

大岞山海域水深湾阔,航道直。选址于大岞山的主要问题是海底管线长、工程投资大、大管径的海底管线铺设技术难点多、日常的营运费用及维护费用大。另外,该海域波浪较大,影响作业天数。

小岞(剑屿)山位于湄洲湾口的西侧,选址于小岞山,存在的问题与大岞山址一样。

青兰山位于湄洲湾中部东周半岛的东北端，该水域宽阔、水深且离岸近。选址青兰山，进港航道仅 1.5 公里需少量疏浚，其余均为天然航道，宽达 500 米。青兰山的自然条件适合建造码头，码头吨级可由 25 万吨级提高至 30 万吨级，316 天的作业天数完全满足使用要求。

中交第三航务工程勘察设计院有限公司综合比较认为，青兰山址深水区域大而离岸近，且有一定的掩护条件，具有泊稳条件较优、作业天数较多、航行安全条件较好及中转油库方案工程投资小等优点，是建造超大型油轮码头较为理想的港址。

一个港口除了巨轮、码头之外，另外一个最重要的便是航道。航道是港口的生命线。若无深水航道，就不能建远洋大型码头。国内交通运输业的一个共识：航道达不到 30 万吨级，港口再大也难以跻身"第一方阵"。青兰山码头的航道只需少量疏浚，即成 30 万吨级深水航道，打造一条 500 米宽的海上"高速路"。

青兰山 30 万吨级原油码头从选址论证、初步设计到 EPC 工程项目总承包，历经 8 年。在整个设计过程中，攻克了一个又一个关键技术难关。

五

斗尾港形似戽斗，口大尾尖，原名标美，后名斗尾，人称斗尾港。这是一个天然良港，富有传奇色彩。

四百年前，斗尾港诞生了一个传奇人物——明代海商李旦。李旦，或称李习、李旭，福建惠安人，生卒约为 1560—1625 年。

李旦早年带领渔家子弟，从这片海域出发，以商舶为事，远走菲律宾吕宋岛经商，在南太平洋骑鲸蹈海，商贸遍及整个东南亚，后成为马尼拉和吕宋地区的华人华商领袖，是中国继宋元之后大明朝开拓海外贸易和航运业的先锋者之一。菲律宾《世界日报》于 2007 年 3 月 25 日发表了一篇文章《十七世纪初菲律宾的一位传奇性华人——李旦》。

李旦在万历四十一年 (1613) 以前航海到日本贸易，侨居长崎平户，娶日本女子为妻。他在岛上建置房屋，设立商号货栈，拥有多艘商船，通贸海外，获利甚巨，成为日本最著名的华侨领袖。

万历四十三年 (1615) 以后，李旦的船只开始出入台湾贸易，向前往台湾的福建商船收购丝绸等货物。其商船则往来日本、越南、暹罗、巴达维亚（即印尼雅加达）和台湾、厦门、澳门，远航柬埔寨、交址支那，成为纵横东南亚一带最大的外贸航运家。

李旦逝后，两个儿子继承他的海商事业，席卷东海和南海包括太平洋，甚至改写了大明朝的政治版图和历史进程。义子郑芝龙继承李旦的事业，从事海外贸易活动，成就了他的雄才大业，并荫及郑成功的伟业——收复台湾。李旦的儿子李魁奇是一个横跨《明史》和《清史稿》两部国史的传奇人物，尽管他采取了激进的竞争手段实施武装贸易。

四百多年过去了，湄洲湾畔，青兰山下。这个东周半岛早已恢复了平静。海天相接，烟波浩渺，一望无际。近处的海面上，渔船乘风破浪。海岸上穿着惠东服饰的惠安女正在辛苦劳作。海边的小渔村密密麻麻地建起了许多小楼房。渔民们在这儿卸鱼、卖鱼、织补渔网。村里还有许多坚固的石头老房子，大多只有一两层，很少有三层以上的。

2006 年的春夏之交，村里来了一支工程队。领头的姓陈，人称陈工。工地上不管什么人，对人的称呼都喜欢加个工程师的工字，尤其是工人对项目部的管理人员，姓陈的就叫陈工，姓李的就是李工，姓蔡的就是蔡工。

陈工，这个脸膛黝黑的憨厚汉子，豁达、不爱计较，已参加过大大小小数十个工程建设。

小蔡，一个大学刚毕业两年的小伙子，有点黑，有点瘦，手脚很是勤快。

老李，工程师，戴着厚厚的眼镜。

陈工和工程部的同事们将在这里生活、工作一两年，建设工程主要包括 1 座 30 万吨级原油码头、1 座 60 万立方米储量的中转原油库区和 1 条 700 通径、长度约 13.1 公里的海底原油输油管线。

这是福建炼油乙烯一体化项目的重要配套工程，总投资近 9 亿元。

听说工程部要租房，一个老渔民指着路边一幢新盖的房子，让他们去问问。

那是一幢两层半的红砖楼，内外都还没装修，水电倒是通了。房东姓林，四十多岁，身材魁梧，皮肤黧黑。工程部很快就和房东谈妥了房租，整幢房子，一个月两千元。

下午，他们回到城区，到商场买了两卡车的办公用品和日常用品。物品一进来，原来空荡荡的房子顿时生动起来。

第二天，工程部要出海勘察。

房东二话不说，拉来了自家的一条渔船，带着他们就出海了。

海上风平浪静，白水烟波，一望无际。

房东的祖祖辈辈都守候在这片海域打鱼。他们不知道，这是中国不多、世界少有的天然良港。

是金子总会闪光的。今天，建设者们来了。

再过两三年，神女当惊世界殊！

2006 年 4 月 29 日，星期六，晴。

前期准备、人员组织、船舶调遣、海况熟悉……

经过短短半个月紧张而有序的筹备，青兰山 30 万吨级原油码头工程这天举行开工仪式。

数十艘船只同时向海底抛石，拉开了青兰山 30 万吨级原油码头工程建设的序幕……

青兰山码头工程建设采取设计采购施工总承包（EPC）模式进行工

程管理。中交第三航务工程勘察设计院担任 EPC 承包商。承建单位是中交航务二公司。

按总体进度计划要求，项目将于 2007 年 8 月建成投入使用。

时间紧，任务重。

一场海上"大会战"又开始了……

六

基建一开始，海边就沸腾了。

大大小小数十部车辆进进出出，一派繁忙……

大功率挖泥船铆足强劲的臂抓，或高擎探耙绞吸，或挥舞巨手入海……

吹填现场，几条大口径管线喷薄着泥沙巨龙……

马达的张扬声、工人的吆喝声、海浪的拍岸声，奏成了一支劳动交响曲……

海岸上，到处都有忙碌的身影。这些来自五湖四海的创业者，好像有使不完的劲头，像喷发的岩浆，像无尽的山泉……

2006 年 7 月 7 日，星期五，小暑。李工感到身体不适，就趁着中午吃饭的时候，到医院打点滴。公司安排他两天假，要他好好休息一下。可是，针头一拔，他说："死不了，我还是到码头走走。"

白天，大家都在施工现场，晚上也没闲着。各个小组围在桌子上讨论施工细节，有时是争论。李工常挂在嘴边的一句话是："干，就要干好！一点都不能马虎！"他常常加班到深夜，双眼都熬红了。

房东最近也忙了。他承包一些小工程。其实也就是一些运输沙石料的活。但这对他来说，已经是"中大奖"了，以前哪来这等好事，乐得他每天屁颠屁颠地跑。

晚上，房东时常会到出租房串串门，给大家递个烟，倒杯茶，问有什么需要效劳的。他熟悉当地情况，为人热情，很快就赢得工程部的信赖。慢慢的，工程部和他熟络了，有事就找他帮忙。

沿海多台风。这年的台风尤其厉害。从5月份开始，已经有"珍珠""格美""派比安""碧利斯"等台风给施工带来影响。

根据有关规定，风力超过7级必须停工。为保证施工安全和质量，工程部只能干干停停……

七

入秋以后，天气凉爽，是施工的最佳季节。各施工队都加班加点，节假日也不休。

海岸线上，大型机械不时进出。三条打桩船同时施工，建设人员轮班作业、昼夜坚守……

高大的打桩架可上下自由升降各20米，能满足所有嵌岩桩钢套管和钢管桩的沉桩需要。

为了保持打桩船的稳定，每艘船上都配置了四根定位桩，并配备GPS沉桩定位系统。抗风浪和潮流的能力明显提高，同时也增强了船舶的稳定性，极大地改变了传统施工船舶的作业工况。

遥想当年，建设10万吨级原油码头时，指挥部调集数个水工建设单位共同承建。一拨又一拨的专家前来指导。如今，一个30万吨级原油码头仅中交航务二公司就可以承建。

"平面定位精度为±10毫米。"

"高程控制精度为±15毫米。"

"距基站2千米内时。"

……

操纵室内，陈工一边通过高频电话与岸上的李工进行桩位比对，一边依据定位系统显示的图形和数据，调整船位，使桩到达设计位置。

打桩船配有自动撤退装置，在没有外部动力的情况下，可在一定范围内移动。

打桩船上的液压功能采用电气控制和监控。一旦发生故障，控制箱软件可帮助解决问题。打桩数据可当场打印出来，也可存储在数据记录器中。

比起建设 10 万吨级原油码头，建设 30 万吨级原油码头的机械和技术都有了长足的进步。但是，机械和技术都要靠人来操作和运用，施工安全这根弦一点都不能放松。

每次安全例会上，李工都强调安全施工。有一次，他讲了一个安全小事故，给施工人员留下了深刻的印象：一次开工典礼，领导安排一个刚毕业的大学生去放鞭炮。仪式还没开始就听见鞭炮齐鸣，外加一阵惨叫声。大家跑过去一看，这哥们儿手都被崩黑了。问他怎么回事？原来，这串长鞭炮中间脱落了几个。他担心鞭炮响得不连贯，心想如果一串鞭炮分成两段同时点燃，不就更响了吗？可是，引线太结实，怎么也扯不断。他忽然想起平时弄断绳子用打火机一烧就断。于是，他掏出打火机——然后，鞭炮齐鸣……

李工说："安全事故的发生，往往是无意识的。施工无小事，小事也不能含糊。"

八

2006 年 10 月 8 日，星期五。这天是中秋节，这个大家都忘不了。早上一起床，大家都纷纷拿起手机，给家人打电话或发短信。

晚上，工程部一起聚餐。席间，李工讲了一个故事：有个码头工程师要去赶一个会，刚好手表停了，只好向马路旁边的一位老人问时间。老人抬起手腕，眯起眼睛看，可好长时间没说出话来。年轻人问道："老人家，您的手表是不是也坏了？"老人看着表，一本正经地说："跑得很准呢！别急，这不正在给你算吗？这个时间啊，是我儿子的时间。两年前儿子出国了，去支援非洲的一个国家建设港口。虽然我们一百个不愿意，可咱也不能影响孩子前途。儿子出去后，我们老两口想他想得难受，就把家里所有的钟表都调成了国外时间，反正我们老两口也没什么事，儿子的时间就是我们的时间。我们每天算着，儿子该起床了，该吃饭了，该睡觉了……"老人说着说着，完全陷入了对儿子的思念中。面对老人手表上的异常时间，年轻人唏嘘不已：老人为了不影响儿子的前途，义无反顾地支持儿子出国，又时时刻刻地挂念着异国他乡的儿子，以至于他和老伴把自己家中所有的钟表时间都调整成了国外的时间，以便和儿子同步，以便可以随时想象儿子的工作和生活情景！

这时，电视里正唱着《花好月圆》。

"谁言寸草心，报得三春晖。"陈工端起酒杯，动情地说，"在这花好月圆之时，我们只能舍小家为大家……"

读大学的时候，蔡工一听这话就觉得是大话、套话，今天却感同身受。他低下头，先给父母发短信，又给女朋友发了一条短信："枫红了，是因为秋醉了；花开了，是因为风笑了；月圆了，是因为星星也盼团圆了……"

九

冬去春来，转眼就到了2007年的春天。闽南的春天像孩子的脸，说变就变。

一天晚上，蔡工正在美梦中，忽然听到有人在叫他。原来，夜里突然下大雨，吹填工地出现倒流现象，若不及时妥善处理，第二天涨潮的海水淹没刚吹填好的围堰堤，将影响工程质量，甚至要进行二次施工。

接到险情报告，大家如被泼了一盆冷水，一下子激灵了起来，穿上衣服，戴好安全帽，赶赴现场……

海风猛烈地刮着，大雨下个不停。大家连夜突击到凌晨三点多才排除了险情。

回来的路上，天开云散，雨忽然就停了。抬头看天，一轮明月又清又亮……

春天总是阴雨连绵，低温与暖温交替，风大，湿度更大。夏天又常刮台风，下暴雨。

气候成了影响工期的拦路虎。原计划项目将于 2007 年 8 月建成。可是，一年过去了，工程还没过半。延期——不可避免。

面对复杂的施工气候环境，建设者们因地制宜，创新施工方法。

码头施工过程中，混凝土施工次数多，每次施工方量少，不适合使用大型搅拌船。他们就在驳船上固定吊罐和简易输送泵，进行海上浇筑施工，提高了施工功效。

面对混凝土面层裂缝及龟裂的问题，他们采取降低水、灰比例，减小砼坍落度、掺加新型聚丙烯纤维抗裂材料、加铺钢筋网片等措施，大大提高了砼面层的质量。

为了抢工期，只要作业条件允许，工程部就进入施工状态，午饭都送到工地上。

青兰山 30 万吨级原油码头构件大且属于重力墩式，水下施工难度大，配套工艺种类样式繁多、工艺制造复杂、作业量大、质量要求高，钢引桥跨度大、吊装难度大。

每一个施工方案、技术工艺，工程部都要充分讨论，制定详细方案，进行技术交底，做到胸有成竹。

沉箱作为重力式码头的基础构件，在预制和安装上都有很高的质量要求。青兰山码头基础为圆筒状沉箱。沉箱总数 12 个。其中，最大的一个沉箱直径 16 米、高 28 米、重量约 2800 吨，是国内重力式码头最大的圆筒状沉箱。

浮船坞下潜的深度无法满足沉箱浮游稳定的要求，无形中加大了沉箱出运的风险和操作难度。

李工组织技术人员，连续开会讨论了三天。最后，蔡工通过电脑精密计算，提出："在浮船坞降到最深水位时，利用起重船助浮，将沉箱吊出浮船坞，定位安装。"

这种利用起重船助浮替代大型起重船直接吊装安装的方法，获得大家的一致认可。

李工对这个能想会算的年轻人竖起大拇指："长江后浪推前浪！"

遥想当年建设 10 万吨油码头，交通部水规院和三航第一工程公司做出了惊人的决定：在沉箱壁上开口，吊运下水！现在想来，这确实是"惊人"的决定，稍有不慎就会造成重大损失，甚至是生命的代价。然而，当初条件受限，老一辈建港人硬是这样干过来了。

码头施工中，基床整平不仅仅受风浪影响，还受潮流影响，涨落潮都无法施工，只能趁低平潮施工。

在定位安装过程中，为克服水深流急、孤立墩施工定位难的问题，工程部采用了先进定位仪器、大型定位船机、500 吨起重船辅助安装的工艺，确保了构件安装质量。

一个孤立墩基础的整平少则二十天，多则两个月。迎来日出，送走晚霞。数百名建设者战雨天，抢晴天，一路豪歌……

十

2007 年秋，斗尾港。一片宽阔平坦的码头一直延伸到海里，几艘庞然大物般的巨轮迎面雄踞。码头上一片热火朝天的建设景象，几台巨大的挖掘机、铲土机和高耸入云的吊车正在忙碌地作业。工地上，一群群穿着工作服的工人来回穿梭……

整个施工过程中，最有难度、风险最大的单项工程莫过于吊装钢引桥了。引桥采用高桩墩台及T型梁（50米跨）或空心大板（19米跨）结构，基桩为准1500（准1200）灌注桩。

自吊装安装开始，项目部全体参战人员不分白天黑夜，日夜抢工。为了确保施工万无一失，施工人员针对钢桥安装提前进行了多次工艺研讨，根据钢桥重量分布，严密计算各种施工参数。

每次吊装挂钩，李工都要亲自检查每一个吊点，手都磨破了皮……

施工作业很紧张。那段时间，为了追赶工期，项目部的每个人都要和工人一起加班加点。休息的时候，大家就讲讲笑话，放松放松。

李工说："有一天，我见一个乞丐可怜，送给俩馒头，看到乞丐身体还算可以，就说，你不要再沿街乞讨了，我这里正缺人，和我在建筑工地上干，有口饭吃，学门手艺将来也有个出路。乞丐一听说，头摇得像拨浪鼓，不屑地说，我要饭就够倒霉了，还做什么码头工人……"

"我们这些码头工人就是这样，四海为家，起得比公鸡早，干得比牛马累，挣得比乞丐少。"陈工自嘲道。

大家正讲得起劲，看到蔡工正在收发短信，就把他的手机抢过来看。原来，蔡工正和他的女朋友短信传情：

"你建港的那个地方叫什么？"

"这个地方叫青兰山。"

"好好听哦。"

"以后我们的宝贝出生了，要是男孩就叫青山，女孩就叫青兰。你看怎么样？"

"最好是龙凤胎。"

"一个叫青山。"

"一个叫青兰。"

……

十一

冬日，暖阳。

2008年元旦，由中交航务二公司承建的青兰山30万吨级原油码头工程完成最后两榀钢桥的安装施工。

至此，该工程土建及安装工程主体均宣告完工，后续工序可以进行陆上施工，降低了海上作业风险。

一番番春秋、冬夏。

一场场酸甜、苦辣。

一部鸿篇巨制的诞生，总有漫长的酝酿过程。2008年11月，青兰山30万吨级原油码头工程顺利实现中间交接。

从1998年开始可行性研究，到2008年竣工，青兰山30万吨级原油码头的建设前后经历了长达十载的艰辛历程。

悠悠岁月，漫漫长路。十年中，一直参与工程论证、建设的李工，无法按捺激动和兴奋，虽然他从黑头发干到了白头发。

站在海边远眺，整个码头工程采用栈桥式布置，平面呈蝶形，重力墩式结构的泊位长485米，由2座靠船墩、6座系缆墩及1座工作平台和8座连接钢便桥组成，像一只展翅的雄鹰。

工作平台至码头前沿设计泥面高差36米，这是我国原油码头设计之最。台上布置4台输油臂，如饥似渴，随时准备豪饮油轮的原油……

一条长459.1米、宽8.0米的海上引桥与海岸相连。

库区上，接储原油的储罐直径100米，容量15万立方米。两根准

800 通径的输油管蜿蜒入海，通过 13 公里长的海底原油输油管线，为身后百万吨乙烯、千万吨炼油的能源基地架起一道海底大动脉。

远远望着这些码头矫健的桥墩，这些壮观横跨的钢引桥，李工百感交集。走在码头引堤和钢引桥上，他的心里涌起一股自豪感，真的是很有成就感。十年来，他是湄洲湾港建设的见证者。回首看看走过的路，那是一幅无法忘怀的风景——

十二

海如玉，湾似镜，港飞虹。

2009 年 2 月 15 日下午，巴拿马籍 30 万吨级油轮"远明湖"，在 6 艘拖轮的协助下，顺利靠泊在斗尾港区青兰山 30 万吨原油码头。"远明湖"是中国建造的油轮，总长 333 米，型宽 60 米，型深 29.3 米，有 17 个货油舱。绕船跑一周，相当于在一个标准足球场跑 4 圈。有细心的观众看到船上有船员在骑着自行车！

2009 年 2 月 16 日上午，青兰山 30 万吨级原油码头，彩旗飘扬，一派喜气景象。

这是当年福建省最大的码头，没有之一。上午 10 时，青兰山 30 万吨级原油码头正式开港。顿时，现场一片欢腾，花彩飞舞，礼炮齐鸣……

福建联合石油化工有限公司董事长陆东致辞："青兰山 30 万吨级原油码头从 2006 年 4 月份正式开工建设，在广大工程建设者的辛勤劳动下，施工历时两年半，2008 年 11 月份工程顺利实现中间交接。如今，这座全新的原油专用码头矗立在湄洲湾畔，展示在世人面前，它的建成投用，标志着福建炼油乙烯一体化项目开始由工程建设转入生产阶段……"

沙特阿美公司亚洲区合资总裁博安纳表示，长久以来，中国的历史和文化一直深深地吸引着他们。很多年前，著名的海上丝绸之路就是从这片土地起始。现在，这条海上丝绸之路正在复兴，满载着"合成丝绸"的油轮将在这个互通往来的大道上频繁行驶。能够成为福建联合公司的一分子，沙特阿美一直深深引以为豪，并将与其他股东共同致力于打造一个成功的合资公司，确保联合公司成为一个世界级的、在中国以及全球范围内合资高度一体化的榜样。他在开港仪式上郑重保证："沙特石油正在源源不断地向福建而来，而这种稳定的供应，将世世代代不停息……"

青兰山30万吨级原油码头采用世界先进原油装卸系统和轮船靠泊系统及安全消防系统，接卸量每年可达2000万吨以上，主要承接福建联合公司每年1200万吨进口原油的接卸和转输任务。

国家发改委经济运行局负责人周伴学，中国石化股份公司副总裁、工程部主任张克华，福建石化集团公司董事长林立，福建联合公司外方股东埃克森美孚公司和沙特阿美公司代表以及省、市有关部门领导出席了开港仪式。

开港那天，青兰山下的许多渔民跑到海边来看热闹。这艘大油轮是有史以来靠泊福建港口的最大轮船，载着12万吨沙特阿拉伯原油。4台高大的输油臂紧张作业。源源不断的原油沿着1公里长的"海底大动脉"向油库奔涌……

海边的渔民虽然世代生长在海边，但是从来没有看到这么大的船停在家门口。几个年轻人拿起照相机，不停地拍照。

潮涨潮落，卷走了湄洲湾的荒凉与贫穷。大浪拍岸，翻卷着弄潮儿的光荣与梦想。百年追梦，物换星移，沧海桑田换新颜。此时，我们深切感受到：个人和地区的前途命运与国家和民族的前途命运紧密相连。

第十二章

五大战役
千帆竞

一次次的理论……

一次次的碰撞……

一次次的交锋……

湄洲湾港发展的蓝图越来越清晰——服务
海峡西岸经济区的主枢纽港、中西部省份的出
海口、面向海峡东岸的门户港。

2010年6月5日，孙春兰书记、黄小晶省长一行莅临湄
洲湾东吴港区视察

一

2010年6月5日，湄洲湾南岸，斗尾港。青兰山30万吨级原油码头。明媚的阳光下，一艘来自沙特的原油巨轮正停靠在码头。

这一天，福建省委书记孙春兰、省长黄小晶带领全省九个地市的市委书记、市长以及省直有关部门负责人视察肖厝港和斗尾港。

天空的颜色和大海一样，一片蔚蓝。云朵被海风吹得无影无踪。阳光直照在海面上，有点耀眼。从福建联合石化到南埔电厂，从东鑫石化到东港石化，从泰山石化到湄洲湾氯碱，处处可见繁忙作业景象。

福建"一体化"项目是福建重工业的标志性工程。该项目建成投产后，福建跃居石化大省。福建联合公司炼油产能位居全国第8位，乙烯位居全国第7位，在2010年产值就达到600亿元，上缴了68.8亿元的税收，成为福建纳税的第一大户。另外，750个加油站的税利加上海关的关税达一两百亿元。同时，该项目为福建较为强势的纺织、服装、鞋帽产业提供巨大的原料支撑，直接带动的产业规模在1500亿元以上。

福建联合石油化工有限公司工程部主任冯振友介绍："青兰山30万吨级原油码头是福建省最大级别的码头。在全国16个同类码头中，青兰山码头投资最少。已经安全生产了一年多的时间，一共接卸原油2000多万吨。"

"目前的运行情况怎么样？"孙春兰饶有兴趣地问。

"每个月可以接纳5艘30万吨原油巨轮的卸油，目前大概每7天迎接一艘原油巨轮，还没有达到饱和状态，随着福建炼油乙烯项目的增产，这个原油码头将迎来更多的原油巨轮，有望成为沿海自北向南最忙碌的码头。"冯振友说。

斗尾港区由斗尾、外走马埭2个作业区和小岞作业点组成，共规划形成码头岸线约7.7公里，布置泊位34个，其中万吨级以上深水泊位

15 个，形成综合通过能力 1.05 亿吨。

这是福建省最大的码头！

这是全国同类中，投资最少的码头！

这是一个前景广阔的码头，有望成为福建最忙碌的码头。

"港口是城市开放的象征，港城联动蕴含了交通的便捷、物流的畅通、发展的效率。"孙春兰说，"泉州的发展应该有条件为港口提供强有力的货源支撑，发展正当时。眼下，湄洲湾港应充分发挥港口对腹地的辐射带动作用，用更优质的服务、完善的配套设施吸引客户，实现双赢……"

徐徐海风中，孙春兰一行站在青兰山码头前合影留念……

湄洲湾南岸的肖厝港、斗尾港风生水起，湄洲湾北岸的秀屿港区、东吴港区奋起直追——

在建深水泊位码头 34 个，建成后可新增货物吞吐能力超亿吨……

湄洲湾港口铁路支线正在铺轨……

疏港公路正全面推进，24 条总里程 374 公里……

湄洲湾北岸机场建设列入海西民航发展规划……

宏图正起，千帆竞发。从南岸到北岸，一个充满希望的湄洲湾港展现在大家眼前。从省委书记、省长到各设区市的市委书记、市长，对湄洲湾港的崛起无不充满期待。

二

2010 年 7 月 22 日上午，福建省委大院。

中共福建省委八届九次全会在福州隆重召开。会上，省委书记孙春兰发出号召："抓住牵动全局的重点和关键，大干 150 天，集中力量打好五大战役……"

一个推动福建科学发展、跨越发展的战略，破茧而出。

"战役"一词，硝烟味颇浓。以科学发展加快转变为目的决策部署，为何定以"战役"之名？

孙春兰掷地有声地说："我们要以战役的思维、状态、方法和模式强力推动目标落实，促转变，谋发展。"

"解放思想的力度有多大，创新观念的深度就有多大，科学发展、跨越发展的空间就有多大。"孙春兰强调，"要坚持绿色发展，加快生态省建设步伐；要发挥海洋优势，加大建设海洋经济力度……"

长风万里一路歌。八闽大地在"五大战役"的雄壮歌声中，千帆竞发。湄洲湾港一马当先，该选择什么样的时机，采用什么样的方式来推动新一轮开发建设热潮？

陈宜国思考着，探索着……

此时，福建省湄洲湾港口管理局已经进入高速运行状态。整体连片开发全面启动——

项目预审……

工程可研报告编制……

海洋环评、海域使用论证……

勘察设计招标……

专家咨询会……

项目一个接一个……

转眼到了 2010 年 8 月 2 日，这是福建省湄洲湾港口管理局挂牌成立一周年的日子。

这样一个特殊的日子，本是搞庆典活动的好时机。

陈宜国却选择周年庆典的时刻，主持召开"百日会战"攻坚大会。他振臂高呼：

——从 8 月 2 日起至今年底，大干 150 天！

——"好"字优先、能快则快！

——全力推动大港口战略和湄洲湾港跨越发展！

潮涌湄洲，惊涛拍岸。"百日会战"吹响了冲锋号，一场波澜壮阔的大会战拉开了序幕。

罗屿作业区 9—10# 泊位工程开工！

罗屿作业区物流园区工程及 11—15# 泊位工程开工！

莆头作业区 1—2# 泊位工程开工！

肖厝作业区 5#、6# 泊位工程开工！

东吴作业区东 1#—东 2# 泊位工程增资建设！

东吴作业区 4—6# 泊位工程增资建设！

东吴作业区 9—10# 泊位工程（国投湄洲湾煤炭码头一期工程）增资建设！

"百日会战"的冲击力如潮水般涌来……

东吴、罗屿、肖厝、莆头四个作业区整体连片开发，规划建设 50 多个深水码头泊位，总投资 150 亿元！这是湄洲湾有史以来规模最大的建设热潮。

罗屿：规划码头岸线 4.19 公里，建设 3.5 万吨级散货码头 1 个、5 万吨级散货码头 7 个、7 万吨级散货码头 2 个、10 万吨级散货码头 2 个、25 万吨级散货码头 2 个……

莆头：古称"莆口"，是原莆田县见于史书上的第一地名。莆头作业区连片开发，规划码头岸线 4.24 公里，规划建设 25 个泊位……

肖厝：规划码头岸线 2.08 公里，建设 10 万吨级通用码头 4 个、5 万吨级和 1 万吨级的各 1 个……

那段时间，陈宜国经常跑交通部。他总是行色匆匆，上北京常是当天去当天回，上午乘飞机，十一点多到达北京，中午在交通厅驻京办吃个饭，休息一下，下午就去交通部办事情。办完事，他赶紧吃个饭，赶晚上最晚的一趟航班。一般情况下，飞机九点半起飞，晚上十一点多就能回到福州。

有一次，飞机晚点，飞到福州，因天气原因，不能降落，又飞到厦门降落，凌晨四点多从厦门再飞福州，到家已经是天蒙蒙亮了。家里人都很担心，飞机上电话也打不通，以为出了什么意外。

福建省交通厅驻京办主任叫赖建鹏，很热情。

趁着出差北京，陈宜国经常和交通部的一些专家，交流湄洲湾港发展思路。

湄洲湾港口发展的优势在哪里？

湄洲湾港口发展的劣势在哪里？

湄洲湾港口发展的机遇在哪里？

湄洲湾港口发展的挑战在哪里？

湄洲湾港口发展的定位在哪里？

湄洲湾港口发展的举措在哪里？

一次次的理论……

一次次的碰撞……

一次次的交锋……

湄洲湾港发展的蓝图越来越清晰——服务海峡西岸经济区的主枢纽港、中西部省份的出海口、面向海峡东岸的门户港。

三

码头连片开发，排山倒海！

公共航道建设，势如破竹。

2010 年秋，湄洲湾航道（二期）工程进入冲刺阶段。这个工程总投资 3.6 亿元，建成后主航道通航等级将达到 25 万吨级，东吴、肖厝航道达 10 万吨级、莆头航道达 5 万吨级。

建大港，更要开大航。如果把码头泊位比作车站，那么航道就是公路。路宽了，才能开大车；航道深了，才有巨轮来。

陈宜国心中有一个梦——启动湄洲湾航道（三期）工程，把湄洲湾建设成为福建省通航等级最高的航道。

交通部综合规划司水运规划处处长毛健对湄洲湾航道（三期）工程很支持。

有一次，在飞往北京的飞机上，陈宜国突然问魏长春："航道建设如果移到你手上，你能不能接得住？"

湄洲湾港口管理局成立之初，规划建设处只有魏长春一个人，当时规划建设处承担着规划管理、项目审核审批、建设质量安全管理等职能，还兼顾科技、信息、工作船基地规划等工作，由于很多项目前期工作全面启动，工作量大，经常要加班到一两点。魏长春本来就忙，但没有推辞，说："如果移过来，我就尽全力做好！"

"好，那就这样定了。"陈宜国说。

不久，国家发改委、财政部批复同意将湄洲湾航道项目列入世界银行2011—2013（财年）公路水路基础设施利用国际金融组织贷款备选项目。

这个项目工程投资估算30亿元，除申请国家、省级补助资金外，还将向世界银行贷款5000万美元。

项目建成后，湄洲湾航道将是福建通航等级最高的航道，也是全国屈指可数的超大型深水航道之一。

湄洲湾港主航道40万吨！

肖厝港区航道15万吨！

莆头作业区航道7万吨！

分道通航航道5万吨！

这是一条海上高速路，可以安全通行世界上吨位最大的干散货轮，建成之时就是湄洲湾港实现亿吨大港梦之日！

四

2011 年 3 月 10 日下午，北京人民大会堂。国务院总理温家宝在参加福建代表团审议的时候带来了喜讯———国务院正式批复了《海峡西岸经济区发展规划》。

2011 年 4 月 8 日，国家发展和改革委员会全文发布《海峡西岸经济区发展规划》。规划明确指出，以湄洲湾港为主体，整合覆盖泉州、莆田两市的湄洲湾、泉州湾、兴化湾南岸等港区，重点发展大宗散货运输，成为服务临港产业的地区重要港口。

《海峡西岸经济区发展规划》出台，对于整个福建港口建设，包括湄洲湾港的建设，是一个大机遇，引起各方热议：

福建海岸线长，和相邻三省的交界地区大都被武夷山脉和戴云山脉所阻隔，地理环境使得福建省实际上类似于一个准半岛型省份，而这种地理使福建省类似于新加坡、日本和台湾地区，主要是靠港口、海运来与外界往来的……

港口可以说是福建的主要出口，也是福建的门户，更是福建通往世界的大通道……

公路、铁路的作用只能解决福建与邻省的经济内循环，而不能解决福建与世界的外循环……

乘着海峡西岸经济区建设的浪潮，湄洲湾港张开双臂，迎来八方来客。

建港队伍来了——5 月 6 日下午，福建省湄洲湾港口管理局接管福建省港航建设开发有限责任公司。湄洲湾港口建设又增添了一支队伍……

金融顾问来了——5 月 23—27 日，世界银行金融顾问一行 8 人实地考察了湄洲湾，洽谈湄洲湾航道三期工程事宜……

港航专家来了——7 月 1 日，国家级港口、航道专家组成的湄洲湾港口专家委员会成立，共聘任专家委员 9 名……

远洋巨轮来了——8月3日下午，泉州肖厝港泰山石化10万吨级码头正式投入运营……

交通部领导来了——8月22日，交通运输部副部长翁孟勇一行察看湄洲湾港……

<h1 style="text-align:center">五</h1>

2011年9月1日，湄洲湾港口管理局，八楼会议室。

湄洲湾港南北岸四大港区的工作人员、项目业主和企业代表聚集一堂，共议"海西"发展战略。

陈宜国倡议大家："冲刺120天，全面完成大干开局之年攻坚任务！"

莆头公司最先响应："全年完成投资3.5亿元！"

泉州中化承诺："重点推进四大工程！"

八方港口表态："确保东1#、东2#泊位工程年底试投产……"

四大港区的项目业主和企业代表纷纷响应。湄洲湾四大港区吹响了"冲刺120天"的号角，处处是热火朝天的建设场面……

肖厝港区，一片繁忙。一艘艘来自美国、中东、澳大利亚的远洋巨轮鱼贯而入……

斗尾港区，雄风再起。青兰山码头工程（斗尾作业区3—6#）、外走马埭化工码头1—4#泊位工程、黄干岛30万吨原油码头工程，全面推进……

秀屿港区，势连沧海阔。莆头作业区的1—2#泊位，数十辆重型汽车在工地上来回不停地穿梭。为了赶在年内建成码头水工主体工程，建设者们连续奋战，吃住都在工地上……

这是一个抒发豪情的季节；这是一个意气风发的季节；这是一个奋起超越的季节！

10月26日，闽赣两省海西合作项目——湄洲湾秀屿作业区8#泊位开工……

11月2日，福建联合公司"脱瓶颈"项目可研报告获批复，预算总投资约55亿元人民币！

11月10日上午，国投湄洲湾煤炭码头一期动工！

11月10日，湄洲湾港口铁路支线举行签约仪式！

年终岁末，斗尾港区1200万吨／年炼油项目建设进入冲刺阶段，总投资287亿元。单是输油管线就达2000多公里，超过从泉州到北京的距离……

六

2012年初，深化湄洲湾港口一体化改革的消息接踵而来。怎么深化？如何改革？众说纷纭。那段时间，上海组合港、苏州港、宁波—舟山港、厦门港的改革模式也引起了大家的热议。

上海组合港的主要做法是以上海为中心，浙江和江苏为两翼，在不改变原有地域和行政隶属关系的前提下，对相应港口的集装箱码头泊位进行组合。

苏州港改革的主要做法是，将原太仓港、常熟港、张家港三港合一建立苏州港，对外推出苏州港品牌，原三个港口分别更名为苏州港太仓港区、苏州港常熟港区和苏州港张家港港区。苏州港建立后，实行统一领导、统一规划、统一管理、统一政策，使三个港区做到有序竞争、优势互补、错位发展，促进苏州港口做大做强和健康持续的发展。湄洲湾南北岸整合就是借鉴这种模式。

宁波—舟山港整合经验是首先进行货源整合，再慢慢商议行政整合的细节，避免前期行政整合出现问题而拖延港口经济整合的进度。同样的做法在广西也得到了实践。

厦门港、漳州港整合打破了行政区域划分。2006 年 1 月 1 日，原漳州港的招银、后石、石码港区并入厦门港。2010 年 8 月 31 日，厦门港、漳州港全面整合，统称厦门港，由厦门港口管理局统一管辖厦漳两市所有港区，实现"同港同政策"。厦门市委书记于伟国表示，实践证明打破了行政区域划分，实现港口优化发展，科学统一建设规划，符合内在规律要求。

全国港口资源整合因地制宜，不同的地方摸索出不同的整合方式，每种方式都充分考虑了地方的环境和条件。深化湄洲湾港口一体化改革的机遇与挑战并存。

2012 年 2 月 3 日，农历正月十二。

湄洲湾沿岸处处洋溢着新春的希望和节气的热情。人们还沉浸在春节的喜悦中，成群结队，按照传统路线抬神游境。这种古老习俗，已有千年历史。远远望去，马头锣开道，安路牌在前，小锣鼓相伴，旗手相接。一路上，鼓乐阵阵，爆竹声声，烟火缭绕……

这一天，李德金一行沿着湄洲湾走访肖厝、莆头、东吴、罗屿四大连片开发港区。

眼前，一座东南大港已初见规模。东吴、罗屿、肖厝、莆头作业区四个片区连片开发格局已基本形成，累计完成投资 60 亿元……

李德金说："省委、省政府对港口发展高度重视。这些年，根据省委、省政府决策部署，我们加快推进了沿海港口资源整合。湄洲湾内四港区整合两年多来，在泉州、莆田两市党委政府的大力支持帮助下，湄洲湾港口管理局、开发公司一班人艰苦创业，主动服务，成效显著，吞吐能力、吞吐量均迈上新台阶。实践证明，整合与不整合，发展成效大不同。"

"下一步，湄洲湾港要从全省发展大局出发，主动配合泉州、莆田两市发展战略，继续推动港口资源整合。"这次调研，李德金还透露了一些重要的信息，"关于《深化湄洲湾港口管理体制一体化方案》，争取近期省政府批复实施……"

2012年3月21日上午，福建省政府第87次常务会议研究通过了《深化湄洲湾港口管理体制一体化方案》，强调抓紧机构、编制、人员到位，尽快挂牌运作。

几天后，福建省交通运输厅在《福建日报》发布一则公告：

福建交通运输厅公告·泉州湾3港区和兴化湾港区并入湄洲湾港

根据福建省人民政府第87次省政府常务会议精神和《福建省人民政府关于深化湄洲湾港口管理体制一体化改革方案的批复》（闽政文〔2012〕第108号），福建省交通运输厅受命公告如下：

自2012年4月1日起，福建省行政区划内原湄洲湾港的四个港区（肖厝港区、斗尾港区、秀屿港区、东吴港区）、泉州港的三个港区（泉州湾港区、深沪湾港区、围头湾港区）以及莆田港的兴化湾港区，合并组成湄洲湾港。原泉州市港口管理局、莆田市港口管理局及其相关机构相应并入福建省湄洲湾港口管理局。依据《港口法》《福建省港口条例》《福建省航道条例》等法律、法规的规定，整合后的福建省湄洲湾港口管理局依法行使港口管理职能，负责泉州市、莆田市辖区内港口、航道的规划、建设、养护、管理等工作。

整合后的湄洲湾港八个港区对外称湄洲湾港兴化湾港区、湄洲湾港东吴港区、湄洲湾港秀屿港区、湄洲湾港肖厝港区、湄洲湾港斗尾港区、湄洲湾港泉州湾港区、湄洲湾港深沪湾港区、湄洲湾港围头湾港区。

特此公告

福建省交通运输厅
2012年3月31日

愿望总是美好的，现实却是复杂的。一时间，这则公告引起社会广泛关注。新华社、《南方周末》《每日经济新闻》等媒体纷纷报道。湄洲湾港迎来了一场深化改革的风暴……

多年以后，事态趋于平息。现在，让我们再次翻开那些尘封的报纸，也许能以一颗平常心来看待这个曾经焦点的问题——

2012年4月6日《南方周末》发表《千年古港泉州港更名引争议》……

2012年4月13日《第一财经日报》发表《泉州港更名背后：港口管理权争夺战》……

2012年4月13日新华社发表《泉州市官员称福建省已决定保留泉州港》一文。

2012年4月19日，《每日经济新闻》发表《千年古港更名风波背后：泉州港"抗议"6年无效》……

2012年4月19日，《每日经济新闻》发表《港口整合潮难阻　福建强拓经济腹地》……

彩虹总在风雨后。2012年，湄洲湾港迎来热议，也迎来前所未有的关注。这像在全世界给湄洲湾港做一次免费的宣传广告。

风波太大，往往让人们忽视了取得的成绩。这一年，湄洲湾在世人的争议中和媒体的关注下，乘风破浪：

——全年完成港航建设投资46.9亿元，完成计划的133.61%，比增54.3%！福建省历年以来投资最大、等级最高的航道项目——湄洲湾航道三期工程正式动工。

——新开工外走马埭1—8#泊位工程、莆头3—6#泊位工程等9个项目！

——建成东吴作业区东2#泊位、外走马埭1#泊位等3个项目，新增吞吐能力315万吨！

——全年完成港口货物吞吐量5122万吨，完成计划的109%，比增

13.6%，高于全国港口平均数 6 个百分点！

2012 年的风波，随着新年的钟声慢慢远去。新年的阳光如期照彻大地，照着蔚蓝的湄洲湾……

向莆铁路的通车只是一个序幕。海铁联运
才是真正的好戏。

向莆铁路湄洲湾港口铁路支线的建设，将
湄洲湾这个天然深水良港与广阔的中部内陆腹
地联结在一起，打开了闽赣两省山海大通道，
掀开了海铁联运的新篇章。

2013 年 12 月 30 日湄洲湾港口铁路支线货运试运行

一

2013年1月11日上午，湄洲湾北岸东吴港区八方码头。岸桥如虹，海风呼呼。

一位长者久久地伫立在刚刚竣工的2#泊位，翘首遥望着大海。海风牵扯着他深蓝色的大衣……

他就是履新还不到一个月的福建省委书记尤权。此前，孙春兰调任天津市委书记。福建省委常委、秘书长叶双瑜和副省长倪岳峰陪同调研。

下基层调研，是每个领导履新的课题，尤权也不例外。作为改革开放的窗口，厦门会不会是尤权履新调研的首选？果然！2012年12月21日，新任福建省委书记尤权调研的首站是厦门。

尤权调研的第二站是湄洲湾港。站在湄洲湾畔，没有人知道这位新任省委书记在心里谋划着什么。三十年前，项南也是刚上任就来到湄洲湾调研。转眼间，三十年过去了。湄洲湾在这三十年间发生了翻天覆地的变化。

改革开放初期，湄洲湾连一家央企都没有。伴随着湄洲湾的大规模开发，一座港口新城悄然崛起……

南北长33公里，东西宽30公里。在这水域面积516平方公里的港湾里，从南到北，活力迸发：港湾中，巨轮林立，舳舻相接；码头上，雄壮有力的机械挥动着双臂，节奏明快地装卸载货物；公路上，满载的货车川流不息……

湄洲湾南岸，斗尾港区2个30万吨级原油泊位如雄鹰展翅翱翔在海天之间，29个油品储罐壮士般挺立着。黄干岛上巨轮靠岸，原油通过管道源源不断地输往青兰山库区，成品油则经由青兰山码头运往世界各地。肖厝港区，一艘艘油轮进进出出，每年海关的关税超过100亿元……

再看湄洲湾北岸，中海油、国投、鞍钢等央企、国企、民企纷纷抢滩——

LNG 产业园，总投资 850 亿元，是国内第一个利用 LNG 冷能的节能环保型示范园……

国投湄洲湾煤炭中转基地是"北煤南运"战略的重大支撑项目，年吞吐能力为 8000 万吨……

石门澳产业园总投资 220 亿元，原本荒荒凉凉的海岸滩涂变得了生机勃勃……

湄洲湾北岸还将建设世界第一的纤维项目和东南沿海大型的粮油贸易、仓储和精深加工基地……

湄洲湾临港产业正在崛起，而港口的建设更是超乎人们的想象，势如汹涌的海浪滚滚而来。

2009 年 13.9 亿元！

2010 年 22.8 亿元！

2011 年 30.4 亿元！

2012 年 46.9 亿元！

港航建设投资每年增长都在 50% 以上，形成了临港产业带动开发、整体连片开发和公共港航基础设施建设三轮齐驱、快速发展的局面。

2009 年 2665 万吨！

2010 年 3906 万吨！

2011 年 4500 万吨！

2012 年 5122 万吨！

港口吞吐量持续快速增长，年均增长 25.6%。港口面貌实现了从分散无序到集中统一，从各自为政到同湾同政，从发展不足到快速发展的重大转变……

调研中，尤权殷切嘱托三件事，一要按照省委、省政府的决策部署，发挥港口岸线优势，积极打造临港现代产业体系；二要以大项目带动新发展，实现新的跨越；三要推进港口群、产业群和城市群的同步发展，为海峡西岸经济区的社会经济发展发挥更为重要的作用。

临别前，尤权与大家一一握手，勉励大家："以后，我还要来看看。"

那天，海风有点大，人们的心里却是暖暖的。

尤权对湄洲湾港情有独钟，后来又来了几次。

2013年新春佳节来临之际，福建省委书记尤权在《人民网》寄语："中国梦连着海峡两岸，承载着我们对未来的期许，让我们共同书写海峡西岸经济区建设的新篇章！"

二

尤权考察湄洲湾港，引发了人们对港口建设的思考。福建岸线资源丰富，大陆海岸线长3752公里，海岛岸线长2804公里，具备发展大港口的优越条件。但是，港口依然存在着规模化程度不高、货源增长不快、集疏运通道等港口公共配套设施不够完善、港口企业较弱、港口影响力和竞争力不强等问题。原因到底在哪里？

福建港口的经济腹地纵深不够！

福建港口统筹布局、集中度仍不够，结构功能布局还不够合理！

福建经济发展很快，但和东部沿海省份比，福建经济总量还不大，对港口的需求不足！

福建的最大优势之一是面对台湾，但是两岸全面"三通"后，海运的便捷也使福建的对台区位优势弱化了！

福建港口缺乏跨省的通航河流，没有与内陆省份相通的水路运输，再加上闽江等主要内河因水电站建设而经常处于断航状态，制约了福建内河航运发展，进而间接影响了福建内陆和港口的水水往来，形不成像珠江口的广州港、深圳港，长江口的上海港、海河大运河口天津港那样的港口！

各种困难因素，一定程度导致福建港口发展不快，做不强，厦门港务集团、福州港务集团、泉州港务集团都不够大，不够强。国内最大的公共港口经营人招商集团在厦门湾漳州开发区投资港口近二十年，到2012年底仍处在2000万吨吞吐量级的层次。马士基码头公司在中国广、大、上、青、天、宁等港都布局有码头，也曾在厦门港嵩屿港区最好的岸线与厦门港务合资经营码头，但2012年也因种种原因退出股份，离开厦门港。

那么湄洲湾港是一种什么情况呢？湄洲湾港的发展同样面临着很多的机遇和挑战，其中有一条就是经济腹地纵深不够！

记得三十年前胡应湘先生谈了一个观点："湄洲湾是一个天然良港，毋庸置疑，可以建设成为世界性大港。但是，后部陆域输送能力不行。这个问题不解决，湄洲湾是不可能建成世界大港的。"

"拓展千里腹地，建设世界大港。"这是湄洲湾畔几代人的追求。终于，我们迎来历史性的一刻——向莆铁路湄洲湾港口铁路支线通车！

三

2013年12月30日上午10时50分，湄洲湾港东吴港区八方码头。

悠长的汽笛声划破湄洲湾的平静，一列满载煤炭的火车缓缓地驶出港区大门，向江西方向奔去——这是向莆铁路湄洲湾港口铁路支线第一次货运，共有40车皮，累计2400吨，将送至江西新昌电厂。

现场响起热烈掌声——这条铁路连接着京九线、浙赣线，对于拓展湄洲湾港口腹地，建设"亿吨大港"，具有重要意义。

建设亿吨大港，港口与腹地，缺一不可。湄洲湾港口资源得天独厚，但没有打通中西部铁路连线，省外货源较少，极大地制约了湄洲湾港口的开发和发展。只有争取腹地，才有可能打造真正的大港口。

南昌是江西省的省会，也是长江中游城市群重要城市、鄱阳湖生态经济区核心城市、中国重要的综合交通枢纽和现代制造业基地。长期以来，南昌的出海口有两种方式：一是内河运输，通过赣江到鄱阳湖，再从鄱阳湖到长江，从长江到上海；二是打造"无水港"，依靠鹰厦、峰福两条低等级铁路，绕行鹰潭、上饶，运输到宁波、深圳、厦门等港口。

南昌市发改委总经济师柳华说："这些运输方式的物流成本偏高，制约了南昌经济的发展，因此多年来南昌一直在寻求更加便捷的出海通道。"

一边是内陆江西对出海口的苦苦期盼，一边是湄洲湾对拓展腹地的热切渴望。建设一条中西部地区至东南沿海港口运输的骨干大通道，成为闽赣两省人民共同的梦想。

2004年，抚州市最先提议修建向莆铁路。抚州市在一份上书给江西省委、省政府的报告中动情地写道：

抚州是原中央苏区的重要组成部分，是第二、四、五次反"围剿"的主战场，抚州为中国革命做出了重大贡献。三年自然灾害期间，抚州人民勒紧裤腰带、忍饥挨饿，调出粮食近10亿公斤，为保障国家粮食安全做出了积极贡献……

恳请省委、省政府支持打造赣闽开放合作创新区……

共同的发展梦想让赣闽几个城市紧紧拧在一起。2004年8月，抚州市、三明市和莆田市召开三市政府联席会议，达成了建设向莆铁路的共识：

向莆铁路，向东，打开一条便捷出海通道……

向西，开拓一片广阔发展腹地……

2005年3月31日，江西省政府与铁道部签署了《关于江西铁路建设有关问题的会谈纪要》。

2006 年 3 月，向莆铁路正式列入国家铁路"十一五"规划。

2006 年 8 月 25 日，向莆铁路由国家发改委正式批准立项……

从申报到立项，前后仅用了两年多时间。其速度之快、效率之高，创造了中国铁路建设史上的奇迹！

2007 年 11 月，向莆铁路正式开工建设。

大幕拉开！

十万筑路大军从五湖四海集结到千里铁道线上……

四

向莆铁路创造的奇迹，不仅有立项的速度，更有建设的难度。

这条铁路起于南昌向塘，一路向海，途经南昌、抚州、三明、福州、莆田五市。建设里程 632 公里，其中江西境内 241 公里、福建境内 391 公里。铁路沿途群山叠嶂，沟深壑险。逶迤连绵的武夷山脉、戴云山脉横亘其中。在这样的崇山峻岭中修建高速铁路，隧道是最主要的工程。

青云山隧道为双洞双线隧道，是华东地区最长的一座隧道，有着"华东第一隧"之称，左线长 22.175 公里，右线长 21.843 公里，设置了 11 个救援洞，开我国长隧道旅客救援先河。

2010 年 3 月 12 日，中铁 23 局的施工人员正在隧道作业。

突然，安全员发现"掌子面"异常。开挖坑道时不断向前推进的工作面，在施工中称为"掌子面"。

隧道里有 263 名施工人员！

"撤！"危险就是命令。

施工人员、抢险车辆、三台装载机刚撤出，就传来一声沉闷的巨响！在大山深处承载了千百年巨压的溶洞水，如脱缰的野马冲进隧道……

向莆铁路建设之难，更难在地质条件复杂。棋盘石隧道存在突泥、涌水、溶洞等各种不良地质环境，被国内地质专家形象地称为"地质博物馆"；青云山、金瓜山、高盖山、戴云山等隧道，地处高地温地带，地下岩石温度达到34℃；雪峰山、青云山等隧道，都是富水或强富水隧道，最大设计涌水量达到每天6万立方米……

棋盘石隧道地处福建尤溪境内，全长近11公里。中铁14局承担隧道施工。2009年8月5日，施工人员正在小心翼翼地开挖坑道，突然"掌子面"左侧底部喷射出混浊的水流。

"快撤！"安全员闫铁当即下令撤离。

全体人员快速爬上汽车撤出洞外！

涌水随后汹涌而至！

棋盘石隧道3号横洞的开挖施工全部中断……

8月12日上午，应急救援指挥中心组发现：在3号横洞"掌子面"左侧边墙处出现一个巨大溶洞，溶洞内仍在继续坍塌。为尽快控制住险情，应急救援指挥中心决定对"掌子面"加固处理。

8月15日，20名突击队员进入横洞加固施工，无功而返……

8月18日，专家论证会就在潮湿闷热的棋盘石隧道3号横洞现场召开……

"钢架加强！"

"锚喷支护！"

"固结注浆！"

……

一次次科学施工，一次次奋勇抢险、一次次化险为夷……

2010年2月，棋盘石隧道3号横洞绕行成功，为正洞按期贯通奠定了坚实基础。

这样的化险为夷不是靠运气，而是靠智慧。

高盖山隧道全长17.62公里，由中铁1局和2局联合施工。这是一条罕见富水断层破碎带，"风水"问题十分复杂。

"给风安个家，让它休息休息再走！"项目部在隧道设置一个个密闭的储风室。隧道外轴流风机通过风管将隧道外清洁空气先送入储风室，然后再通过储风室外设置的轴流风机将清洁空气送往"掌子面"。同时配合反方向射流风机排出浊污空气，加大风流速度，达到快速置换空气的目的。这一创新方案为隧道施工通风开辟了新模式和新思维，获得国家优秀质量管理成果奖。

风的问题解决了，水的问题接踵而来。主洞施工中遇到的出水点数不胜数，整个隧道阴雨连绵。引水出洞有3200多米之遥，其难度相当于让水从一楼爬上九十层楼的高度。

中铁一局向莆铁路指挥部的指挥长叫李晓峰。他组织项目部成立课题攻关小组，在否定七套方案之后，别出心裁地提出：给水一支"接力棒"，让水跑起来。

项目部在斜井安装了一支支排水管，总计长达15.7公里。斜井井身每间隔360米即修筑一座泵站，每路排水管上安装两台交叉作业的离心泵，将水抽至360米外的下一级泵站连续接力。

隧道内的涌水一棒接一捧地跑出洞外……

艰苦鏖战创奇迹。

戴云山隧道穿越28条地质断裂带，横跨多条涌水突泥及岩爆等不良地层，有近3000米的高地温地段，并伴有瓦斯，地质条件之复杂国内少有。南昌铁路局及向莆公司组织专家联合开展技术攻关，采用TSP超前地质预报、红外线探水、地质雷达等国际先进的超前预报技术手段，安全穿越高风险地质破碎带和不良地质段，顺利打通了隧道，并将隧道贯通的精度误差控制在5厘米以内！

逢山开路，遇水架桥。

栉风沐雨，艰苦奋战。

建设者们用汗水和智慧，创造了一个又一个奇迹。

115 座隧道，244 座桥梁。

穿越闽赣万重山。

在赣闽两省间铺就一条钢铁巨龙！

瞧——跨越赣江的东新赣江特大桥，是全线最长的桥梁，仅用 137 天就完成了 1.7 万吨钢梁架设，刷新了国内钢梁悬拼架设纪录……

五

青山如黛，碧水澄净。

崇山峻岭之间，一列白色的"和谐号"动车组风驰电掣呼啸而过，犹如一道白色闪电，转瞬就消失在逶迤的群山间，留下一道梦幻般的轨迹——

天堑变通途，回想建设中的那一幕幕，多少参建者感慨万千。

难不难？蔡礼俊说："闽道难，难于上青天。全线隧道 115 座，累计总长约占线路总长的 45%。其中，10 公里以上隧道 9 座。"

险不险？魏立发说："你们见过消防水枪吗？向莆铁路隧道有的地段水压是消防水枪的 4 倍！"

苦不苦？刘金弟说："南丰境内的西城隧道，四级以上围岩占总长的 55%，六级围岩有 200 多米，在我国铁路建设史上极为罕见。全长仅 2505 米的隧道，用了 1051 天才打通，平均每天只能掘进两米多一点。"

美不美？向莆铁路穿越我国森林覆盖率最高的赣闽两省，途经武夷山、大金湖、玉华洞等七大风景名胜区。驰骋在向莆线上，时而是一望无际的稻田，时而是沟谷纵横的青山……

甜不甜？黄坂水说："20 世纪 80 年代末坐火车通过鹰厦线，睡了一个晚上，火车还在福建境内绕着大山走。现在千里向莆一日还！"

历史将铭记这一天——2013年9月26日。时值初秋，桂花飘香。

当日上午，向莆铁路动车组分别从南昌西、福州、莆田、三明北四个车站首发。

这是中国第一条时速200公里的客货共线铁路！

这是中国第一条连接海峡西岸和中部内陆腹地的快速铁路！

这是江西等中部地区通往东南沿海最便捷的出海通道！

这一天，中国高速铁路突破了一万公里！

六

向莆铁路的通车只是一个序幕。海铁联运才是真正的好戏。

向莆铁路湄洲湾港口铁路支线的建设，将湄洲湾这个天然深水良港与广阔的中部内陆腹地联结在一起，打开了闽赣两省山海大通道，掀开了海铁联运的新篇章。

为此，闽赣两省自向莆铁路动工时起，双方就开始筹划海铁联运合作——

2008年6月2日，福建八方港口发展有限公司成立！

2008年11月，闽赣两省召开赣闽区域经济合作对接会，签订了加强海西港口合作促进经济共同发展的框架协议！

2009年2月18日，湄洲湾东吴港区八方码头正式开工！

2010年，闽赣两省政府在第六届泛珠会上正式签署了《关于加强闽赣两省海西港口经济合作的框架协议》！这一年，福建省委书记孙春兰、省长黄小晶、交通部长李盛霖纷至沓来……

2011年9月，闽赣两省再次签署4项合作协议，高位推进赣闽两省海铁联运进程……

2012年4月1日13时30分，"华泰山"轮在东吴港区东吴作业区东 1# 泊位顺利靠泊，标志着东 1# 泊位经过历时两年的紧张施工，正式交工并投入试运营。

2013 年 2 月 27 日，东吴港区东 2# 泊位投入试运行，标志着东吴港区连片开发取得阶段性成果。

2013 年 9 月 10 日，闽赣两省签署《关于进一步加强闽赣两省港口经济合作和海铁联运的框架协议》，提出加快构建海铁联运物流体系……

2013 年 12 月 6 日上午 9 点 08 分，湄洲湾港口铁路东吴支线的最后一根钢轨接轨，至此该支线全线铺轨贯通……

长长的铁路，伸向远方，搁浅多年的希望和梦想激活了……

长长的铁路，伸向大海，积蓄多年的发展愿望如火山般迸发……

这条钢铁动脉把海峡西岸城市群与中部城市群紧密连接。海峡西岸经济区、鄱阳湖生态经济区、闽赣粤原中央苏区三大国家区域发展战略，将因向莆铁路对沿线地区的辐射带动而产生交集，在全国区域发展格局中分量倍增……

从此，山不再高——向西，湄洲湾开拓了一片广阔的发展腹地，不仅仅是 632 公里的距离！

从此，海不再远——向东，则为江西打开一条目前最为便捷的出海通道，只需三个半小时就到了大海边。

铁路直达港区！

港铁联运零对接！

福建、江西、湖南、湖北和其他沿海地区连成一线！

集储存、中转、混配加工为一体，兼营煤炭及其他散货，八方码头将成为我国东南沿海大型的现代化集散中心！

数往日，几多汗水挥洒热土。

看今朝，数载拼搏绘就蓝图。

福建八方港口犹如湄洲湾畔缓缓升起的一颗璀璨明珠，当年完成港口货物吞吐量超 500 万吨。

除了东吴港区的八方港口，秀屿港区的中原码头也是江西的出海口。

2011 年 10 月 26 日上午，湄洲湾秀屿港区彩旗飘扬，锣鼓喧天，闽赣两省海西港口合作项目——湄洲湾港秀屿作业区 8 号泊位工程开工。这是江西省在闽建设的第一个港口码头工程项目，标志两省港口合作跨出实质性步伐。

江西省铁路建设办公室副主任、江西省铁路投资集团副总经理刘震华主持开工仪式。

江西省铁路投资集团公司总工程师、福建中原港务公司建设指挥长胡侃介绍项目建设概况："福建中原港务有限公司迎来了历史性的机遇，成为江西在闽建设的第一个港口码头工程项目。在历史舞台的聚光灯下，中原港务公司借道出海，挺进深蓝——"

江西省铁路建设办公室主任、江西省铁路投资集团公司总经理熊燕斌致辞："我们致力打造江西省海西液态化工进出口基地、赣闽海铁联运大通道和江西省最便捷的出海通道……"

江西省发改委副主任陈一星说："湄洲湾港秀屿作业区 8 号泊位工程实现开工建设，开闽赣两省海西港口合作项目之先河……"

福建省发改委副主任龚友群说："海铁联运和港口合作，互利共赢……"

红日喷薄而出，照亮一张张陌生而熟悉的面孔。大海颤抖的感觉早已把苍凉留给往事。沿着寻找光明的足迹，千年不变的涛声像一首又一首波澜壮阔诗歌，镀着一层层的阳光，涌来——

炸礁！

挖泥！

疏浚！

劳动者的英姿，比雷电更闪亮的节奏，在荒无人烟的海面上，搏击海浪……

一湾咸涩的海水，酝酿着一腔甘甜纯美的激情……

谁能想象，一方咸涩的海域，奇迹般地崛起了一座海铁联运的桥头堡，外通万里海疆，内接千里腹地。

大动脉、新机遇。

山海牵手，一头连着江西南昌，一头连着天然良港湄洲湾。

海铁联运，鄱阳湖生态经济区和海西经济区紧紧连在一起。

第十四章

湄港转眼起飞鸿

风浪中摇橹讨海，商海中扬帆破浪。从一条小帆船到十几艘大油轮，从五万元启动资金到上亿元固定资产……

这位萧碧川式的人物，演绎着小水手变身大船长的传奇。他的成长史同时也见证了湄洲湾港从小到大的发展历史。

莆田港务集团有限公司

一

清晨，湄洲湾港风平浪静。一轮灿烂的红日，映照着大海。远远望去，一切显得宁静而繁荣。

天气好的话，几乎每天都有远洋巨轮进进出出：载着原油的巨轮又进港了；载着成品油的巨轮又出海了。

油轮进进出出，很少有人关注船上的引航员。港口的航道条件构成了一个国家天然的屏障，事关国防。按照国际惯例，引航员必须由本国人担任，并且对出入港口的外籍船舶实行强制引航。这是一个国家引航权的体现，是国家主权的一部分。

船舶的靠泊和驶离，是驾驶船舶中难度最大的环节。稍有不慎，都可能触礁、搁浅、碰壁，造成重大的损失。一艘货轮造价数亿元，轻微的磕碰就可能造成巨大损失，尤其是湄洲湾港货种以石油化工品为主，一旦发生碰撞造成危险品泄漏，后果不堪设想。因此，引航员不仅要有丰富的航海经验，还要对港情胸有成竹。不但要算风向，而且要算潮汐。

一个港口引航能力的大小，事关港口正常运转和发展。全国有资质的引航员只有两千个左右，湄洲湾有引航员三十多名。这支引航队伍保持了连续七年安全引航"零事故"的纪录，有力保障了煤、油、气等能源物资的供应，在蔚蓝大海上划起一道道完美的航迹……

陈汉杰是湄洲湾港口管理局引航站一级引航员，全国优秀船员，首届"全国最美海员"。

曾经，湄洲湾港引领的都是 7 万吨级以下的船舶。那时候，引航设施差。引航员乘坐破渔船到锚地引航，用哨子和拉汽笛引领船舶进港。每一次引航任务都充满挑战。尽管如此，陈汉杰和他的团队，时刻铭记着"水上国门第一人"的责任与使命。

回忆起以前引航工作的情景，陈汉杰感叹不已……

如今，湄洲湾港已具备了对 LNG 船舶和 30 万吨级原油船舶的经常性引航能力。每天进出现代化的港口，他们都感到自豪。

这些年，他们不只看到风浪，也看到了许多惊喜，昔日的小渔港一年一个样。

白天，远洋巨轮来来往往，临港的厂房车辆进进出出……

夜里，满天的星星眨着眼睛，环湾的城市有迷人的灯光……

清晨，偶尔还能看到海豚在海里起伏……

二

除了引航，拖轮服务也是不可或缺的。

其实，我们不知道，引航员把这些巨轮引领进港后，还需要拖轮协助，轮船才能安全靠泊码头。

拖轮又称为拖船，是用来协助大型船舶进出港口、靠离码头，或救助海洋遇难船只，或拖曳没有自航能力的船舶。

2006 年之前，湄洲湾没有专业的公共拖轮公司。福建省石油化工有限公司（福建联合石化公司的前身）有 3 艘拖轮，1 艘 3400 马力，1 艘 3200 马力，1 艘 1800 马力。这三艘拖轮马力都不大，主要为原油码头服务，基本不对外服务。

大型船舶进出港都需要拖轮协助，而福建省石油化工有限公司的 3 艘拖轮不轻易对外服务。时常，大型船舶因得不到拖轮的及时支援而影响进出港。

随着湄洲湾港口的开发建设，大型船舶进出港越来越多，拖轮需求越来越大。需求决定市场。2006 年 1 月，泉州新港拖轮有限公司应运而生。公司成立之初，只有十个人，1 艘 4000 马力的拖轮，号称"新港拖 01"。

"新港拖 01"运营了一段时间，业务量比预期的要好得多，拖轮服务需求量与日俱增。曾加奖总经理高兴得合不拢嘴，对公司的发展前景充满信心，一次次地动员股东再投入。2007 年 3 月，泉州新港拖轮有限公司向泉州港务集团公司租赁了 1 艘 4000 马力拖轮，即"新港拖02"。

2009 年 2 月 15 日下午，有史以来靠泊福建港口的最大轮船——巴拿马籍 30 万吨级油轮"远明湖"，顺利靠泊在斗尾港区青兰山 30 万吨原油码头。

巨轮进出港，万人瞩目，但很少有人去关注巨轮旁边那 6 条护航的小拖轮，更没有人去关注拖轮上的那些船员。

如果没有拖轮船员的日夜辛劳，就没有港口的井然有序。如果不是亲身感受，你就不会理解每一个拖轮助泊的故事里都浸满了汗水。

夏天，烈日炎炎。肖厝港码头，一片繁忙，热浪滚滚，机声隆隆。"新港拖 01"正在为一艘远洋巨轮助泊作业。海边气温达 33℃，太阳曝晒的甲板温度高达 60℃。

老水手穿着救生衣，敏捷地跳上大轮船的甲板，利索地系起缆绳。满头的大汗顺着他的脸颊流下来……

驾驶舱倒是没有直晒的阳光，但是闷热无比。操作台上布满了各种仪器，最中间的双舵是用来控制拖船方向与航速的，左边的显示屏上显示着进出港船只的动态监控系统，右手边则放着对讲机等设备。操作员专注地驾驶着拖轮，工作服早已湿透了……

机舱内，机声轰鸣。两台船舶主机在输出大功率的同时，巨大的散热量让机舱的温度高达 60℃，整个机舱犹如炼丹炉。温度高，但每半个小时一次的例行检查是不能少的。

作业间隙，船员们在装有中央空调的集中控制室里，稍作休息，补充能量，又继续干活。

前后忙了一个小时，助泊任务才完成，大家松了一口气。不远处，又一批拖轮船员正整装待发……

天气热是小事，台风才让人害怕。

2008 年秋的一天，台风肆虐，海面风力 10 级，阵风达到 12 级，"新港拖 01"接到了公司下达的任务："一艘轮船受大风袭击，受力缆绳磨断……"

风浪特别大，根本不适合海上作业。刚刚驶出避风口，拖轮受海风与海浪的影响，不断摇摆。他们调整航向，把拖轮慢慢稳定了下来，毫不犹豫地出发……

半个小时后，他们靠近轮船。狂风卷起巨浪向岸边排山倒海地掀过来，撞上码头后激起冲天水柱。暴雨如泼，如注；狂风似狼，如虎。他们猫着腰，拉着手，一步一步向缆墩蠕动。

此时，靠泊在码头的轮船在狂风巨浪中不停地撞击摇晃，受力缆绳已经崩断了一条，随时可能殃及所有缆绳。一旦轮船"脱缰"，就可能侧翻，甚至撞毁旁边的船舶，损失将不可估量。

风一阵紧似一阵。他们冒着被风浪吞没的危险，将一根根缆绳换下、系紧…………

经过一个多小时的殊死较量，他们终于把缆绳都换好了！

一边是惊涛骇浪……

一边是生命和财产安全……

每一次都要与风浪搏斗……

每一次都要和时间赛跑……

他们心中坚定"在岗一分钟，负责 60 秒"的信念，才有了这样的船长、这样的水手和这样备受赞誉的拖轮。

2009 年 8 月，福建省湄洲湾港口管理局成立，掀起港航建设的高潮，公共拖轮服务市场的需求迅猛增长。泉州新港拖轮有限公司迎来了发展的黄金期，在短短的几年时间通过托管、购买等方式运营十多艘拖轮。

后来，泉州新港拖轮有限公司与福建联合石化有限公司签订协议。福建联合石化有限公司所属的 3 艘拖轮，全部由泉州新港拖轮有限公司统一调度。至此，泉州新港拖轮有限公司完成了湄洲湾内所有拖轮资源的整合，可调度拖轮达到 18 艘 83200 马力，跻身全国前十……

三

大港口的形成，不是建成大泊位就能形成，而是有一个积累的过程，是物流要素集聚形成的过程。

港口的竞争，不仅是深水大泊位的比较，而且是港口物流体系的竞争。

此外，港口离不开海运的配合，海运就是港口的生命线，特别是注册在本港的海运公司极其重要。

福建省兴通海运集团是一家注册在本港的海运公司。这家公司的创始人叫陈兴明。他说："回想这三十年来，就像在做梦！"

1952 年农历 12 月初，陈兴明出生于一个讨海人家。小学都没读完，他就成了一名小渔民，跟随父辈出海捕鱼。一艘船有十个人。他们把船开到沈家门，半年回来一次。年景好的话，一年一个人能挣两三百元。

一个冬天的早晨，风和日丽。陈兴明像往常一样，跟着小渔船又出海了，同行的共有五个人。

蓝蓝的湄洲湾上风平浪静。水连天，天连水。在远方的水天交接处，偶尔出现一两只帆船。

老船长悠闲自得地坐在甲板上，吧嗒吧嗒地抽着大水烟筒子，大口大口地喷吐着烟雾。

天气不错，心情不错，收获也不错，船舱里的大带鱼渐渐多了起来。他们把小帆船慢慢地摇向辽阔、浩瀚的大海深处……

中午，海上突然起风了，得赶紧找个避风港。他们使劲地划着木桨，小帆船艰难地随着波浪起伏，颠簸着，摇摇摆摆地向前航行。

霎时，天空中乌云密布，雷电交加，狂风吼叫着，卷着山一般的压顶巨浪滚滚而来……

那惊涛骇浪如同一头面目狰狞、张牙舞爪的"怪兽"，迎面猛扑了过来……

大海咆哮着，海浪汹涌澎湃。

眼看一场暴风雨来临了。小帆船像一片树叶，随时都有被大海吞噬的危险。

风浪愈来愈大了，小船上的帆被狂风撕烂了，桅杆也被折断了。

老船长开始呼唤着妈祖的名字。可是，他的祈祷没有丝毫作用。失去方向的小帆船，在大海中越漂越远，漂到了莆田南日岛海域。

天空和大海很快就变得漆黑一片，远处的导航灯带来了一丝温暖的希望。

突然，一个汹涌的风浪猛扑了过来，紧接着一艘晋江的大帆船重重地向小帆船撞了过来。小帆船一下子就被撞翻了，船上的五个人都掉进了大海……

身上厚厚的衣服在海水的浸泡下更加沉重了，眼看就要沉没，身手敏捷的陈兴明刚好抓住大帆船抛下的一根绳子，随着海浪上下沉浮……

冰冷的海水钻心刺骨，陈兴明心里很清楚：要摆脱困境，脱离危险和求得生存，只有战胜自己，克服恐惧、侥幸的心理，才会有希望和可能。

万幸的是，陈兴明和同伴都被救上岸。

狂风暴雨终于过去了，海面又恢复了以往的平静。老船长坐在岩石上，敞开衣襟，像敞开他面向大海的心。

他的银发在海风中飘动，他呼吸着海的气息……

他倾听着海的涛声……

他凝望无际的远天，昏花的眼中，渐渐闪出泪花……

他低声地唱起了一支古老的水手的歌。

陈兴明在老船长忧伤的歌声中，看到了风暴、巨浪、暗礁、旋涡和搏斗……

四

1978 年，改革开放的春风吹遍了神州大地。陈兴明做起小生意。记得有一年冬天，他独自一人赶早坐班车前往福清市江阴岛购买小帆船，当时的交通极为不便，坐车要八个多小时才能到达目的地。为了节省食宿花销，他当天又单枪匹马驾着买来的小木帆船从福清驶往上西村。顺风的话，半天就能到家。

茫茫大海，海上风大浪大……

突然，顺风变成了逆风。陈兴明大惊，侧转船身，使帆与船身形成一个角度，帆的一面鼓满风，另一面所受的压力较小。船体利用这种压力差前进。然而，这样前进时，船的行进方向与目的地方向有偏差。因此，帆船航行一段时间后，需要通过调整帆的方向，来改变航向，呈"之"字形前进。

陈兴明心里清楚，当天恐回不到家了。当时，船上既没有救生和通信设备，又没有充足食品，只有三个油酥饼、一瓶开水，还有一顶草帽。

夜里下起了雨。海上，风雨交加。在一望无际的大海上，险象环生。陈兴明孤独无助，濒临绝望的境地。

陈兴明在海上颠簸了两天两夜后。凭着不能死的信念和丰富的航海经验，他终于冒着生命危险把小帆船驾到了家门口——湄洲湾鲤鱼尾港。

焦急等待的家人，看到陈兴明平安回来，喜极而泣。

几天后，陈兴明把这艘小帆船以八百多元的价格卖给沙格村王职玉，人称阿尾。揣着用生命挣来的一百多元，他心有余悸地高兴了好几天。从此，家里人不再让他去冒这个风险了。陈兴明只好摇一条小舢板，到处找活干。他盼望着，憧憬着新的明天，期待着能有更加美好幸福生活的到来和新生命的降临。

后来，木帆船被逐渐淘汰。陈兴明就转行搞内海养殖，种海带、海蛎，还开荒地。村里杂乱的地块和没有人要的海滩，他都利用起来。那时候年轻，身体好，好像有使不完的劲。时常，他会借着月光干活。即使这样，一家老小十几口，也只能勉强填饱肚皮。

福建炼油厂开工后，陈兴明用土地、海域赔偿款购买一艘机动小船，创办了"兴通船队"。随着炼油厂的全面投产，进出港口的大型船舶明显多了起来，兴通船队的业务也随之蒸蒸日上……

那几年，陈兴明结识了很多船员，有的成了好朋友。他不时向来港的船员、船东虚心请教，慢慢地摸索到一些门道，将原先单纯为船舶提供劳务的经营方式转变为代理经营船舶油运业务。他们劝陈兴明成立一家公司。陈兴明心动了。

1997年5月，福建炼油厂改制成福建炼油化工有限责任公司。这一年，陈兴明购置一艘2500吨的旧油轮，成立泉港兴通船务有限公司，开始从事航运的生涯……

2000年，泉港兴通船务有限公司经交通部批准，获得了国内沿海、长江中下游及珠江水系各港口间的成品油、散装化学品运输的经营权，成为泉州市第一家经营管理成品油和化学品船的航运企业。

小船换大船，旧船换新船。此后，短短十几年时间，泉港兴通船务有限公司先后买了十几艘油船，总吨数达6万多吨，散装化学品运输能力全国同行排名第四，福建省唯一。航线拓展，全国沿海及长江内河航运都有触及，北到浙江、上海、江苏、长江、大连、天津、辽宁、营口港，南到广东、海南、广西……

随后，兴通船务旗下又注册成立了国际船舶代理公司，并向交通部申请经营港澳航线，着手开辟国际航线。

时常，陈兴明会站在兴通海运大厦办公室的窗前眺望。

窗外，厂房遍地。

海上，巨轮竞渡。

眺望着碧波万顷的湄洲湾上那属于自己的船队和公司兴建的码头泊位，陈兴明豪情满怀地说："泉港兴通船务有限公司要建造万吨级国际航线油轮，将业务做强做大，走向世界。"

采访中，陈兴明偶尔抬头遥望，像遥望当年的海洋。当年漂泊在大海上，在星光下，他在老船长的歌喉中听到了被海风冷透的渔歌。那是苦涩的沙吹痛脸庞的感觉，像父亲的责骂母亲的哭泣，永远难忘记。

经历了狂风暴雨，惊涛骇浪，而今，陈兴明终于到达了梦幻中的彼岸，有时回头遥望年轻的时候，像遥望悄然改变容颜的故乡——呵，闪光的青春，无畏的斗争，生死同心的伙伴……

风浪中摇橹讨海，商海中扬帆破浪。从一条小帆船到十几艘大油轮，从五万元启动资金到上亿元固定资产……

这位萧碧川式的人物，演绎着小水手变身大船长的传奇。他的成长史同时也见证了湄洲湾港从小到大的发展历史。

五

福建省兴通海运集团是一家民营海运公司，莆田港务集团有限公司是注册在湄洲湾港的一家大型国有企业。

福建省湄洲湾港口局成立以来，迅速推进港口的连片开发。然则，每开发一个作业区，就要成立一家或几家公司。随之出现一个问题，经营主体多、小散弱、同质化竞争。为了改变这个局面，必须进行二次改革。

　　重组是湄洲湾港口资源整合的又一次改革：从政府行政调控为主的港口资源整合，转向鼓励引导港口企业以市场为导向，通过参股、合作、合资等多种形式，进行资产纽带深度整合，集中港口经营主体资源，做大做强"大港口"主体，让市场这只手来推动集聚形成大港口。

　　2014年12月25日上午，莆田港务集团有限公司正式揭牌成立，下辖福建八方港口发展有限公司、福建湄海港口发展有限公司、莆田秀屿港口有限公司、福建省莆头港口开发有限公司、莆田外轮代理有限公司等多家海运公司。

　　重组后，莆田港务集团总资产近50亿元，已建、在建及规划建设五十多个公共码头泊位，总投资超100亿元，实力一跃成为福建省第三的港口经营主体。

　　后来，福建省湄洲湾港口管理局局长李擎谈起这件事，说："莆田港务集团是资本运作、资产嫁接的市场化模式，是公共码头资源整合的一次成功尝试。不仅实现了湄洲湾北岸港口公共码头资源的统一规划、统一建设、统一经营，有利于湄洲湾港口资源的集约利用和长远发展，对湄洲湾北岸港口的未来发展具有里程碑式的战略意义和示范效果，也将为下一步组建福建港口集团打下基础。"

　　湄港转眼起飞鸿……

交织的笛声是一份见证，见证着被海鸥啄醒的一轮红日，盎然地牵着舟棹的记忆，驶进一汪深蓝的梦乡，映出了当年建设者前赴后继的身影和他们深深浅浅的足迹……

黄干岛 30 万吨级泊位

一

2014年4月25日上午，湄洲湾港斗尾港区10#泊位。一艘巴拿马籍"远大湖"轮，缓缓地靠泊黄干岛30万吨级原油码头。

船长333米！

船宽60米！

船型深29.3米！

载重29.88万吨！

远大湖号巨轮满载排水量达35万吨，是我国首艘航母辽宁舰的5.8倍，甲板长333米，比3个标准足球场还大……

海上，6艘大马力拖轮连拖带拉，一点一点地把"远大湖"号油轮整体平移至泊位上——船上的卸油管与岸上的接油卡口，最大误差不超过50厘米！

顺利靠泊！

卸油管与接油口严丝合缝对接！

福建省首座30万吨级离岸深水泊位——黄干岛30万吨级原油码头成功开港！

和煦的春风，推送着海上的浪潮一浪高过一浪地涌来。清新腥咸的海风在耳边絮语，似在倾诉着历史的沧桑和今日的荣光……

2006年9月，中化泉州石化有限公司成立，注册资金60亿元，厂址选在福建省泉州市泉惠石化园区，年炼油能力1200万吨，预计年销售收入超过500亿元、税收超过100亿元。

配套码头仓储工程在湄洲湾港斗尾港区，位于青兰山与黄干岛之间水域，与福建炼化青兰山30万吨级原油码头工程相邻。

2007年9月28日，仓储工程陆域形成与围堤工程开工。葛洲坝集团五公司承担施工任务，项目部负责人叫骆大新。

天苍苍，海茫茫。那时候，这片海域的前方是滩地，后方是山地。渔民在海边养殖，渔网密布。

黄干岛30万吨级原油码头是福建省第一座30万吨级离岸深水泊位。我国经过三十多年的建港高潮，近岸易开发岸线已基本开发殆尽，船舶大型化要求港口向离岸、深水化发展。建设现代化的离岸深水港是开发国家宝贵深水岸线资源、解决沿海港口通过能力不足和缺少大型深水专业化泊位的必然选择。然而，我国离岸深水码头建设起步迟、技术积累少，设计计算方法不成熟，手段落后。在茫茫大海里，建设一座30万吨级离岸深水泊位，难度可想而知。

开山炸石！

陆域回填！

围海造地！

拓荒者们在远离城市的海边，开山挖石、填海造陆，一锹一镢地在海上打造一个铁打的码头……

项目部的员工，来了一拨，又走了一拨，走了一拨，又来了一拨。后来，项目经理也换了，新来的经理叫程超，大家都叫他程工，似有成功之意。

经过一年多的艰苦努力，终于迎来了第一个节点目标——围堤合龙。中化泉州石化有限公司举行了隆重的围堤合龙庆典仪式。

2009年4月25日，湄洲湾港斗尾港区。码头工地彩旗招展、各种施工车辆川流不息，呈现一片热闹而喜庆的气氛。

上午10：00，围堤合龙正式开始！

"开始！"现场总指挥程超一声令下！

堤头，一辆辆待命的抛石车把满载的石料抛向大海……

堤尾，一百余台抛石车辆源源不断地运送……

经过60分钟紧张施工，围堤胜利合龙！

至此，长1785米、宽28米的大堤全线贯通！

　　参加围堤合龙庆典仪式的有中化泉州石化有限公司副总经理韩平、惠安县常务副县长邱经良、葛洲坝集团五公司总经理助理刘松林等。

二

　　围堤合龙庆典后，工程并没有如期推进。2009 年春夏之交，成立还不到三年的中化泉州石化公司，迎来了一场生死考验。

　　2009 年 7 月，中化泉州石化项目部分工作因故中断，缓建、停建的传言此起彼伏。到了 2010 年底，公司的管理人员走了八九十人。年底开会，人力部经理刘光华哽咽地说："非常难！真的非常难……"

　　谈起那段非常时期，中化泉州石化有限公司常务副总经理王宗尚说："有过困难，有过挫折，但无论什么情况，我都坚信，一定能建起来！"

　　决不放弃，这是大海的声音！

　　决不放弃，这是心里的信念！

　　义无反顾！

　　不眠不休！

　　夜以继日！

　　一步一个脚印！

　　一步一个台阶！

　　无论有多难。

　　无论有多难。

　　我们都会坚守到底！

　　在天涯，在海角，弄潮儿的誓言在涛声中回响！

　　三年的坚守，一千多个日日夜夜的执着追寻，终于迎为了绚丽的曙光。

　　2012 年 7 月 3 日，艳阳高照着黄干岛。天空湛蓝，海面波光粼粼。

　　"航工桩 7"打桩船静静地锚泊在海上。

上午 11 点 08 分，随着工程指挥人员一声令下，"咚"的一声巨响，早就锚泊在海面上的打桩船，狠狠地打下第一锤。平静的黄干岛海面，顿时激起一阵阵水花……

黄干岛 30 万吨级原油码头工程正式开工！人群中发出一阵热烈的掌声和喝彩声。这片波澜壮阔的海域，拉开了施工建造的大幕——

中交二航局第三工程有限公司的总工程师叫叶跃平，人称叶工，也被戏称为"叶公好龙"。叶工是教授级高级工程师，有二十多年实际技术经验，曾带领技术质量团队攻克了无数难关，打造了一个又一个让人惊叹的项目。

叶工第一次来黄干岛的时候，实地勘测了地质，还是皱了眉头。这里地质条件复杂，岩层不均、岩面标高起伏大、岩石强度高、夹层、孤石大量存在。

嵌岩桩（冲击钻孔）施工是码头工程的重点、难点和关键工序。黄干岛面临的困难更加突出：

——数量多，总共 126 根，直桩 13 根，斜桩 113 根。

——直径大，直径 1800 毫米的有 66 根，直径 1500 毫米的有 60 根。

——入岩深，入岩深度不小于 4 米。

——斜率大，斜度 5：1 嵌岩桩 108 根，斜度 6：1 嵌岩桩 5 根。

叶工经过一番实地勘测，心里有点忐忑：

大直径大斜率嵌岩桩技术复杂！

冲击钻孔施工难度大，工效和成孔质量难保证！

大型沉箱出运施工技术无成熟施工经验！

钢筋笼下放、水下混凝土浇筑均存在较大难度！

怎么办？嵌岩桩施工前，叶工和安全总监韩雨凡、副总工刘忠友，还有现场技术员汪小川，一次又一次磋商解决问题的办法。

经过前后一个多月的讨论，推翻了一个又一个方案，才拟定一个优化组合的方案……

2012年9月1日一大早，黄干岛30万吨级原油码头施工现场就聚集了许多人。叶跃平、韩雨凡、刘忠友、汪小川等都来了。

上午10点28分，礼炮齐鸣，大型工程钻机缓缓启动，标志着嵌岩桩分项工程正式开工。

然而，热闹的场面，掩盖不了蜗牛般的施工进度。只有请求支援，才能抓住最佳施工时机。

2012年9月6日，中交二航局第三工程有限公司七千吨搅拌船"航工驳48号"由"鼎海拖8"拖带，从江苏南通出发，驶往湄洲湾斗尾港区。同行的还有"航工运1号"水泥罐装船。

9月12日下午，两船安全抵达港口。

项目部还租赁两条浮吊配合施工。这样形成了流水作业，极大地提高了钻孔平台施工进度。然而，新问题出现了：

设计标准与现场实际结合不准，致使钢管桩沉桩过程中出现大量钢管桩卷边现象……

水下切割工程量大，嵌岩过程中反复出现塌孔、穿孔现象……

项目部经历了前所未有的困难和挑战。技术人员如履薄冰，又勇往直前。叶工总是冲锋在前……

2012年10月28日上午8点08分，工程水上沉桩历经118天，终于完工！

三

2013年1月3日，天气晴朗，海风呼呼地刮着。一面面彩旗哗啦啦地响……

这一天，黄干岛30万吨级原油码头沉箱预制工程正式开工。预制场选在泉港，离斗尾港只有 8 海里。

原油码头辅助平台为重力式结构，基础为四个大型沉箱。这些沉箱有多大？

如果作个比较，会更加清楚，一座一百平方米的房子，要建九十米高，才相当于一个沉箱的体积。

这么大的沉箱得在专门预制场分层预制，整体成型后才能出运安装。项目部经过多方考察、综合比选，最终选定泉港预制场，因为距离近和出运条件好。

当天上午 9 时 09 分，第一个沉箱底板首罐砼顺利浇筑到位！

这么大的沉箱，只要有一丝的疏忽，就可能造成不可意料的损失。项目部组成工作专班，驻场监造，吃住都在现场，前后历时四个月才完成预制这四个庞然大物。

沉箱又高又大，还特别重，单个沉箱最大重量约 3900 吨！怎么运到工地是个问题。

"施工技术难度大！"

"安全风险高！"

"施工海域环境条件恶劣！"

出运前夕，中交二航局第三工程有限公司董事长、党委书记席明军接到报告后，带领专家团队来到现场。

沉箱上驳时间怎么选择？

下潜坑位置选择在哪？

起重船的抛锚移船采用什么方式？

首个沉箱粗安装超前量如何控制？

专家围绕沉箱出运安装的施工组织、施工工艺及方法、质量保证、安全管控、应急预案等具体问题进行了质询和讨论，提出了许多宝贵意见：

气囊陆域运移！

半潜驳海上运输！

起重船辅助安装！

2013年6月6日上午，一艘8474吨级的半潜驳潜伏在泉港海域。一个3750吨级的大沉箱已经从预制场地运移到预定泊位。一场举足轻重的考验的就在眼前——

起——

慢——

停——

稳——

上午10时，首个3750吨级大型沉箱成功上驳！

短短8海里，半潜驳走了两天两夜才到！平均一小时才走约300米。

6月8日下午，首个3750吨级大型沉箱抵达30万吨码头现场！

6月10日晚上，首个3750吨级大型沉箱成功出坞！

6月11日凌晨，首个3750吨级大型沉箱成功安装就位！

此时，已经是凌晨三点多了。叶工实实地松了一口，拿起手机，发了一条短信出去："首个沉箱成功安装就位，标志着超大型沉箱的预制、出运、安装技术取得突破和创新，为工程后续沉箱安装提供了宝贵经验！"

东方露出了鱼肚白，叶工望着太阳出来的方向，心里感到无比舒畅……

四

2013年7月2日，骄阳如火，海风徐徐。阳光射向海面，细浪跳跃，搅起一海的碎金。

项目副经理杨宇臣和工程部长汪小川带领项目部技术员们一大早就来到施工现场。他们会同监理、EPC、施工班组对墩台浇筑进行最后一次报验。

此次砼浇筑的是码头上部墩台，也是首次大方量混凝土施工。上部墩台为大体积高性能混凝土，单个墩台最大体积为 3619 立方米。

叶工带项目部技术员们提前一个星期筹划安排，关注天气状况，落实夏季高温施工防控措施，优化混凝土配合比。

模板平面位置正常！

预埋件正常！

钢筋保护层正常……

安全总监韩雨凡对技术指标逐一检查，严格核实无误后，签发浇筑令。

"开始浇筑！"航工 48 号搅拌船听到指令，打开发动开关，开始搅拌，泵送混凝土……

伴随着搅拌机清脆的叮当响声，码头上部墩台大体积混凝土施工拉开了大幕……

此时，正值七月酷暑，工地上热火朝天。各工程分项全面铺开，项目部两百多名建设者日夜奋战在施工一线……

工作平台的先锋队起早贪黑……

靠船墩的突击队你追我赶……

立管支撑平台的青年团奋勇争先……

系缆墩的文明号争先恐后……

辅助工作平台自沉箱安装后，工程进度全面加快——箱格内回填、现浇胸墙、现浇立柱、现浇平台等多个分项工程，迅速推进。其中，箱格内回填为中粗砂，达 22000 余方；现浇胸墙为大体积混凝土，达 3619 方。

这注定是一场攻坚克难的硬仗，却在前所未有的困难中，赢得了一次又一次的胜利。

8 月 28 日 20 点，水工结构辅助工作平台顺利完工！

11 月 7 日 14 时，首榀 27 米钢人行桥在一阵爆竹声中成功安装就位。

12月17日，水工结构主体工程完工！

望着新建的码头，大家心里都有一种自豪感："这是福建省首座30万吨级离岸深水码头，也是全国最大的原油码头之一……"

2014年4月，黄干岛30万吨级码头投入使用。

蓝天白云，碧海晴空。远远望去，这座雄伟壮观的码头，平面呈"蝶形"布置，像一条出水蛟龙。

码头主体为高桩墩式结构，长455米，宽40米，前沿停泊水域宽120米，辅助平台为重力式沉箱结构，设计底高程—24米，设计年通过能力1800万吨，总投资约3.3亿元。

这一年，叶工被评选为"中交集团优秀技术专家"，其科研成果获中国航海学会科学技术二等奖、中国水运建设行业协会科学技术奖特等奖、中国水运协会科学技术三等奖……

五

2014年6月9日，福建省委书记尤权等省领导走进湄洲湾斗尾港，同行的还有全省各设区市、平潭综合实验区党政主要领导和省直有关部门负责人。

一方海域，两座30万吨级码头，如雄鹰展翅。这在东南沿海，绝无仅有。参观者无不称赞。

2014年9月26日，两艘满载30万吨原油的超大油轮，同时在斗尾港区油码头靠泊卸油。一艘是来自巴拿马的"纳瓦林"号，一艘是来自马绍尔群岛的"罗莎琳"号，都是世界上最大的油轮之一。两艘油轮从沙特阿拉伯运载原油后同时靠泊在斗尾港区，打破了该港区以往只能供30万吨油轮单一靠泊的历史纪录，也表明斗尾港靠泊能力的提升。

2014年年底，国家发改委发文，同意湄洲湾港中化1200万吨／年炼油项目码头在原核准 30 万吨级原油码头水工结构基础设施上，保持已批复码头 455 米岸线长度不变，码头水工结构按 45 万吨级预留。这是经国家发改委核准福建省建设的最大水工结构码头，能够停靠当前世界上最大原油船。

45 万吨级是什么概念呢？

用载重能力为 10 吨的卡车装载，需要 4.5 万辆！

每辆卡车头尾相接，能排出 400 多公里的长队！车队从福建头可以一直排到福建尾……

如果看到这前不见头、后不见尾的车队，就会一下子懂得 45 万吨级的码头是一种什么概念……

除了原油码头，湄洲湾畔还雨后春笋般崛起数十个大大小小的仓储码头、集装箱码头、杂货码头……

湾之深深，海之浩浩。

岸桥凛凛，气贯长虹！

油轮赳赳，斩波劈浪！

交织的笛声是一份见证，见证着被海鸥啄醒的一轮红日，盎然地牵着舟棹的记忆，驶进一汪深蓝的梦乡，映出了当年建设者前赴后继的身影和他们深深浅浅的足迹……

第十六章

骑鲸蹈海
罗屿港

湄洲湾内，罗屿岛上，有一群追梦人。他们大多默默无闻，日出而作，日落而息，伴随着海峡西岸最大的铁矿石散货码头悄然崛起……

罗屿岛原貌

一

与斗尾港相媲美的是湄洲湾北岸的罗屿港，这里正在建设东南沿海地区最大的铁矿石专用码头。

说起湄洲湾内这个叫罗屿的小渔岛，很多去过的人都印象深刻。罗屿岛只有 0.86 平方公里。岛上渔民约有两千人，主要是汉族和回族两个民族，共有九个姓氏，肖氏占全村人口一半左右。他们祖祖辈辈生活在这个小岛上。这里四面环海，港阔水深，水路条件好，是建设超大型码头的天然良港。

2010 年 2 月 25 日，福建省罗屿港口开发有限公司成立。吴先孟任总经理。此前，他是福建华电储运有限公司副总经理。1995 年大学毕业后，吴先孟就从事港口建设工作。从闽江口走到兴化湾，从罗源港走到江阴港，从江阴港走到罗屿岛，海峡西岸留下了他一串串平凡而又闪光的足迹。而今，他要去主持建设的是东南沿海最大的铁矿石散货码头！

那段时间，吴先孟与罗屿村干部多次接触，洽谈，效果却很不理想。这无疑在他的心头浇了一盆冷水。

阳春三月，吴先孟带着安质部经理陈朝阳和工程部经理江涛第一次走进罗屿岛。他们从莆田市秀屿区笏石镇坐车到东埔镇塔林村的村部。从村部走到临时码头要二十分钟。有一条渡船往返于临时码头与罗屿岛之间，每半小时一航次。船有些破旧，一看就知道年头不小了。

那天刚好退潮，渡船没办法靠近码头，搁浅在滩涂上。那段滩涂有八百多米，大家把鞋袜脱掉，踩着石板铺的小道，走上船。

天气晴朗，阳光映照在海面上，反射出的波光，炫目而耀眼。船起动了，海水溅在嘴角，有点咸，有点涩。这一刻，吴先孟的心情是矛盾的，甚至有点莫名的恐惧。

走到罗屿码头，没有车，顺着村道走，沿路都是腥味，很呛鼻，还有臭味。岛上的渔民看到岛外的陌生人进来，问他们要干什么。听说他们要去找村长，人们的眼光有点异样。之前，镇里派了工作队与村里谈了好几次，渔民有抵触的情绪，谈不拢。一个五六十岁的阿婆，一直跟着他们走。

进村入户，亲眼所见，岛上渔民并不是生活在水深火热之中，而是昂首阔步地走在康庄大道上。从 2008 年开始，岛上渔民养鲍鱼赶上了好年景，家家户户都赚了大钱。有了钱，大家都在抢建房子。在这个时候，要让岛上的渔民搬迁，难度可想而知。项目似乎遥遥无期。第一次上岛，无功而返。

随后几个月，吴先孟不知进了几次岛，反正白白的皮肤都被海风吹得黧黑发亮。罗屿岛的岛情特殊，工程建设不仅涉及水产养殖搬迁，而且还涉及罗屿全村的整体异地搬迁安置。渔民以海上水产养殖为生。整体异地搬迁安置相当于要把他们连根拔起。人们的生活、生存方式将发生根本性的改变。他们对工程项目建设不理解，产生强烈的抵触情绪。吴先孟本想在岛上租几间房子办公，没有一家愿意把房子租给他们……

后来，他们在岛的对岸租到了房子，一个名叫东埔镇度口的村庄。那是一栋四层半的民房，公司租用了第三、四层，用来办公和生活居住。

2010 年秋，福建省摄影家协会的几位摄影师上岛拍摄。他们在岛上渔民的房顶架起相机，留下了罗屿岛开发前的原貌：一片汪洋中，一座渔岛孤零零的……

二

一个项目的建设过程，需要履行很多的审批关口，跑许多的政府部门，攻克很多的无形障碍，最终才能获得项目的成功落地。

福建省罗屿港口开发有限公司成立后的首要任务就是要拿下罗屿

9#、10# 泊位工程审批手续，这是公司的安身立命之本。如果这个项目审批不下，公司成立的意义就不大了。因此，这项工作是"为生存而战"。大型铁矿石专用码头属国家严格控制的审批项目，而且福建省在全国港口布局规划中没有铁矿石码头规划布点。罗屿要建造海西最大的铁矿石码头，难度可想而知。

为了啃下这块硬骨头，吴先孟带着他的伙伴开始踏上艰难的"上访"之路。从区、市、省再到国家相关部门，他们迈过了一个个门槛，闯过了一道道难关。其实，真正系统地从头到尾做项目审批工作，对他来说也是第一次。

刚开始，他们对审批程序不熟悉，被拒之门外是常有的事。有时候为了能与经办人员见上一面，他们还当起了"钉子户"。站在大门口等经办人员下班是常有的事，不管是烈日炎炎的夏日，还是寒风凛冽的冬季。一看到相关负责人出现，他们立马就跟过去，就为了与他们聊一句项目的事情。

为了一件事项，他们经常一次又一次地跑，一次又一次地述说。正是凭着这股韧劲，使负责审批的工作人员体会到企业工作的难处，转变观念，进而帮助解决难题。2015年9月的一天，吴先孟到湄洲湾港口管理局开会。我顺便采访了他。他说："最终也正是因为这种工作方式，我们与他们从不认识到认识，甚至成为好朋友。"

那两年，吴先孟和他的伙伴跑了二百多项审批，盖了近千个公章，终于取得了罗屿8#—15#泊位及港口物流园区工程项目的审批手续，储备了稀缺的码头深水岸线资源。

2015年9月23日，我上岛采访，罗屿公司总经理助理黎勇说："项目前期工作相当辛苦，从2010年到2011年的一年半时间里，召开了100场的审查会，平均10天一个审查会。材料堆积如山……"

三

百年大港梦，今朝罗屿圆。

罗屿作业区规划建设东南沿海最大的矿石集散基地，总投资 100 亿元，将建设 15 个 5 万～40 万吨级大中型干散货泊位，形成深水码头岸线长 4189 米，陆域面积 467 万平方米，形成综合通过能力 1.17 亿吨。

2011 年 5 月 18 日，国家发改委核准东吴港区罗屿作业区 9#、10# 泊位工程。9# 泊位建设 25 万吨级铁矿石接卸码头，水工结构按靠泊 30 万吨级船舶设计；10# 泊位建设 10 万吨级散货码头，水工结构按靠泊 15 万吨级船舶设计。

项目建成后，罗屿港将成为东南沿海地区最大的铁矿石专用码头，填补福建省没有大型铁矿石专用码头的空白，将为中西部省份和台湾地区铁矿石中转运输提供重要保障。

随后，罗屿项目取得了突破性的进展——

2011 年 6 月 3 日，北京。国家海事局评审通过罗屿作业区 9#、10# 泊位工程项目通航安全评估。

2011 年 6 月 30 日，北京。国家交通运输部审查通过罗屿作业区 9#、10# 泊位工程初步设计。

2011 年 7 月 28 日，湄洲湾北岸。罗屿作业区项目融资第一单签署。中国银行莆田分行与福建省罗屿港口开发公司签署借款合同，给予罗屿作业区港口物流园区一期工程项目额度为三亿元人民币的项目贷款。

项目审批获得突破，安置征迁的问题随之而来。罗屿作业区 8#—15# 泊位及港口物流园区工程共涉及征海面积一万余亩，征地面积 790 亩，房屋拆迁约两万平方米。由于征迁工作涉及村民的切身利益，村民思想工作十分难做。

2011 年 7 月，吴先孟带着公司员工进岛进行征迁丈量，房子还是租不到。后来，村里的老支书肖荣顺腾出了六间房子，租给他们做办公和生活用房。那是一幢石头房，很坚固，抗台风。

当然，石头房能够租到已经很不容易了，也免了进出岛的麻烦。征迁补偿工作全面加快，短短的两三个月就把补偿款发放到渔民手中。整个征迁补偿款高达10个亿。

2011年9月26日，罗屿岛上锣鼓喧天，彩旗飘飘，人头攒动，一派热闹景象。鞭炮声响中，4辆挖掘机和2辆铲车从500吨级的平板船驶上罗屿岛的土地。

此次动工建设的是物流园区一期工程，建设规模为年货运量150万吨，工程占地面积为56.18公顷，其中填海形成陆域面积31.68公顷，开山形成陆域面积24.5公顷。

然而，开工的烟硝还未散尽，中交一航局二公司的施工队就停工退出。岛上的渔民不让干。

2011年10月，罗屿港9#、10#泊位招标。12月，中交四航局的施工队进场也因群众的阻扰被迫退出。

施工队"三进三出"，工程建设一度陷入了停滞。面对群众抵触，吴先孟也曾经徘徊、犹豫甚至无奈。后来，他还是想通了，罗屿项目不能半途而废，这是一项功在当代利于千秋的事业。因此，他默默地告诉自己："要坚持，要尽力而为。这就是责任，就是担当。"

罗屿岛远离城市，员工与亲人们聚少离多。岛上生活环境十分简陋。板房就搭建在工地上。工地原来是墓地。每当入夜，室外风吹草动的声音让人心惊。吴先孟和好几个同事都有"鬼压床"的经历。

有一天夜里，吴先孟在睡觉时，突然感到有东西压在身上，朦朦胧胧，喘不过气来，似醒非醒似睡非睡，想喊喊不出，想动动不了。想到白天工地挖出来的一堆堆白骨，他心里跳得厉害……

雄关漫道真如铁，罗屿岛的开发建设在艰难的协商中，缓慢推进，直到 2012 年 4 月份才有了突破性的进展——

那一年的 4 月初，一支由两百多人组成的工作组进驻罗屿岛，挨家挨户宣传港口项目建设和征海、征地相关政策……

2012 年 4 月 5 日，随着莆田市副市长傅冬阳一声"开工"令下，罗屿港物流园区工程打响了开山"第一炮"，岛上山石滚滚落下……

2012 年 4 月 12 日上午，跨海连接北岸东埔镇与罗屿岛的湄洲湾港口铁路支线罗屿特大桥正式开工建设……

2012 年 5 月 18 日，东吴港区罗屿作业区港口物流园区工程正式开工建设……

在驻村干部四个多月的攻坚推进下，项目征地、征海等"瓶颈"有效破解！秋天是一年中施工最好的季节。当地政府实施保护性施工！福建省罗屿港口开发公司全力以赴组织工程队施工建设！

山体爆破开采……

围堤抛填……

码头基槽挖泥……

陆域形成……

罗屿港基本实现了实质性全面开工建设！

2012 年 9 月 16 日，东吴港区罗屿港首个沉箱在东吴港 4# 泊位沉箱预制场顺利浇筑，标志着罗屿 9#、10# 泊位工程进入沉箱预制阶段。两个泊位共需预制沉箱 46 件，其中甲型沉箱 28 件，单件重约 4643 吨；乙型沉箱 18 件，单件重约 2860 吨。

四

2013 年 1 月 28 日上午，随着最后一块钢板严丝合缝镶嵌在桥架上，罗屿特大桥的栈桥顺利完成合龙贯通。

千百年来，汽车不能直接上罗屿岛，更谈不上火车，进出岛都需乘小渔船。每年秋冬季节，经常遇到大风大浪。小渔船就在海上顶着风浪颠簸前行。有时候，一个浪打来，就把乘船的人浇透了。

罗屿特大桥建成后，火车将开上罗屿岛。那年春节，很多施工人员没有回家过年。岛上不时有烟花绽放。在喜庆的鞭炮声中，他们忙碌的身影朦胧而清晰……

春节过后，项目推进加快。那段时间，许多只能在电视上看到的领导来得勤。他们无不对罗屿港的建设寄予厚望。

大家每天上班都很有状态。人人手边总有两件宝，一件是安全帽，另一件是笔记本。安全帽抓起来，说上现场就上现场；笔记本上记的是大家共享的新理论、新技术、新经验和新发现。

项目协调中有什么重大问题，吴先孟和黎勇就把大家召集来，一起商量，一起动脑筋，一起想办法。

与大海在一起久了，大家的心胸都像大海般广阔，说话也很少拐弯抹角。有什么问题摆在桌面，大家一起想办法，各抒己见，畅所欲言。

他们大胆提出将原设计采用3700吨的沉箱提升调整为4600吨的大型沉箱设计方案，节约工程造价700余万元；他们优化围堤结构设计，将原设计采用爆破挤淤方案调整为施打塑料排水板的设计方案，节约工程造价1000余万元；他们根据湄洲湾潮水变化规律及现场施工条件，克服了一个个难题，获得了一个个惊喜……

沉箱安装是该项目施工难度最大、技术含量最高、工序衔接最关键的分项工程。

水流急！抛锚难！沉箱下潜深度深！

为确保沉箱顺利出运安装，他们和项目施工和监理单位制定了详细、严密的沉箱安装方案。

在茫茫大海上的孤岛，城里的霓虹灯比天上的星星还要遥远。大家日复一日、年复一年地奔跑在施工车辆与风沙中，耐住了寂寞，没有一个打退堂鼓。他们在罗屿岛的工地上，随着码头的建设苗壮成长……

2013 年 7 月 20 日 15 时，东吴港区罗屿作业区 9 号泊位工程首件沉箱顺利安装到位；2013 年 8 月 1 日，罗屿港 11#—15# 泊位工程初步设计审查顺利通过；紧接着，罗屿港口物流园区二期工程用海获福建省政府批复……

清晨，走在寂寞空旷的工地，望着那铁驼般的打桩机屹立在蓝天下，吴先孟明白：这凝聚心血的劳作是建港人对建港事业的热爱。这种强烈的感受总是使他的心弦为之战栗。他心里期待着能用这份热情与罗屿港共同腾飞……

2014 年 5 月 17 日，东埔石岛（无人岛）获准开展前期工作，拟作为罗屿作业区办公生活区。征用无人海岛建设港区配套办公生活区在省内尚属首例。

东埔石岛与罗屿岛仅一水之隔，面积 2.8020 公顷，岛上怪石嶙峋，当地渔民称之为石岛，长期无人居住。又一个天然的海岛即将消失。此前，湄洲湾内已经有多个天然海岛消失了。现在，我们只能在文字里描述，留下一点历史的痕迹。

鲤鱼尾岛形似鲤鱼的尾巴，呈半岛状伸入海中。树林丛中原来有一座民兵哨所，三层小高楼。现在，这里是 10 万吨级原油码头。

霞屿岛呈椭圆形，南北走向，有零星小树木，是湄洲湾内澳南北岸相距最近的岛屿。现在，这里是泰山石化码头。

白石礁岛在霞屿岛以西，高六七米。涨潮时，远看像一座白色的圆柱航标，屹立在蓝色的海洋里。肖厝港第一座万吨级杂货码头就建在这里，后扩建为 7 万吨级。

屿仔岛位于白石礁以西 700 米，海拔不到 25 米，现在，这里是国电南埔火电厂及 5 万吨级煤炭码头。

湄洲湾顶部是浅水湾，平均水深 4 米左右，水域面积近 100 平方公里，为泉港、仙游、莆田秀屿共有。湾顶没有大江大河的泥沙汇入，加上海潮日夜冲刷，湾内没有淤积。整个内湾风平浪静、海天一色，将来可开发为大型的海上体育训练基地。

五

2014 年 6 月 20 日，罗屿岛。风和日丽，彩旗飘扬。海上和陆域交叉作业，呈现一片热火朝天的施工景象，数百名工人正忙碌作业，各种施工车辆来来往往。

这一天，福建省委书记尤权率领省委、省政府工作检查组来到罗屿作业区 9#、10# 泊位建设现场。同行的有福建省委省政府相关领导，还有全省各设区市的市委书记、市长，以及省直机关相关部门的厅长和局长……

这是罗屿岛有史以来，规格最高的一批客人。

站在罗屿岛上，放眼望去，一条大幅标语分外醒目："百年大港梦，今朝罗屿圆。"

梦境似的大海，孕育着一个百年之梦，从孙中山先生的东方渔港梦到萧碧川的碧霞洲国际商港梦，从项南的综合性深水港梦到如今的海峡西岸主枢纽港梦。名称与时俱进，目标却是一致的——世界性大港。这个梦百年传承，令无数追梦者向往。

2009 年以来，湄洲湾南北两岸港口开发实行统筹管理，迅速掀起开发建设热潮。基础设施逐步完善，港口吞吐能力已经超过了实际的吞吐量。

在很长一段时间，人们都在争论着一个问题：先有蛋，还是先有鸡？在 21 世纪重振海上丝绸之路繁荣的历史进程中，湄洲湾也面临着一个困局：先有鸡还是先有蛋？

如果码头建设过快，而吞吐量没有同步跟上，必然面临"吃不饱"的问题。如果码头供应不足，则会遇到发展瓶颈。

在发展思路上，湄洲湾港已经发生了很大的变化和取得很大进步：先筑巢，后引凤；先有鸡，再下蛋。虽然吞吐量没有同步跟上，但是增长还是比较快的。

改革发展了生产力，也改变了人们的理念："有外来资金来投资港口，但不一定能确保带来发展，福建现在需要的是外省的货源物流，而不缺港口资金，湄洲湾港自己的公共码头经营人完全有能力建大码头。关键是要能带来货源（即物流），才能让其投资，不然岸线被其占用后转让获益，并没有真正做大港口。"

情况确实是这样，湄洲湾港不缺资金，最欠缺的是港口的贸易、物流。港口有分代，一代二代三代也有四代。一代港口纯粹搞装卸，二代港口搞仓储，三代港口搞贸易、物流，四代就是现代航运中心。湄洲湾港口建到 2014 年时，大概处在一代到二代之间。

早在 1989 年，湄洲湾与深圳盐田港、宁波北仑港、大连大窑湾一起，被交通部列为国家重点发展的四大深水中转港。二十多年过去了，深圳盐田港已发展成为全国集装箱吞吐量最大的港区，大连港定位于"东北亚国际航运中心"。宁波港是上海国际航运中心的重要组成部分。湄洲湾港却一直被作为"接卸港"来使用，外国进来的原油在这里接卸、储存，而石油交易却在厦门。厦门没有炼油厂，每年却有 3000 万吨的石油交易，单一个石油交易中心税利就达 5 亿元以上，还有延伸的金融流。湄洲湾港口以港口装卸为主，港口生产形式单一，收益和效用皆有限，其贸易功能急待提高。

这个问题不单是湄洲湾港存在的问题，也是福建港口建设存在的问题。其实，贸易功能的缺失是全国众多港口的共性。如何因地制宜，实现湄洲湾港的跨越发展？湄洲湾港口面临的机遇与挑战，还需要从更广泛的角度来理解和加深认识。

尤权在考察时说，湄洲湾港要充分发挥港口优势，壮大临港产业集群，进一步完善港口集疏运体系，加强与内陆省份、台湾地区及东南亚的合作，发挥中转港等功能优势，提升港口综合竞争力。

李擎介绍，我们将通过现代的金融工具为港口的发展寻找方向，构建湄洲湾大宗散货交易中心，努力将"罗屿作业区"建设成为东南沿海唯一的铁矿石交割码头，推动湄洲湾港口从接卸型港口向贸易型港口转变，实现港口做大做强。

与金融一样，湄洲湾大宗散货交易中心建立后，涉及散货运输、经营、消费等。随着湄洲湾港物流功能的不断完善，交易市场的各项服务功能将固化并扩充地区经济的发展元素，最终使湄洲湾港发展成为具有涵盖物流供应链所有环节特点的港口综合服务体系，并形成以交易带动贸易，港口物流由装卸、储运中心向交易中心的转变。

中流击水，乘风破浪航程顺；百舸争流，再创辉煌占鳌头。2014年是罗屿港建设以来施工最顺的一年。对于开发罗屿岛和整体搬迁，岛上的渔民从不理解到理解，从抵触到支持，各种阻挠施工的行为越来越少，有的群众和工程人员成了好朋友。

湄洲湾内，罗屿岛上，有一群追梦人。他们大多默默无闻，日出而作，日落而息，伴随着海峡西岸最大的铁矿石散货码头悄然崛起……

我们期待着罗屿的开港。那一天，浪花必将记住了您；那一天，渔火也将记住了您！

湄洲湾在建设21世纪海上丝绸之路核心区的征程中，勇立潮头，千帆竞发。2014年12月31日，湄洲湾港吞吐能力达到1.05亿吨，突破亿吨大关！

在"海上丝绸之路·中国史迹"申报世界文化遗产的工作中，湄洲湾也不落后。

第十七章

海商聚落
土坑村

土坑海商聚落

一

2015年夏，国家文物局开始启动"海上丝绸之路·中国史迹"申报世界文化遗产工作。文件一级一级传下来。

2015年7月20日，泉港区人民政府印发《关于申报泉港造船遗址为"海丝"遗产点的请示》，并逐级申报。船是海上丝绸之路的交通工具。泉港造船历史悠久，起源于唐朝，绵延于宋元，鼎兴于明，式微于晚清，重振于当今。千载衍递，百年传薪，今存遗址。泉港造船业的兴起，提升了泉州海上丝绸之路的航运能力，促进了中外经贸、文化的交流与传播。2015年，泉港区被评为"中国水密隔舱福船文化之乡"。

不久，福建省文物局组织专家到各地筛选"海丝"申遗潜力点。那天上午，省里的专家去湄洲湾北岸看了贤良港和妈祖祖庙两个潜力点，下午从莆田来泉港。我们到泉港高速路口去接。

福建省文物局的专家到峰尾看了造船遗址后，没有表态。晚餐的时候，泉港区人民政府副区长肖惠中嘱我把事先准备的几本书拿来。他翻起书中有关造船史迹记载，一遍又一遍地向专家解释，费了很大的劲。那天菜上得特别慢，还好他能说会道，没有冷场。

我们都察觉到省里的专家对泉港造船遗址不看好。只有另请高明，才有转机。2015年9月，我们邀请北京的一位专家，利用周末来泉港，指导造船遗址申报工作。北京的专家看了峰尾的造船遗址之后，也觉得没有多少文物可看。换句话说，申遗重文物，而不是文献；文物本身是第一位的，然后才是补充关联价值的文献。时间还早，肖惠中提议到后龙镇土坑村造船遗址去看看。

土坑村，隶属于泉州市泉港区后龙镇，位于福建省中部沿海，泉州港北部，湄洲湾南岸，面积约1.6平方公里，总人口约5000人。土坑村背山面海，东南面的土坑澳位于湄洲湾南岸。

没想到，北京的专家看了土坑村之后，说："这是我看到的中国少有的港市遗址。"他提出，泉港可以再申报一个遗产点——港市遗址。肖惠中和泉港区文体旅游新闻出版局局长陈玉顺合议了一下，提出申报泉州头北（泉港）港市遗址的想法，嘱我抓紧拟申报请示件。

泉港申报"海丝"遗产点有了新转机。2015 年 10 月 10 日，泉港区人民政府向泉州市人民政府呈报《关于申报泉州头北（泉港）港市遗址为"海丝"遗产点的请示》。

2015 年 10 月 16 日至 18 日，国家水下文化遗产保护"十三五"规划暨"海上丝绸之路"申遗前期研讨会在浙江宁波市北仑区举行。会上，我用多媒体课件汇报《泉港水密隔舱造船遗址》《泉州头北（泉港）港市遗址》相关情况，给专家留下好印象。

宁波之行，有所收获。大家都觉得申遗有望，各项工作紧锣密鼓地忙开了：

收集整理资料……

向区委、区政府汇报……

争取省、市有关部门和领导的支持……

那几个月，我们就像在夜里赶路。脚下漆黑一片，心里没底，但方向明确，所以脚步坚定而有力，没犹豫。

2016 年 3 月 19 日，星期六，我们再次邀请北京的专家来到泉港指导申遗工作。他带来一个好消息：国家文物局已经把申遗潜力点的预备名单报给联合国教科文组织了，土坑村港市遗址已列进预备名单。这时候，我才知道"泉州头北（泉港）港市遗址"这个名称已经改为"泉港土坑村港市遗址"。

北京的专家说了土坑村港市遗址的不少优点。我记录下来，后来归纳出三点：土坑村有保存完好的历史文化遗产，土坑村有充足的历史文献资料，土坑村有延续至今的家族式海洋贸易传统。那天，厦门大学历史系教授庄景辉也来了。

第二天下午，泉州市人民政府副市长周真平率申遗专家一行 17 人调研泉港土坑村港市遗址。为首的申遗专家叫郭旃，中国文物学会副会长兼世界遗产研究会会长，多年从事文物的保护、研究、开发和管理工作，尤其是在世界遗产研究方面有着丰富的理论基础和实际工作经验。

因为事先我们请了北京的专家做功课，所以肖惠中向郭旃一行汇报的时候心里有点底。

郭旃一行在泉州看完各申遗潜力点。泉州市政府安排了一个申遗考察反馈会。郭旃做了题为《妄议泉州（海丝）申遗选点和规划整治》的讲话。他讲了六个方面，重点对遗产点分别进行点评。在点评土坑村港市遗址时，郭旃说："土坑村港市遗址是一个很新颖的提法。这里头我很感兴趣的是八排红砖建筑，但第八排毁得比较严重了。晋江出海口现在已经是这个情况了，远处也看不到海的感觉了。应该说它现在基本包围于高层难看的现代建筑和杂乱的电力设施中，所谓'港市'的特征、完整性、时代契合都不突出、不完整，因为它基本都是清代的，刘百万也好，谁也好，历史沿革也还需进一步考证准确，研究还很不充分。如列入申报对象，面临三五年难以完成的拆迁整治任务。不建议考虑纳入近期申报范畴；即便适于提出'港市'作为'海丝'要素一个小品类，也不如洛阳桥桥南村古街和桥北洛阳镇；以及可惜被拆掉的美山、文兴码头'石头街'等更为恰当。"

这番讲话犹如给土坑村港市遗址申遗泼了一盆冷水……

然而，大家的申遗热情已经点燃。我们分头行动，多方争取支持和理解。

泉州市已经成立了申遗工作小组。肖惠中觉得，区里也应该成立一个申遗领导小组。关于领导小组的名称，肖惠中提出"泉港区海丝土坑港市遗址申报世界文化遗产工作领导小组"，并征求我的意见。我觉得土坑后面要加一个"村"字，跟遗产点的名称一致。肖惠中想了想，说还是不加了，加个"村"，看起来规格小了。俗话说，"官大手表准！"我不再坚持。

2016年3月24日，泉港区委办公室、泉港区人民政府办公室联合下发《关于成立泉港区海丝土坑港市遗址申报世界文化遗产工作领导小组的通知》。泉港区委副书记、区长吴礼源担任工作领导小组组长，区委常委、宣传部部长张继红，区政府副区长肖惠中、吕火渠担任工作领导小组副组长，工作领导小组下设办公室和六个工作职能组，办公室依托在泉港区文体旅游新闻出版局。

成立领导小组的文件那天下午很晚才签出来，都没来得及印。当天晚上，"海丝"土坑申遗领导小组召开第一次会议，部署申遗工作。土坑村港市遗址申报世界文化遗产首次对外披露。会议由区委常委、宣传部长张继红主持，区领导吴礼源、张继红、肖惠中、吕火渠参加。吴礼源作动员讲话。一场轰轰烈烈的"海丝"土坑申遗活动拉开了序幕。

那时候，区申遗办每周召开一次职能组（室）成员会议。我们还经常聚在一起讨论，氛围很好。

2016年5月27日，我建了一个微信群，群名叫"海丝泉港"，刚开始群员只有肖惠中、庄景辉、林进辉、黄建聪、林家参和我。

5月28日晚，我们在群里商讨迎接中国文化遗产研究院文本编制团队的事宜。

夜里十二点多了，庄教授发了一条信息："这是'海丝'申遗文本编制团队提出的几个问题，也是他们想要的几个方面的资料：1.土坑作为港市的历史演变。2.交易的主要货物及范围。3.与周围其他港市的关系。4.与'海丝'的主要价值关联。5.土坑港市的历史格局、规模、影响。6.刘氏家族的贸易史及影响力。7.其他地区有没有类似的海外贸易家族聚落。希望诸位做些准备，与他们座谈！"

肖惠中说:"请小平、建聪一起参加并按文本团队要求准备材料和发言。拜托了!"

凌晨一点了,肖惠中又交代:"请家参做好准备,全程录音录像,会后整理。明天的座谈会将是泉港'海丝'申遗的关键一环,泉港历史将铭记这一笔!请史官进辉先生录入。"

凌晨两点左右,庄教授又在群里说,前垾的刘郡家族?从记载和传说看来,虽非"直系",但应视为"同宗",把他连接起来,这样刘氏之于土坑,可追溯到宋!太重要了,年代上的重大"突破"!

大家都蛮拼的,一边准备材料,一边交流,通宵达旦……

时常,大家会转发一些关于"海丝"申遗的资讯、史料,肖惠中和庄教授发得最多。他们恨不得把我们都变成申遗专家。大家谈得最多的话题是申遗,做得最多的工作是申遗,开得最多的会也是申遗。

2016年6月6日,国家文物局副局长宋新潮一行考察"海丝"土坑村港市遗址。这是一次关于抉择申遗点的重要考察。

宋新潮一行来了。大家都很兴奋。虽然宋新潮没有表态发言,但是大家都很期待北京传来好消息。

两周后,北京终于传来一个消息:土坑村港市遗址没有列入首批申遗点,而是被定为缓报。

会议都定了,大家都觉得怪可惜的。肖惠中却觉得不能就这么放弃努力,也许还有希望。他上下联络沟通,摸清情况,寻求支持……

2016年6月29日下午,泉港区召开领导干部大会。会议宣布福建省委、泉州市委关于洪自强、吴礼源、颜朝晖等三位同志的任免决定:吴礼源同志任中共泉州市泉港区委书记;洪自强同志不再担任中共泉州市泉港区委书记、常委、委员职务。会后,泉港区委马上召开常委会,决定颜朝晖同志为泉州市泉港区人民政府党组书记。

第二天早上,吴礼源送别洪自强后,就和肖惠中一起去市里沟通土坑申遗的事。这是他上任区委书记后做的第一件事。

土坑村港市遗址申遗再次得到市里的支持，但与北京正常的沟通渠道不畅。肖惠中通过在北京工作的乡贤，了解情况，争取支持。

二

虽然泉港土坑村港市遗址被列为申遗潜力点的第二梯队，但申遗工作并没有因此停止。我们通过庄景辉教授联系福建省博物院，请来考古队，希望能有考古上的惊喜，然而收效甚微。

2016 年 7 月 5 日，泉港区后龙镇党委副书记刘宗强汇报："工程队在拼命打洞，但是未收到可喜消息。林恭务院长昨天抵达土坑，昨天下午现场指导勘探，提出要找到泊岸。"

庄教授回复：不"可喜"，即"可收"！泊岸不可能的，近代老乡的房子都盖到"码头"中的港道了！

2016 年 7 月 14 日，肖惠中、姚洪峰、陈玉顺和我一行四人专程前往北京。第二天上午，我们在吃早餐的时候，看到一条新闻：土耳其发生政变！那几天世界遗产大会在土耳其召开，真叫人担心。

那天下午，我们前往国家文物局汇报"海丝"土坑港市遗址申遗工作。

肖惠中首先代表吴礼源书记、颜朝晖代区长感谢国家文物局对泉港申遗工作的支持和指导。在汇报经费保障时，他说："区财政准备一个亿作为申遗工作经费。"

国家文物局宋新潮副局长和陆琼副司长分别就土坑申遗工作发表讲话。

陆琼说："泉州人做事确实挺让人感动啊，很认真，发现问题积极在做，积极在准备。你们肯定也是因为听说了国家文物局初步定下的名单，对你们村有点犹豫。之前，你们可能听到一方专家说这价值很重要，这价值很重要也不可否认。但也有另外一种声音，主要是你们的基础工作实在是太让人着急……这种大厝，确实很有代表性，但是整个街道肌理、整个遗产结构肌理确实残破太厉害了，起码不能破破的东西拿去报世界遗产吧……大厝有些还不错，但是跟海洋的关系不是那么直观。你们53栋房子都要修，周边不协调的地方又要拆，一亿，拆下去如果效果不好，最后还是没有达到要求，你们肯定会抱怨，老百姓也会失望，确实很犹豫。相信贵方政府还有民众包括工作人员的决心和信心，这个我们一点没怀疑，就是太急。因为实事求是地讲，申遗还是挺残酷的，要把最好的东西拿出去，现在实事求是你连'国保'都不是，那肯定不是当地最好的。你跟蔡氏古民居比，那肯定是比不了，是吧。当然我是把困难讲得足一点……"

宋新潮说："确确实实可以讲，这次海上丝绸申遗我们是在做一件冒险的事情，像航船一样的，而且更为重要的是我们根本没有把握。假如有一半的胜算的事情，都敢做，但是一半都没有，就是我们现在的压力比较大……所以我们专家选的这些点是比较谨慎的，就像在泉州选的清净寺、开元寺、秀山、洛阳桥。我们现在就是把我们要做的工作，把难度降到最低，这样不至于我们拿出来的东西本身就是一个残缺不全的东西，等于说给别人留了很多的把子，考虑泉港的土坑村这次就不准备放在里面，因为就是考虑到工作的难度，本身的压力，当然我也很赞同市里和区里的这个态度。"

怎样来对待这个事情呢？宋新潮指出，土坑村基础弱，任务重，时间紧，难度大。如果考虑到把土坑村列进来，第一就是要做规划，而且规划要有前瞻性、可操作性。继续加强研究，从文物自身的价值，包括在世界遗产中的价值、地位和各方面的关系，这个要基于文物自身而不是文献自身。多目标的，一定站在民众的立场上思考这个问题，我们就是为了老百姓生活质量的提高，不申遗也要做，从这个立足点有一个考虑和规划，有一个实施的路径，同时大家都认为这是一个民心工程而不是申遗工程，但是可以按照世界文化遗产的标准来做。这样我们申遗工作是带动了我们整体城市、新农村的建设和文化遗产的保护。从这个角度来把整个工作做起来。要量力而行，不然我们没法给老百姓交代。我们所有的工作，都要有社会、老百姓对我们工作的支持。

肖惠中一边听，一边记，有时回答宋新潮的问题。

最后，宋新潮说："我们下次可以专门就土坑村的事情，组织专家再做一次可行性评估。但是，原则性来讲，不是把遗产申报作为目标，而是要把整体水平提高、老百姓生活提高，整个城市文化品位提高，放在第一位。这样呢，我们就是投多少个亿老百姓都会拍手称快。说土坑村，我还敢这么说；如果是月港，钱砸进去，老百姓只会骂你，不会说你好话……"

会议结束后，宋新潮站起来与我们握手。我发现肖惠中的脚步有点晃。看得出来，他已经尽力争取了。

2016年7月16日，我们从北京回来。第二天，肖惠中向区委书记吴礼源汇报北京之行的情况。吴礼源说："老肖，我知道你的压力大，上会研究吧！"

7月18日，泉港区召开区委常委会。土坑村港市遗址申遗工作列入研究议题。陈玉顺汇报相关工作。

7月20日，我们收到国家文物局发给泉州市人民政府的一份函《关于进一步加快海上丝绸之路保护和申遗工作的通知》（文物保函【2016】1255号）。这份函的开头写道：

为加快推进我国2018年世界文化遗产申报推荐项目"海上丝绸之路：中国史迹"（以下简称"海丝"）的组织申报工作，我局近期组织相关专业机构，对海丝申遗预备名单中各申报潜力点的价值、真实性、完整性和保护管理现状进行了现场调查和审慎评估，明确了海丝申遗首批遗产点名单，你市开元市等13处遗产点入选。

拿着这份文件，我看了几遍，都没看到土坑村港市遗址。再看发文日期是"2016年7月12日"，心凉到了脚后跟——在我们去国家文物局汇报之前，"海丝"申遗首批遗产点名单就已经定了，文件也发了，土坑村港市遗址已经被淘汰出局了。

随后的一个多月是最煎熬的日子……

2016年7月28日，因人事变动，泉港区"海丝"土坑港市遗址申报世界文化遗产工作领导小组进行调整充实。区委副书记、区政府代区长颜朝晖任组长，区委常委、宣传部长王晓莺任第一副组长，区委常委刘刚任常务副组长，区政府副区长和区政协党组成员、区住建局局长邱金谋任副组长。

好事多磨，经过一个多月的周旋，土坑村港市遗址申遗峰回路转。2016年8月29日，国家文物局召开"海丝"申遗工作会议，确定全国4省8地市31个"海丝"申遗点，泉州共有14个遗产点，土坑村名列其中。

北京的专家第一时间给我发来短信。看了这条信息，心情真是激动。那天，我在"海丝泉港"微信群里转发了这条消息。大家看了，都很高兴。

后来，从媒体的报道中，我们知道土坑村不但赢得申遗入场券，而且是全国"唯一"的聚落型遗产点。

这个申遗点的名称就三个字，叫作"土坑村"。我与北京的专家联系，说："港市遗址这个名称挺好的，怎么给改了？"他说："港市太大，所以给否了。"

三

2016年10月10日中午一点左右，陈玉顺打来电话，说国家文物局的领导要来，嘱我写汇报材料。事情紧急，我从两点多一直写到下午六点左右，才赶完初稿，发邮件给"海丝"土坑申遗历史文献组组长林进辉。后来才知道，为了这篇汇报稿，林进辉、蔡志阳改到深夜。泉港区委常委刘刚亲自修改，直到凌晨五点才定稿。

2016年10月11日，一连几日的阴雨终于收停了。上午十点左右，国家文物局副局长刘曙光一行来土坑村申遗点考察。吴礼源书记陪同。大家沿着事先安排好的路线参观。刘曙光看得很认真，还不时询问、拍照。

参观完土坑村申遗点，吴礼源带刘曙光一行到泉港区"海丝"土坑村申遗整治修缮项目指挥部参观。刘曙光看了，大赞。吴礼源指着挂在墙上的《工作任务清单》说："我们已经把工作任务排到明年的7月份了。"

刘曙光说："我看还差一个环节——后面再加上什么时候搞庆功宴！"

大家听了，都开心地笑了。

随后，大家到二楼会议室座谈。刘刚作汇报。

刘曙光发表讲话："土坑村虽然我是第一次来，但是我对它向往已久。因为从讨论'海丝'这个项目以来，土坑村一开始就摆在我们选择的范围之内，但是也有一些犹豫。可能正是因为这个犹豫，所以一直是有点惦记……泉港有一个干劲十足的书记，而且我看这个材料写得真的非常好，很实在。按照现在这个路子去做的话，那就是我说的，就是要后面再加上什么时候搞庆功宴。中国不缺历史文化名村，不缺传统村落，但是在'海丝'遗产现在这种体系当中，真的是缺土坑村这样的一种类型。"

最后，吴礼源发言："连续下了几天的阴雨，今天我们终于迎来了曙光……"这语意双关的开场白，引得大家哈哈大笑起来。

当天下午，区申遗办开会。肖惠中说："现在我们既有动力，又深感压力。我们背后有三十多万人民群众的支持，所以有动力；但是压力很大……"

庄教授说："今天刘副局长来，给我们一个定心丸，但是任务重，时间紧，怎么做好整治和修缮是接下来最重要的事……"

会上，我提出："我们这个申遗点的名称原来叫土坑村港市遗址，现在叫土坑村，体现不出遗产点的特质。"

肖惠中嘱我与北京的专家对接，必要的话再上一次北京。

四

2016 年 10 月 12 日上午，海上丝绸之路申遗项目保护工程在泉州开元寺大雄宝殿广场启动。国家文物局副局长刘曙光、泉州市委书记郑新聪致辞。泉州市市长康涛主持。泉州市领导张建生、周真平，福建省文化厅负责人，"海丝"联合申遗城市代表，文化遗产研究、文物保护领域专家学者等共同到场见证。

当日下午，海上丝绸之路联合申遗城市第二次联席会议召开。会上，刘曙光说："宋新潮副局长这次没有来，是因为他在土耳其参加 ICOMOS 会议，ICOMOS 是申遗的一个专业咨询机构，我们是想利用这次 ICOMOS2016 年年度大会的形式，做两方面的工作，一方面是根据情况，介绍中国'海丝'申遗的一些基础研究、一些主要策略，另一方面要了解国际的舆情。这项工作，在今年世界遗产大会的时候，我们已经开始做了。土耳其未遂政变把我们关于'海丝'的一个边会给弄没了。我们都安排好了，要开一个关于中国'海丝'研究的边会，就是像一个学术讨论会似的。我们专门从国内紧急调动姜波，让他去参加这个会议，结果姜波在土耳其伊斯坦布尔机场停了一下就飞走了。如果那次没有政变的话，我们边会就会收到大量的情报。今年在日本东京开 ICOMOS 大会，我也派了人去，就是去散散风，讲述中国要申报'海丝'，等等，包括在韩国、在土耳其，我们都散了一些风。两个反应，第一个反应是很高兴，是太好了；这个'海丝'，由联合国教科文组织除了几十年前做了一点宣传鼓动之外之后再也没有实质性行动。第二个反应是，啊，你们居然要申报世界遗产了，因为在多数国际专家的心目当中，他们认为海上丝绸之路是一条国际之间的航道，是古代世界的轨迹，他们自然而然地想到，应该像陆上丝绸之路一样联合多个国家申报，他们对中国单独申报，感到很意外，也有一些微词。随着中国'海丝'申遗，尤其文本已经递交出去了，我们已经正式在国际领域亮相，教科文组织、全世界遗产领域都知道中国 2018 年要申报海上丝绸之路，随着我们正式的亮相，如果说国内的情况是渐入佳境的话，在国际的情况是渐入困境……"

刘曙光最后说："昨天我在土坑村，对我来说，在我的个人的专业考察学习过程中，是非常难忘的一次。不是说这个遗产类型多么特殊多么让人放心，其实它的环境整治包括文物修缮工程，工作量非常非常大，而是我对区委区政府那套工作机制，我很有信心。而且我看他们写了几个口号，最后四个字让我很动心，叫'势在必得'，'形势'那个'势'，我说怎么不是'志在必得'呢，我在琢磨这个事。'势在必得'和'志在必得'有什么相同有什么不同，'志在必得'主要是表现在主观的态度，是表决心，而'势在必得'不只是主观的态度，不仅仅是宣言、决心，更是行动，是一股势，势可不光从你嘴里吹出一口气，对面感觉到一股热流啊，它是互动的，所以这个'势在必得'用得好，给人信心，给人力量，所以我也希望咱们各地，到了今天，都要用势在必得这样一种精神，来激励自己鞭策自己，要造势，要形成势不可当、势不可挡之势，要以这种排山倒海之势，推动我们各方面的工作……"

泉港申遗"势在必得"这个词最早是谁提出来的？是泉港区颜朝晖

区长去土坑村申遗点调研时提出来的。记得 2016 年 8 月 5 日，刘刚常委在"海丝泉港"微信群里发了一条信息："感谢大家前期扎实有效的工作！就像颜区长今天表态，入遗势在必得！我们一起努力。"刘刚常委是个有心人，颜区长说的这个词他记下了。

会议从下午两点四十分一直开到六点多，康涛市长一直在会，几个小时下来，连卫生间都没去，表现出了极大的尊重和诚意。

会议结束后，肖惠中与刘曙光在门口相遇。刘曙光笑道："肖副区长，我刚才讲得怎么样？对泉港的评价对不对？"当时，泉州市委书记郑新聪也在场。肖惠中赶忙说："感谢国家文物局和市委、市政府的关心支持，我们一定把工作做好。"

五

2016 年 10 月 13 日上午，区申遗办开会传达海上丝绸之路联合申遗城市第二次联席会议的精神。

会上，我提出，遗产点名称从土坑村港市遗址改为土坑村后，对后续工作特别是材料撰写影响大。本来我们围绕港市遗址，研究方向确定为"一港两街一码头"；现在就叫"土坑村"，研究方向不好确定，很泛，急需与北京的专家确认。

肖惠中嘱我抓紧与北京的专家联系。

那天中午，我突然收到北京专家的短信："对不起，昨天我在武汉会议上，今天已经到泉州了。"昨天我给他打了个电话，他没接。没想到今天居然来泉州了。

我先向肖惠中汇报，后又与庄景辉教授联系，经过多方沟通，最后定在泉州见面。

那天晚上，我们讨论的重点是土坑这个申遗点的名称，如果直接叫土坑村表现不出这个点的特质。我提了几个事先想好的名称，北京的专家都觉得不妥。直到夜里十一点左右，我们才初步定为土坑刘氏海商聚落。我问："要不要加个村？土坑村刘氏海商聚落。"北京的专家想了一下，说："不要了，村字用英文翻译也叫聚落。"

后来，中国文化遗产研究院在编制申遗文本时把土坑申遗点定名为"土坑海商聚落"。至此，土坑申遗点定名："土坑海商聚落。"

千年土坑，海商聚落。土坑海商聚落因海上丝绸之路民间贸易而兴起，生动地诠释了中国东南沿海千百年来"以海为田，向海而生"的生存和文化传统，集中展现了与海上贸易相关联的商人及其生活形态。

土坑海商聚落申遗凝聚了众人的心血。这里侧重介绍遗产点名称的由来：泉港造船遗址—泉州头北（泉港）港市遗址—泉港土坑村港市遗址—土坑村—土坑刘氏海商聚落—土坑海商聚落。还有很多人参与了"海丝"土坑申遗，还有很多比这重要的事没有写进来。相信在不久的未来，会有更优秀的作家写出皇皇巨作，其精彩当百倍于此。

国学大师季羡林说，如果人生真有意义与价值的话，其意义与价值就在于对人类发展的承上启下、承前启后的责任感。干事创业，功成不必在我。关键是实干苦干，干出成效。土坑海商聚落申遗迈出了第一步。

第十八章

万里海疆
第一湾

倘辩服务祖国和平统一大业，湄洲湾堪称万里海疆中的第一湾！这里是"和平女神"妈祖的故乡，创造了两岸交流的无数个第一，诞生了中国第一个信俗类世界文化遗产——妈祖信俗。

2012年版湄洲湾港总平面布置图

2012年湄洲湾总平面布置图

一

土坑海商聚落有座白石宫，宫里奉祀妈祖。湄洲湾北岸的贤良港天后祖祠和湄洲妈祖祖庙两个申遗潜力点也都与妈祖有关。

2016 年 6 月 6 日，国家文物局副局长宋新潮一行考察了泉港土坑村海商聚落、贤良港天后祖祠和湄洲妈祖祖庙。他说，妈祖祖庙及其相关海港遗迹，见证了中国海洋开拓事业的客观需要，催生了海神妈祖的历史过程，成为海上丝绸之路的直接物证和历史见证。

2016 年 10 月 12 日，国家文物局副局长刘曙光在海上丝绸之路联合申遗城市第二次联席会议上说，在"海丝"文化当中，湄洲妈祖祖庙具有独特性，她的唯一性也是十分特殊的。

宋太祖建隆元年，公元 960 年的农历三月二十三日，湄洲岛上的一户人家新添一个小女儿。之前，他们已经生育一儿五女。这个小女儿就是后来被海内外亿万民众所尊称的妈祖。妈祖是闽林始祖林禄的第二十二世孙女，是一位传奇千年的人物。

妈祖降生的时代是盛世——中国的文治盛世。大宋王朝一统天下，神州大地欣欣向荣。那时候，湄洲岛隶属泉州府。

宋朝时期，我国航海技术算是世界一流。1974 年泉州后渚出土的宋代大木船曾震惊世界：水密舱技术、防水防锈技术以及指南针、望天尺等工具在当时都是最先进的。

然而，航海技术的先进并没有减少渔民对于神灵的信奉。古代中外商舶航行于浩渺海洋上，常遇惊涛骇浪和风暴的袭扰。每当逢险，商客和水手们唯一的精神寄托，莫过于祈求海神的庇佑了，也唯有依靠对超自然力的信仰才能增强征服海洋的信心。妈祖的民间信仰就是在这种背景下产生的。

相传妈祖的原名为林默，又称默娘。我想，妈祖的原名也许是"林末娘"或"林尾娘"。用方言讲,默、末、尾是谐音。又因为这个小女孩是林家最小的女儿。这样的名字更符合群众的起名习惯,叫起来也顺口。如果是"默",用闽南话和莆仙话叫起来都很拗口。或许后来的文人觉得叫"林末娘""林尾娘"的人太多、太俗,没有个性,就改为谐音的"默",并为她的出生增添了传奇色彩:"出生至弥月间都不啼哭,似嫌世间多悲泪……"

千百年来,妈祖深孚众望。随着沿海渔民的迁徙,妈祖的信俗也传播到海内外,成为遍布全国,甚至世界华人的民间信仰,成为联结海内外中华儿女的文化象征和难以割舍的亲情纽带。

妈祖文化肇于宋、成于元、兴于明、盛于清、繁荣于当今,是海洋文化的一种特质。目前,全世界的妈祖庙共有五千多座,妈祖信众达两亿多人。每逢农历三月廿三妈祖诞辰日和九月初九妈祖升天日,世界各地都要举行各种祭奠活动,祈求人类永保和平。

改革开放之初,福建省委书记项南曾对建妈祖庙有过批示。

二

1966年,"文化大革命"的风暴席卷神州大地。地处东南沿海的湄洲湾也不例外。湄洲岛上的妈祖庙在"破四旧"的风浪中,只剩一片几近废墟的断垣残壁,遍地是残砖破瓦和黄泥碎石。只有"佑德祠"(父母祠)和"中军殿"得以保存,那是两间低矮的茅草屋。与这片废墟相邻的是驻军纵横交错的战壕掩体等战争工事。那时候,海峡两岸还处于敌对状态中。

值得一提的是,湄洲岛上一位叫杜聪治的渔妇在"文革"中偷偷藏起一尊妈祖神像。

那年头,与湄洲湾一水之隔的台湾似乎也不平静。民众的意识形态也正悄然地发生着变化。蒋经国当选为台湾第四任"总统"后，与"总统教堂"的主牧周联华牧师一起讨论老荣民的士气。蒋经国说，老荣民思家之心日益上升，有些现役的外省老兵及退役荣民，经常到海边朝着大陆方向烧香，这是形而上学领域的问题。他问周联华，愿不愿意到"国军"部队走走，"向他们传道"。周联华思考了几天，开始走访"国军"若干单位，和官兵讨论个人价值和宗教信仰。后来，蒋经国告诉周联华，陆军官兵不太了解他传的道，空军官兵也有同样的困难，但是政工人员因为同样关心官兵的心灵问题，非常需要他的传道。

尽管有牧师在部队和民间传道，还是不能解决人们的思乡之情。

官不通，民心通；民心通，妈祖先行。

事实上，海峡两岸和平发展的愿景，已经在两岸人民心中聚集成一股不可抵挡的力量……

台湾民众自古就有信仰妈祖的习俗。据史料记载：公元1281年，澎湖就建了一座妈祖庙。妈祖信仰在台湾的传播大约始于明代。当时，福建沿海渔民成批移居台湾垦殖，形成了许多移民聚落，对妈祖的信奉成为汉移民抵御险恶环境的精神力量。经郑成功收复台湾，施琅统一台湾，并随着移民事业的发展，妈祖信仰在台湾得到更加广泛的传播，按地域形成了许多信仰圈。平埔族等少数民族人民也在康熙、雍正年间建了妈祖庙。妈祖信仰成了移民与先住民整合凝聚的一种精神力量。

在日据时期，台湾人民用妈祖信仰来作为中华民族精神的象征，抗拒日本帝国主义的奴化统治。甲午战后，台湾割让，民众纷传安平妈祖落泪的故事，表达他们的痛心。当时，台湾人民以"拜妈祖，怀故国"为口号，以"进香"为理由，有组织地到大陆湄洲祖庙"谒祖"。

近世战乱，两岸暌隔。台湾信众到湄洲朝圣受阻数十年。众多信众只能在海边朝着大陆方向烧香祈福。每逢妈祖节日，民众举行面海遥拜大典，表达他们对祖国的思念。

闲云潭影日悠悠，物换星移几度秋。

改革开放之初，台海依然阴霾重重，两岸尚未"三通"。台湾的妈祖信众不顾政治风险，驾驶一艘艘渔船，穿越海峡的禁锢，朝圣妈祖的圣光……

湄洲岛上，杜聪治看到政策有所松动，就把"文革"中偷偷藏起来的妈祖神像安奉在佑德祠，供台湾渔民朝拜。

以前，湄洲岛有妇随夫姓的习俗。杜聪治嫁到湄洲岛上一户林姓家庭，改姓林，又因林家排行第八。人们就叫她阿八，原姓名倒是被人们渐渐遗忘了。

前来湄洲岛的台湾渔民就在狭小的佑德祠里朝拜。个别年纪较大的渔民凭记忆悄悄地在寝殿废墟上焚香跪拜。在祖庙的废墟前，台湾渔民三步一磕头。那种虔诚让杜聪治终生难忘。

三

杜聪治看到台湾渔民那么信仰妈祖，一路辗转来到湄洲岛，岛上却连个朝拜的庙都没有，觉得应该重建一座妈祖庙。

杜聪治为自己的大胆想法吓了一跳，搞封建迷信活动小则戴高帽游街，大则影响子女升学就业。杜聪治为这事好几天睡不好觉。

有一天夜里，杜聪治梦见妈祖娘娘满身是伤。梦醒后，她决心要重建妈祖庙，让妈祖有个容身之所。

杜聪治胆大是有底气的。她的一个弟弟是公社（现为镇）的党委书记。在这个海岛的渔民看来，公社党委书记是个很大的官，权力通天大，从生管到死。

祖庙山上树木和杂草丛生。杜聪治一边砍树开路，一边整理地基，非常虔诚地做着。有时一干就是一整天，中午吃着从家里带来的干粮。

荒坡上辟出了一条小道，遗址上垒起新的基石……

后来，岛上的渔民纷纷参与进来，一起修建妈祖祖庙。他们当中不但有石匠、木匠，还有泥水匠。大家义务投工投劳，中午也不回家，啃一啃干粮继续再干，情绪高涨。

有一天，工匠们在挖地基的时候，居然挖到了寝殿的天井。大家都高兴地嚷嚷："原址就在这里！"

可是，旧寝殿到底有多高多宽，工匠们心里都没底。

不久，有人告诉杜聪治，公社仓库里有一根旧梁，如果能偷出来，以梁为准，寝殿的高、宽都能推算出来。

杜聪治既喜又忧，喜的是事情终于有了眉目，忧的是偷梁可不是件容易的事。

杜聪治的女儿瑞金见母亲有心事，问起。杜聪治就把心事说了。瑞金想了一会儿，说有办法。她在公社的电影院工作，电影院的一些破桌椅也放在公社的仓库里，找个借口把旧梁和那些破桌烂椅一齐搬出来，放在公社的广场上，这样就好下手了。

杜聪治听了，连声叫好。当然，她尽量抑制着内心的高兴，不敢叫得太大声，怕被人听见。

女儿瑞金交代母亲不要亲自动手，因为她平时爱出风头，很容易被人认出来。

杜聪治说："那旧梁少说也有两三百斤，我也扛不动，得派几个年轻人去才行。"

隔了几天，瑞金果然把那根旧梁和那些破桌烂椅一起弄到了广场上。杜聪治派了几个"心腹"，趁着黑夜，偷出旧梁。她在半路接应，用推土车连夜把旧梁运到山上祖庙的工地上。

第二天，大家把旧梁擦洗干净，但见梁上刻着一行字："丁亥年秋董事林竹庭偕男剑华倡募重建"。

林竹庭是何许人也？

林竹庭是城里的大户人家，民国时期是祖庙董事。他的儿子林剑华曾任过祖庙董事长。林剑华的儿子就是林文豪。父子俩在新中国成立前后都当过莆田五中（原中山中学）校长，桃李满天下。林文豪后来任莆田市政协主席。

杜聪治"偷梁"的事算是瞒天过海了，但她到底还是把事情闹大了，最后事情捅到了福建省委书记兼福州军区政委项南那里去。

四

当祖庙寝殿新砌的墙壁高出周边的相思林时，立即引起岛上驻军的注意。驻军认为不能让"封建迷信活动干扰战备工作"，祖庙应立即拆除。于是，驻军向上报告。

军方的意见事关重大，谁都马虎不得。

1983 年 3 月，一份关于要求制止群众修复湄洲祖庙的报告转呈到项南的案头。

福建省委责成莆田县委、县政府进行调查。县里自然是不敢大意，立即成立一个调查组。组长是一位分管文教的副县长，叫黄波生。

调查后，黄波生嘱县台办的林元伯同志拟稿。

林元伯是县里的一支笔，人称林秀才。他多次撰写台湾渔民朝拜妈祖的文章在海外刊登，受过上级的批评，但痴心不改，一直以弘扬妈祖精神为己任。

一夜之间，林元伯就洋洋洒洒写出了一份十几页的报告，阐述纪念妈祖的意义。

莆田县政府办副主任许培元负责核稿。

后来，此件以莆田县政府的文件上报。

有一天，林元伯突然接到福建省委办公厅一位同志打来的电话："湄洲岛现在有没有驻部队？妈祖庙有没有再建？"

林元伯一听是省委办公厅打来的电话，拿话筒的手一直在抖，结结巴巴地说："部队撤了……妈祖庙不敢建……"

林元伯的普通话地瓜腔浓。省委办公厅的同志实在听不懂，就不再问了，简单说了两点："一是说你写的报告是符合事实的；二是说妈祖庙可以修复，省委主要领导已作了批示……"

林元伯一听，急不择言地大声问道："是项南吗？"

"对！项南同志批复了！"

从随后寄来的批示复印件和短信上，林元伯看到项南在报告上批下四个大字"暂缓拆庙"。

这时，林元伯才明白，给他打电话的是省委书记项南的秘书林钦仰。

林元伯立即赶往湄洲岛去报喜讯。

杜聪治怎么也想不到，人称改革前锋的项南竟然支持她这么干！她高兴得合不拢嘴："现在不会为盖庙去游街了。太感谢项南书记了！"

项南"暂缓拆庙"的批示是妈祖文化复兴的一个大转折。从此，妈祖文化慢慢地复兴起来。

1985 年，莆田市委书记苏昌培建议由市政协主席林文豪兼任湄洲祖庙董事会董事长。提议得到市委通过。林文豪也愉快地接受了新任务。

此前，湄洲祖庙董事会只是一个纯民间社团。市政协主席兼任董事长，这个民间组织就有了官方的色彩，而且非同一般。

林文豪不负众望，把湄洲祖庙的工作纳入市政协海外联谊的正常轨道。他以湄洲祖庙董事长的身份，频频登上湄洲岛，接待台湾妈祖信众，参加祭拜妈祖仪式。

"身为中共官员，竟穿起了妈祖庙服，手持香火，向妈祖下跪、叩首。"有人说林文豪带头搞迷信，说他是迷信头。

许多老朋友都为林文豪捏了一把汗："弄不好，要丢党籍，被批判的呀！"

林文豪感谢老友的好意，热情不减。

在林文豪的推动下，海峡两岸民间渐渐掀起"妈祖热"。报刊也零星发表报道。虽是"小豆腐块"，却是敏感得很。当时，虽然改革开放很多年了，但朝拜妈祖与搞封建迷信还纠缠不清。焦点议论主要是"妈祖信仰是否属民间迷信？""报刊是党的喉舌，在没有定论之前，怎么能乱报道呢？"

1986 年，福建省委常委、宣传部长何少川看了几篇关于妈祖的报道，觉得妈祖信仰是有意义的。于是，他和副部长王仲莘到湄洲岛调研，了解妈祖信仰的历史渊源，并敏锐地发现妈祖"立德、行善、大爱"精神对信众道德观和海峡两岸的民间交往产生了良好的影响。据统计，1979 年至 1986 年，台胞到湄洲进香者有 115 批、434 人。

何少川做了果敢的决策："妈祖信仰对精神文明建设来说是有利的，对海峡两岸的民间交往是有利的，可以适当宣传。"他不但明确支持，而且身体力行，亲自写了几篇湄洲岛新貌的文章。对于"妈祖文化"的提法和湄洲祖庙山上可否建妈祖石雕像等问题，何少川也明确支持。

有了省领导的支持，林文豪更加致力于妈祖文化的传承与弘扬。他不但在"文"方面下功夫——组织编著《湄洲妈祖》《妈祖的传说》《妈祖信仰与祖庙》等一系列书刊；而且力行"豪"举——举办妈祖千年祭。

五

1987 年 10 月 31 日，农历九月初九。秋高气爽，风和日丽。盛世空前的妈祖千年祭在湄洲岛隆重举行。

鼓乐喧天，彩旗飘扬。湄洲岛沸腾了。海内外十万信众潮水般地涌上码头，涌向湄峰，涌进祖庙……

湄洲岛祖庙的山顶上，妈祖石雕像奠基仪式在热烈、庄严、肃穆的气氛中举行。

林文豪深情致辞：

妈祖逝世整整一千周年了！

悠悠千载，前人推崇她、奉祀她，帝王利用她、褒封她；然而，从来还没有人要塑一个高大的石雕像来纪念她。这一千年的历史重任终于落在我们这一代的肩上！

今天，在这块妈祖诞生并留下可贵业绩的土地上，我们要树立一尊真正属于人民的、庄严慈祥的、健康美丽的、引人遐想的妈祖塑像。她是东方的"和平女神"；她是中华民族的精魂；她是永久供人瞻仰的艺术品，至少在湄洲岛上矗立一千年！

千载悠悠，悠悠千载！这上下一千年的历史使命，将由我们来完成。今天我们能为妈祖塑像奠基、培土，感到无限欢欣！为此，我们特意在妈祖塑像小样揭幕时，放飞一千只象征和平的鸽子。

飞吧，和平鸽！带着骨肉团圆、亲人欢聚的企盼，带着中国人民爱好和平的愿望，带着人类对美好、幸福、安乐生活的憧憬，飞向大海，飞向蓝天，飞向一切妈祖精神感召下团结起来的人们心间！

湄屿奏响千曲潮声，大海扬起万束浪花。一千只和平鸽在雷动的欢声中，飞上蓝天——

这一天，265位台胞冒险前来参加在湄洲祖庙举行的妈祖逝世一千周年纪念活动。

同一天，台湾北港朝天宫完成了历时一个月的妈祖环岛绕境巡游，回宫举行面朝湄洲岛的"遥祭"……

六

妈祖千年祭之后的第三天——1987年11月2日，台湾当局宣布"解严"，开放大陆探亲。

两岸隔绝三十八年的迷雾终于冲破。一个个台湾老兵、一批批台湾同胞回到了亲人的怀抱。更有一团团台湾香客，奔向湄洲湾，登上湄洲岛，进香谒祖——妈祖成了名副其实的"海上和平女神"！台湾的一些大庙还与湄洲岛祖庙缔结"至亲庙"……

1989年农历四月初一，台湾宜兰县南天宫组织了二十条渔船，不顾台湾当局的禁令，准备直航湄洲湾。

台湾《工商时报》社长脱掉西装，换上雨衣，头戴斗笠，随船队采访。他在码头登船时，被警察认出。警察大感意外，问道："你不当社长，改做渔民啦？"

社长把斗笠往下一拉，点头示意，便匆匆登上直航湄洲岛的渔船。

20条直航湄洲湾的船队到达湄洲湾文甲渔港后，一字排开……

224位进香客手捧30多尊分灵妈祖，浩浩荡荡地"回娘家"……

这次活动在两岸和平发展进程中具有里程碑的意义——首开1949年以来两岸海上直航之先河！

事后，台湾当局对这次民间直航的主要策划者判处几个月的刑期，但迫于舆论压力而没有执行。

1991年的妈祖诞辰日，"东方和平女神"妈祖石雕像矗立在祖庙山顶。雕像高14.35米，象征湄洲岛14.35平方公里；雕像由360块花岗岩石组成，360度是一个圆，象征两岸团圆。

1996年3月13日，与湄洲岛上同样规格的妈祖石雕像在台湾北港朝天宫揭幕。湄洲岛上的雕像面朝东南，台湾的妈祖雕像面朝西北。她们遥遥相望，寓含同胞情深……

随着"台湾妈祖信众直航湄洲朝拜""妈祖金身海上直航巡游台湾""两岸妈祖宫庙缔结至亲""天下妈祖回娘家""湄洲妈祖巡天下"一系列活动的成功举办，两岸民众来往日益密切……

1996年4月，台湾北港朝天宫邀请湄洲祖庙董事会组团参加妈祖雕像开光庆典，并恭请一尊湄洲妈祖神像驻跸北港，见证雕像开光。

七

1997年元月24日，台北桃园机场。春寒料峭，春雨绵绵。

上午11时40分，湄洲妈祖金身乘坐的波音747专机安然抵台。

台湾各地三千多名信众身着妈祖宫庙礼服，肃立机场，恭候湄洲妈祖金身。

12时50分，湄洲妈祖金身专机缓缓驶近长荣航空维修机棚。这里是免检通道，享受"总统"座机待遇。之前，台航和复兴这两家大航空公司争着要为妈祖接驾，最后达成协议，长荣接驾，复兴送驾。

当妈祖金身出现在机舱门口时，信众手持香火，口中念念有词，向神像顶礼膜拜。机场内鼓乐喧天，信众热血沸腾，载歌载舞。

当晚，妈祖金身乘坐12根龙柱銮驾抵达台南时，已是万家灯火。街道两旁、道路两旁电线杆上迎驾的彩旗随风飘扬。

所有车辆自动回避，为妈祖銮驾让道，交警在前头开路，全街为妈祖亮起绿灯。

妈祖圣驾在五彩缤纷、装饰精致的车队护驾下，徐徐而行。家家户户自发在门口摆设香案，点燃香烛，燃放鞭炮，恭迎心中的神女。善男信女纷纷夹道肃立，双手合十，有的则跪在路旁，三叩九拜……

晚上8时30分，妈祖金身抵达台南大天后宫。顿时，鼓乐喧天，烟花爆竹齐鸣。信众不约而同地脱帽肃立。

十几个强壮的男信徒，伸直手臂，把銮驾高高举起，庄严、虔诚地把妈祖金身安奉好。

信众合礼膜拜……

许多人泪流满面……

各路记者争抢镜头……

一位台北松山区的黄姓国文老师，事前梦到湄洲妈祖，特地与家人从台北驱车到台南参拜妈祖，结果在大天后宫看见与梦境中一般的场景之后，泪眼婆娑，不能自已……

妈祖金身巡台行程自此开始。从南到北，从北到南。妈祖金身銮驾所到之处，车水马龙，人流如潮，万头攒动。信众争睹神女端庄美丽慈祥的风采，场面几度失控，又很快恢复秩序。

妈祖金身驻跸的宫庙灯火齐明，香雾缭绕。宫内宫外人山人海，挤得水泄不通。朝拜湄洲妈祖的信徒通宵达旦，络绎不绝。有的驱车几十公里而来；有的抱着出生才几个月的婴儿来；有的坐着轮椅来；有的患者提着氧气瓶来……

妈祖移驾时，驻跸宫庙的信徒总是依依不舍，牵衣顿足，挥泪送驾……

八

湄洲妈祖共在台湾巡游 102 天，出巡台湾 19 个县、市，行程数千公里，驻跸 30 多个宫庙，朝拜信众达 1200 万多人次。

湄洲妈祖所到之处，都洋溢着喜气祥和的气氛。锣鼓、爆竹、烟花声震天响，场面沸腾。台湾各媒体记者纷纷采访报道，标题抢眼：

妈祖金身抵台，信众欢腾……

南台湾民情沸腾，接驾热情澎湃……

府城万人空巷……

大天后宫门扉彻夜开放，子夜时分，依旧是烟火缭绕……

人山人海，场面几度失控……

万头攒动，街途为之塞……

台湾《中国时报》负责跑两岸新闻的资深记者张平宜在采访感言中写道：妈祖立德、行善、大爱的普世精神已经深深植入两岸民众的骨髓。这是两岸同胞血浓于水的骨肉深情之见证。对于经历过战火与分离的两岸同胞而言，这是一种弥足珍贵的感动。妈祖文化已成为台湾民众与祖国大陆联系的精神纽带，必将为增进两岸人民的互相了解和促进民间往来，起到越来越大的作用。张平宜被妈祖精神所感动，她也感动着别人。

一湾浅浅的海峡在地理上隔开了大陆和台湾，却隔不断两岸同胞水乳交融血脉相连的亲情。特别是在"海上和平女神"妈祖的感召下，两岸民众演绎着一个个感天动地的故事……

几年后，张平宜在一个偶然的机会来到大陆，并在此后十几年间，募捐数百万元扶贫助教，成为首位"感动中国人物"的台湾同胞。这是两岸民众践行"妈祖精神"的一段佳话。

九

2009 年 7 月 27 日，中共中央台办、国务院台办主任王毅在北京会见了以郑铭坤先生为团长的台湾妈祖联谊会代表团。

王毅说："妈祖有'海上和平女神'之称，妈祖文化体现了中华民族的传统美德，是两岸共同的精神财富，也是维系两岸同胞的感情纽带。"

郑铭坤说："妈祖文化互动带动了两岸民间交流，从 1987 年起，台湾的妈祖信众就积极到湄洲进香。妈祖见证了两岸交流的历程，希望妈祖文化继续促进两岸民众相互了解和友情。"

王毅说："在当前两岸关系新形势下，大陆方面高度重视并希望扩大与台湾基层民间的交流。妈祖文化根在大陆，在台湾得到很好的保护和传播。台湾广大妈祖信众代表着基层民众的心声和想法，我们愿意进一步加强两岸妈祖文化交流与合作，发挥妈祖文化在促进两岸关系和平发展中的积极作用。"

当日，海峡两岸关系协会会长陈云林亦在北京会见以郑铭坤为团长的台湾妈祖联谊会代表团。

陈云林说："多年来，两岸通过妈祖文化交流，传承中华文化，弘扬妈祖精神，推动两岸直航，密切同胞感情，对促进两岸关系和平发展发挥了积极作用。"

郑铭坤说："两岸同胞血脉相连，情同一家。虽然两岸关系历经坎坷，但终究打破了长期隔阂，开启交流合作。两岸同胞同属中华民族，这种天然的血缘纽带任何力量都切割不断；两岸同属一个中国，这一基本事实任何力量都无法改变；两岸妈祖文化交流合作得天独厚，这种双向需求任何力量都压制不住。发展两岸关系是全民族的事业，也是两岸人民共同的心愿。这种全民族共同愿望任何力量都阻挡不了……"

陈云林说："两岸同胞要抓住难得历史机遇，加强交流与合作，大力弘扬妈祖文化，增进中华文化认同、中华民族认同，推动两岸关系和平发展，促进中华民族伟大复兴。"

妈祖文化不仅是两岸炎黄子孙的宝贵的文化财富，而且是全人类的共同文化遗产。

2009年9月30日，"妈祖信俗"列入《人类非物质文化遗产代表作名录》，标志着妈祖文化正式成为全人类的共同文化遗产。这是我国首个信俗类世界遗产，也是湄洲湾一张世界名片。

"妈祖信俗"申遗成功后，湄洲岛祖庙倡议全世界的妈祖宫庙于2009年农历九月初九9时9分同时敲响和平钟，表达对"妈祖信俗"申遗成功的祝福，传达世界各地妈祖信众祈盼世界永久和平的美好心愿！

记得 1993 年 4 月 27 日上午 10 时，在新加坡海皇大厦，当汪道涵先生和辜振甫先生伸手越过会议桌，紧握在一起的那一刻，在场的许多人都热泪盈眶。因为对两岸的中国人来说，这一刻来得太不容易了。

记得 2003 年 12 月 9 日，访美的温家宝总理在纽约接见当地华侨华人代表。谈到台湾问题时，温总理深情地说："这一湾浅浅的海峡，确实是最大的国殇、最深的乡愁！"语之殷殷情之切切，闻者动容。

记得 2005 年 4 月 26 日，应中共中央总书记胡锦涛之邀请，国民党主席连战率一行近 70 人的访问团，赴大陆展开为期 8 天的"和平之旅"。这是中国共产党和中国国民党关系史上的一件大事，也是两岸关系中的一件大事。跨越历史的"和平之旅"，不仅让台湾民众首次对祖国大陆有了一定客观、理性、直接、真实的了解，而且结束了国共之间的恩恩怨怨，翻开了两党关系新的一页，为两岸关系走向正常化迈出了关键性的一步。两岸关系的趋缓，为深化两岸之间的经济合作带来了机遇。这也是海峡西岸经济区上升为国家战略的最主要动力之一。

记得 2005 年 4 月 29 日，连战在北京大学演讲时说："我必须要讲，在过去这段时间里面，两岸所走的路，走的方向，已经使得我们两岸无论在差异还是差距上，越来越缩小了。这是历史潮流非常重要的一个方向。"

记得 2009 年农历九月初九 9 时 9 分，就在湄洲岛祖庙和平钟敲响的那一刻，海峡对岸五百多座妈祖庙也敲响了和平钟……

绵长的钟声回荡在台湾海峡，抚慰着一湾浅浅的国殇……

闻者无不动容……

正如《两岸一家亲》所唱的：一个大门分两扇，进进出出一家人。一道海峡连两岸，世世代代一条根。无论家里无论家外，血浓于水情意深。无论此岸无论彼岸，同宗同祖中华魂……

值得一提的是，孙春兰在发展经济上"大打五战役"，而对两岸关系则是大打"妈祖牌"。

2011 年 11 月 1 日，以"同谒妈祖，共享平安"为主题的第十三届中国·湄洲妈祖文化旅游节，在湄洲岛天后广场开幕。两岸数万名妈祖信众在此齐聚，共祭天上圣母妈祖。全国人大常委会副委员长陈至立向妈祖敬献花篮。这是该节有史以来规格最高的一次。

<h2 style="text-align:center">十</h2>

行万里海疆，数湄洲湾第一。

若论经济发展，湄洲湾是海峡西岸一颗璀璨的明珠。

湄洲湾的航道是福建最大的，可通航、靠泊世界上最大的 40 万吨铁矿石船、45 万吨原油船、22 万吨煤炭船和 Q—MAX 型 LNG 等各类型散货船！湄洲湾的码头也是福建最大的，有两个 30 万吨级原油码头，一个 25 万吨级铁矿石码头！

湄洲湾的临港产业发展迅猛，崛起福建省最大的千亿石化产业集群基地，在这条互通往来的大通道上，满载"合成丝绸"的巨轮联结世界五大洲四大洋。

亿吨大港，百年之梦。1919 年，孙中山先生把构建湄洲湾渔港写入《建国方略》，到 2019 年刚好是 100 周年，那时候湄洲湾港将建成千吨级以上生产性泊位约 100 个，港口吞吐能力突破 2 亿吨，货物吞吐量突破 1 亿吨。那是何等的辉煌，那是何等的荣耀……

倘辩服务祖国和平统一大业，湄洲湾堪称万里海疆中的第一湾！这里是"和平女神"妈祖的故乡，创造了两岸交流的无数个第一，诞生了中国第一个信俗类世界文化遗产——妈祖信俗。

台湾的妈祖信仰十分普遍。台胞三分之一以上信仰妈祖。台湾全岛有大小 510 座妈祖庙，其中台南一地就有 116 座。昔日小渔岛，今朝朝圣地。

湄洲岛被誉为"海上布达拉宫""东方麦加"。每年有数十万台湾香客上湄洲岛朝拜。

历史走到今天，梦想照进现实。如今，我们比以前的任何时候都要接近百年梦想！

从一个国家来看：自1919年五四运动开始到1949年中华人民共和国成立，中国经历了长达30年的战争之痛；从1949年到1978年，中国走过了近30年的曲折之路；从1979年到2009年，中国迎来了30年改革开放的发展之光；从2010年开始，中国GDP总量超过日本晋升世界第二，并在世界"和平与发展"的舞台上发挥着越来越重要的作用……

从一个地区来看：自1919年孙中山在《实业计划》中提出了开发湄洲湾的战略构想，到1949年湄洲湾沿岸解放，在这长达30年间，只有1936年建起的碧霞洲商港给湄洲湾带来短暂的荣耀；从1949年到1979年，湄洲湾也走过了长达30年的曲折之路；从1979年到2009年，湄洲湾迎来了30年的改革开放的发展之光，掀起了大开发、大建设的热潮，港口、产业、城市联运发展。现在，湄洲湾在海峡两岸"合作交流"的舞台上扮演着越来越重要的角色……

两岸和平发展共同愿景是海峡两岸炎黄子孙的共同心愿！

在这场举世之梦的盛宴上，湄洲湾英姿勃发地走上"亿吨大港"的历史舞台，和爱拼敢赢的精神图腾，和大爱妈祖的千年传奇，继续演绎着一幕幕"和平"与"发展"完美结合的故事……

2017年3月29日